KRIMI TROPEN

MASSIMO CARLOTTO

DIE MARSEILLE CONNECTION

AUS DEM ITALIENISCHEN VON
HINRICH SCHMIDT-HENKEL

Auf Seite 239 finden Sie eine Liste der wichtigsten Figuren des Buchs.

Tropen
www.tropen.de
Die Originalausgabe erschien 2012 unter dem Titel
»Respiro Corto« bei © Giulio Einaudi editore s.p.a., Torino
Für die deutsche Ausgabe
© 2013 by J. G. Cotta'sche Buchhandlung
Nachfolger GmbH, gegr. 1659, Stuttgart
Alle deutschsprachigen Rechte vorbehalten
Printed in Germany
Schutzumschlag: Herburg Weiland, München
Unter Verwendung eines Fotos von Stefan Rösinger unter der
Verwendung von Motiven von iStockphoto, Shutterstock, Fotolia
Gesetzt von Kösel, Krugzell
Gedruckt und gebunden von CPI – Clausen & Bosse, Leck
ISBN 978-3-608-50134-6

EINS

51° 41′ N 30° 06′ O

Die Wölfe strichen unter dem Riesenrad entlang und näherten sich gegen den Wind der Autoscooter-Anlage. Rasch und sicher liefen sie durch das hohe Gras, das jetzt im Frühherbst schon gelb wurde. Bald würde das Gelb in das ungesunde Rot der Baumstämme umschlagen oder in das geronnenem Blut gleiche Dunkelrot des Rostes, der die Metallteile des Rummelplatzes bedeckte. Erst der Schnee würde Mitleid mit dem verlassenen Park haben und ihn für einige lange Monate mit einer weißen Decke überziehen. Die Wölfe duckten sich zwischen die Scooter und beobachteten die Hirsche, die aus einem großen Becken tranken. Einst mochte das ein Brunnen voll sprudelnder Wasserspiele gewesen sein. Dann und wann hoben die Männchen ihre mit Geweihen gekrönten Köpfe und schnupperten nach Raubtieren, doch um ihre Nasen strich nur ein leichter Westwind, in dem die Gerüche der Geisterstadt Prypjat lasteten.

Plötzlich erstarrten alle Tiere und spitzten die Ohren. Ein dumpfes Brummen näherte sich mit beträchtlicher Geschwindigkeit. Drei Geländewagen, voll besetzt mit bewaffneten Männern, bogen auf das Freigelände ein. Rufe, Gelächter,

Schüsse. Zwei Hirsche gingen getroffen zu Boden, die anderen flohen, von den Kugeln verfolgt. Die Fahrzeuge hielten, und die Insassen sprangen heraus, die meisten in Tarnanzügen, bewaffnet mit Maschinengewehren, Pistolen im Gürtel. An ihren Jacken baumelten Geigerzähler. Wie Jäger sahen sie jedenfalls nicht aus, auch nicht diejenigen, die aus einem brandneuen, teuren Pick-up ausgestiegen waren, gekleidet in englische Maßanzüge, in den Armen teure Gewehre mit Intarsien und Zielfernrohr.

Einer von denen in Tarnkleidung legte die Kalaschnikow auf den Boden, hakte sich den Geigerzähler ab und hielt ihn an einen der erlegten Hirsche. Angesichts der Zahl, die im Display erschien, schüttelte er bloß den Kopf. Als Letzter stieg ein besonders gut gekleideter junger Mann aus, wohl noch keine dreißig Jahre alt. An den Füßen hatte er handgemachte italienische Schuhe, der Kaschmirmantel passte farblich zum Schal. Er warf einen Blick in die Runde und sah sofort die Wölfe. Sie hatten sich keinen Millimeter gerührt und beobachteten neugierig die Männer, die jetzt den Hirschen das Fell abzogen. Katajew dachte, die Wölfe von Tschernobyl haben keine Angst mehr vor Menschen. Er hütete sich, die anderen auf sie aufmerksam zu machen. Er wartete ungeduldig auf das Ende der Jagdpartie, um sich den wahren Gründen für seinen Aufenthalt in Prypjat zu widmen.

Einer der Fahrer, der Wodka aus dem Wagen holen sollte, bemerkte die Wölfe dann. Die Jäger griffen nach ihren Kalaschnikows, begierig, das Feuer zu eröffnen, aber Witali Saytsew, den alle *Pachan* nannten, hob die Hand.

»Die Wölfe verdienen Respekt. Sie sind mutig«, sagte er feierlich, indem er einen Revolver aus der Jacke zog. »Und sie ähneln verdammt den Hunden von den Bullen.«

Alle außer Katajew lachten ordinär und zustimmend und griffen nach ihren Pistolen. Sie bewegten sich auf die Wölfe zu, die immer noch regungslos dastanden, bis der *Pachan* zielte, den Abzug betätigte und um mindestens einen Meter danebenschoss. Erst jetzt setzten die Tiere sich in Bewegung und trotteten ohne Hast die Straße zum Ausgang des Rummelgeländes entlang.

Die Verfolgung dauerte nicht lange. Die Wölfe trabten in die Straßen eines nahe gelegenen Viertels und bogen allesamt in den Eingang eines Schulgebäudes ein. »Ihre Höhle«, dachte Sosim Katajew. Seit der Evakuation der Bewohner nach dem Reaktorunfall hatte die Natur die Stadt zurückerobert, Zentimeter um Zentimeter. Zahlreiche Tiere bewohnten die verlassenen Häuser. Als er zum ersten Mal hier war, erzählte ihm sein Führer, einer der wenigen Menschen, die beschlossen hatten, nach Prypjat zurückzukehren, belustigt, er habe aus seinem Wohnzimmer erst einmal eine Bärenfamilie vertreiben müssen.

Erregt öffneten die Jäger die Wodkaflaschen und ließen sie kreisen. Tiefe Züge, langsam über die Lippen geführte Handrücken. Katajew beobachtete sie nachdenklich und versuchte, den Widerwillen zu unterdrücken. Er konnte sich das nicht erlauben. Von einem der Fahrer ließ er sich heißen Tee einschenken und machte sich darauf gefasst, einer sinnlosen Schlächterei beizuwohnen. Der *Pachan* und seine Getreuen gingen als Erste hinein, gefolgt von den Männern in den Tarnanzügen.

Durch die großen Fenster des Korridors, in dem früher brave Schüler und Lehrer umhergingen, sah Katajew, wie sie in die Klassenzimmer eindrangen, indem sie die Türen mit Fußtritten aufstießen, genau wie bei Polizeieinsätzen. Sie gaben sich gegenseitig Deckung, als wären die Wölfe bewaffnet. Im vergeblichen Versuch, sich einen Fluchtweg zu bahnen, sprang ein Weibchen an eine Fensterscheibe, wurde aber von einem Dutzend Schüsse getroffen.

Aus der Lehrertoilette sprang ein Männchen einem der Jäger auf die Schultern, doch der Nebenstehende jagte ihm sofort ein paar Kugeln in den Schädel.

Noch für rund zehn Minuten ertönten Schüsse, Rufe und Gelächter. Der letzte überlebende Wolf erklomm mit wenigen Sätzen die Treppe und gelangte aufs Dach, von dem er auf der Suche nach einem Fluchtweg hinuntersah. Sein Blick begegnete Katajews. Für einen langen Moment verharrten sie so und sahen einander an, dann setzte sich das Tier auf die Hinterbeine und erwartete den Tod. Die keuchenden Jäger hielten in zehn Metern Distanz inne. Der erste Schuss war das Privileg des *Pachan*, der das Ziel diesmal nicht verfehlte. Der Aufprall der Projektile schleuderte das Tier vom Dach hinunter. Die Fahrer klagten, wegen der Schüsse sei das Fell jetzt unbrauchbar. Warme Kappen und Handschuhe, die man im bevorstehenden Winter gut hätte gebrauchen können – alles verdorben.

Witali Saytsew kam aus dem Gebäude und trat zu Katajew. Mit dem Kinn deutete er auf den vom Dach gefallenen Leichnam. »Früher waren sie groß und majestätisch. Jetzt sind sie klein und hässlich. Und frech.«

»Sie haben sich dieser Hölle hier angepasst, um zu überleben«, entgegnete Katajew.

»Genau wie wir. Wir haben die Kommunisten überlebt, und jetzt werden wir in der Demokratie reich. Unsere Hölle ist überstanden, Sosim.«

Katajew dachte, davon seien allerdings auch die Wölfe

überzeugt, aber er hütete sich, seinem Boss zu widersprechen, und wechselte das Thema. »Ich habe ein Treffen mit diesen Beamten, von denen ich dir erzählt habe. Es tut mir leid, diese schöne Jagdpartie zu verlassen, aber ...«

Witali lachte und schlug ihm auf die Schulter. »Geh ruhig, und mir gegenüber brauchst du auch nicht so zu tun, als würde dir das hier Spaß machen. Ich weiß ja, dass du nur ans Geschäft denkst.«

Der *Pachan* ging ein paar Schritte von ihm weg, dann drehte er sich um. »Pass auf mit den Beamten, früher haben sie zum Parteiapparat gehört, denen ist nicht zu trauen.«

Sosim nickte, und Saytsew lief zu den anderen Jägern, die schon auf ihn warteten, um sich neben den aufgereihten blutigen Kadavern der Wölfe fotografisch verewigen zu lassen. Sie umarmten sich brüderlich, einige schoben den Jackenärmel hoch und gaben mit Tätowierungen auf dem Unterarm an, auf die sie besonders stolz waren.

Keiner forderte Sosim auf, sich dazuzustellen. Er war keiner der Ihren.

Rund eine halbe Stunde später bog Katajew an Bord eines UAZ Patriot mit UN-Wappen in den Wald ein und fuhr auf ein Gelände zu, wo im großen Stil abgeholzt wurde. Unter den aufmerksamen Blicken russischer Aufseher fällten tadschikische Waldarbeiter – sie wirkten für seine Begriffe zu schmutzig und abgerissen – die Bäume mit großen Motorsägen. Die grob entasteten Stämme wurden dann von Greifbaggern auf die Ladeflächen von Schwerlastern gehoben. Nach dem Reaktorunglück von Tschernobyl war das kontaminierte Holz in Gräben gelagert worden, mit dem einzigen Effekt, das Grundwasser weiter zu verseuchen. Noch ein Fehler. Der x-te. Alles war falsch gelaufen. Vor dem Unfall und danach genauso. Wegen Gleichgültigkeit, Ineffizienz, Dummheit und Korruption. Jetzt wurde die Abholzung und die Entsorgung der Bäume durch Spezialunternehmen von einem internationalen Projekt finanziert. Das Unternehmen, für das Sosim Katajew arbeitete, hatte den öffentlichen Auftrag ohne Weiteres erhalten.

Ein Beamter entfaltete eine Landkarte der Gegend und breitete sie auf der Motorhaube des Geländewagens aus. Der wohlgekleidete junge Mann wirkte jetzt wie verwandelt. Durchaus nicht mehr gelangweilt gab er präzise Anweisungen, in einem Ton, der keine Widerrede zuließ. Gerade beschwerte er sich über den Gesundheitszustand der tadschikischen Arbeiter.

»Die Produktion leidet, wenn sie schlecht ernährt und langsam sind«, sagte er. »Wenn ihr sie weiter so offensichtlich ausbeutet, fällt das auf und wir bekommen Probleme. Ich kleine, ihr größere, sehr viel größere.«

Die Beamten und Vorarbeiter wechselten besorgte Blicke.

»Das sind Tadschiken«, rechtfertigte sich der Personalchef, »von denen kommen immer Neue.«

»Und jeder muss neu lernen, mit der Säge umzugehen, das dauert sieben bis zehn Tage«, entgegnete Sosim. Mit langsamer, wohlkalkulierter Geste deutete er auf den umgebenden Wald. »Wir brauchen schnelle, effiziente Arbeiter, bald kommt der Winter, und wenn der Schnee zu hoch ist, können sie die Sägen nicht mehr benutzen. Aber bis dahin soll hier eine schön saubere Ebene sein.«

Sosim Katajew schwieg lange genug, dass seine Botschaft unmissverständlich klar wurde, dann wandte er sich wieder der Organisation der Arbeit zu. Die Beamten staunten verblüfft über seine Kompetenz und verabschiedeten sich innerlich von dem Plan, den so brav wirkenden jungen Mann zu beschwindeln.

Am Horizont tauchten zwei Helikopter auf, von denen einer sich zur Landung bereitmachte. Katajew fasste in die Innentasche seines Mantels und verteilte Umschläge. Nicht alle waren gleich gut gefüllt. Die dickeren gingen an die Chefs. Alle nickten zum Dank, er hielt sich nicht lange mit Abschiedsfloskeln auf. Auf dem Weg zum Helikopter begegnete er dem Blick eines jungen Tadschiken. Er hatte dieselben Augen wie der Wolf, der ihn vom Dach herab angesehen hatte. Als er die Lippen zu einem leichten Lächeln öffnete, zeigte der junge Mann Greisenzähne und entzündetes Zahnfleisch. Sosim war klar, dass er den Winter nicht überleben würde.

Der Hubschrauber startete in einem Wirbel von Blättern und Sägemehl. Ein paar Sekunden, und der junge Tadschike wurde immer kleiner. Dann war er verschwunden.

»Alles, wie es soll?«, fragte Witali Saytsew.

»Ja, alles in Ordnung«, antwortete Sosim zerstreut. »Aber ich muss nach Kiew und ein paar Details regeln.«

»Komm schnell zurück«, gebot ihn sein Boss mit einer unbestimmten Handbewegung auf die beiden anderen Passagiere. »Sie wollen wissen, was du im Schilde führst.«

Katajew lächelte, zum ersten Mal an diesem Tag. »Du wirst stolz auf mich sein, *Pachan*.«

Drei Tage später hielt der schwarze Mercedes, der Sosim zu Hause abgeholt hatte, vor dem Eingang des früheren Sportclubs der Roten Armee, den Saytsew als Hauptquartier seiner Organisation gewählt hatte. Foma, der Fahrer, grinste in die Überwachungskamera, und das massive Einfahrtstor glitt beiseite.

Sosim legte die Aufzeichnungen zusammen, die er bislang gelesen hatte, und verstaute sie in seiner Aktentasche. Foma sah ihn im Rückspiegel an. Er war kaum über zwanzig. »Soll ich hier auf dich warten?«, fragte er und drehte das Radio an. Die Stimme von Glukoza füllte mit »Svadba« das Innere des Wagens.

Sosim lächelte. »Du bist krank, dass du nichts anderes hörst als das.«

»Ich bin verliebt, das ist was anderes.«

»Wenn du ihr den Hof machen willst, musst du nach Moskau umziehen und dafür sorgen, dass ihr Mann sich dünnemacht.«

»Halb so wild, er ist nur irgend so ein Magnat. Das eigentliche Problem ist, den *Pachan* zu überzeugen«, seufzte er. »Also, was soll ich tun? Warten?«

»Es dürfte seine Zeit dauern. Du kannst so lange ein Spiel mit den Jungs machen.«

Sosim durchquerte den von verblichener sowjetischer Propaganda geschmückten Eingang, dann das eigentliche Sportstudio, in dem schweißglänzende, nackte, von Tattoos bedeckte Oberkörper Gewichte stemmten. Durch eine kleine Tür gelangte er auf eine Dienstbotentreppe und über sie in einen von zwei Bewaffneten bewachten Flur. Er kam an einem Raum vorbei, in dem drei Männer bündelweise Rubel, Dollars und Euros in Geldzählmaschinen legten, erreichte einen geräumigen Saal, in dem einst die Offiziere der Roten Armee getanzt hatten, und ging auf eine gepanzerte Tür zu, die von zwei mittelalten Gorillas mit Maschinengewehren bewacht wurde. Der *Pachan* bevorzugte etwas erfahrenere

Männer, die vielleicht nicht mehr ganz so schnell waren, dafür aber über ein geschultes Auge verfügten. Sosims Schritte hallten in dem Saal wider, doch sie würdigten ihn keines Blickes und machten sich nicht die Mühe, ihn zu grüßen. Sosim war nie im Knast gewesen und trug auch keine Tattoos. Nach ihren Begriffen wie denen der anderen hatte Sosim keine Geschichte. Trotzdem gehörte der junge Mann zu den Bossen, und als klar wurde, dass er nicht die Absicht hatte, die Klinke zu drücken, musste einer der beiden sich bequemen und ihn einlassen.

Neben dem Boss hinter seinem gewaltigen Schreibtisch warteten sechs weitere Männer auf ihn, bequem in Sesseln und auf Sofas sitzend. Sie waren ebenso alt wie Witali, sie gehörten zur selben Generation von Mafiosi, die sich nach den Machtkämpfen von 2005 Sankt Petersburg unter den Nagel gerissen hatten. Die einen hatten an der Jagd in Prypjat teilgenommen, gekleidet wie reiche Engländer, die anderen hatte er nie zuvor gesehen. Sie tranken, rauchten, aßen Sandwiches und unterhielten sich lautstark über Banalitäten. Sosim würdigten sie erst eines Blickes, als Witali aufstand und zu ihm hinging, um ihn zur Begrüßung zu umarmen.

»Da wäre also unser Sosim, der uns erklären wird, wie wir noch reicher werden können.«

Aus Respekt vor der Etikette musste Katajew aber zunächst der Einladung des *Pachan* folgend an der Unterhaltung teilnehmen. Er beschränkte sich auf eine halbe Tasse Tee und lauschte mit geheucheltem Interesse den Anekdoten und dem Klatsch der alten Halsabschneider. Sosim beobachtete sie und verbarg seine Verachtung hinter einem wohlerzogenen Lächeln. In seinen Augen waren sie tätowierte Höhlenmenschen, von der Geschichte längst überholt. Sogar Hollywood hatte schon mit enormer Effizienz von ihnen erzählt, und statt schnellstens Deckung zu suchen, hatten sie sich geehrt gefühlt und festlich begangene Privatvorstellungen organisiert. In London hatte er eine Fotoausstellung von russischen Mafiatätowierungen gesehen und diese Bilder betrachtet, als gehörten sie zu einer alten, bösen Kultur. Er fand sie sentimental. Gespenstisch sentimental. Dank Gewalt und Korruption und einem zähen Überlebenstrieb hatten sie im neuen Russland Wurzeln schlagen und an die Schaltstellen von Politik und Wirtschaft gelangen können. Genau wie ihre Kollegen überall auf der Welt. Sosim hasste sie mit jeder Faser seines Herzens, und die Verstellung fiel ihm täglich schwerer.

Der *Pachan* war überzeugt, dass Sosim ihm unendlich dankbar war und er sich auf ihn verlassen konnte wie auf ein treues Hündchen. Witali setzte große Hoffnungen in ihn und sah in ihm gewissermaßen das Verbindungsglied zwischen Tradition und Moderne, seit er sein Talent für Finanzdinge erkannt hatte. Ihm war schon seit einiger Zeit klar, dass seine Brigade in Vergleich zu anderen im Rückstand war und Geschäfte auf höchster Ebene nicht von tätowierten Händen abgeschlossen werden konnten. Ebenso durfte er sich nicht weiter nur auf Leute stützen, die mit Korruption oder Erpressung oder durch gefährliche Allianzen groß geworden waren. Die *Organisatsia* musste in ihrem Inneren respektable Bürger heranziehen, wohlausgebildet und effizient, bereit zum Einsatz ihren Kompetenzen gemäß. Sosim war das erste diesbezügliche Experiment, von den anderen Bossen misstrauisch beäugt.

Jetzt schnaubte Wiyia Nikitin, Sosims deutlichster Widersacher, ungeduldig. »So, jetzt lass mal deine Wundermärchen hören, Junge.«

Sosim blickte zu Witali hinüber, der mit einem Nicken seine Zustimmung gab.

»Wir wissen alle, dass wir Probleme damit haben, unser Geld zu waschen. In Russland können wir es nicht reinvestieren, und so verlieren wir bislang zehn bis zwanzig Cent pro gewaschenem Dollar«, begann er seine Erklärung in selbstsicherem Tonfall, während er Fotokopien verteilte. »Gemäß einer präzisen Anweisung des *Pachan* habe ich einen Plan ausgearbeitet, um dieser Situation zu begegnen und unsere Mittel optimal zu reinvestieren.«

»*Unsere* Mittel, *unser* Geld …«, unterbrach ihn ungnädig Igor, in ganz St. Petersburg dafür berühmt, dass er mehrere Züge mit Material der Roten Armee kassiert hatte. »Der redet, als hätte er etwas dafür getan, es zu verdienen.«

Sosim Katajew unterbrach seinen Bericht und wartete Witalis Reaktion ab, die sogleich erfolgte: »Wenn Sosim unser Kapital schützt und vermehrt, gehört das Geld auch ihm, wie allen Mitgliedern der Brigade.«

»Fakt ist, der Junge gehört nicht zu uns, und dass sein Onkel es tat, ändert daran nichts«, meinte einer, den die anderen Potap nannten. »Es passt mir nicht, ihm zuhören zu müssen, als ob er uns etwas beizubringen hätte.«

Sosim begriff, dass jetzt der Moment gekommen war, seine eigene Meinung beizutragen.

»Ich bin nicht so angesehen wie ihr und auch nicht so mutig«, gab er zu. »Ich bin nur ein Wirtschaftsexperte im Dienst unseres *Pachan*, der mich, wie ihr wisst, vor Jahren zum Studieren ins Ausland geschickt hat. Ich habe all meine Zeit dem Ziel gewidmet, mich der Brigade nützlich machen zu können, und jetzt bin ich hier, um meine Dankbarkeit und Treue zu beweisen. Dem *Pachan* und euch allen. Auch im Gedenken an meinen Onkel Didim, der ehrenvoll im Gefängnis von Jekaterinburg gestorben ist.«

Das war der typische pompöse und sinnleere Redeschwall, wie er den Mafiosi so gefiel, und tatsächlich bedeuteten sie ihm zufrieden fortzufahren. Was für ein Haufen Idioten!

»Wir müssen das Kapital nicht nur vor der Polizei schützen, vor den Richtern und unseren Gegnern, sondern auch vor der Wirtschaftskrise, die allmählich weltweit spürbar wird«, erklärte er. »Meine Arbeit zielt darauf ab, sichere und rentable Aktivitäten zu finden. Darum habe ich eine Umweltsanierungsfirma gegründet, die den Auftrag erhalten hat, den kontaminierten Wald in einem weiten Umkreis um Tschernobyl abzuholzen. Die UNO zahlt uns für die Entsorgung, also lassen wir das Holz verschwinden, das dann in drei großen Sägewerken in Slowenien wieder auftaucht, die uns gehören und wo es das örtliche Produktionssiegel bekommt. Ein Teil des Holzes wird in einer Sargfabrik verwendet, die wir letzte Woche erworben haben ...«

»Beerdigt wird immer, da gibt es keine Krise ...«, witzelte Witali und löste einen Heiterkeitsausbruch bei seinen Kumpanen aus.

Sosim lächelte höflich, bevor er weitersprach: »Der Rest kommt in eine Fertighausfabrik und ein Parkettwerk, beide haben wir vor ein paar Monaten gekauft. Die Abfälle, die bei der Produktion entstehen, werden zu Pellets gepresst, als Brennmaterial für Heizungen. Wir haben bereits ein imposantes Kundennetz aufgebaut, vor allem in Frankreich, Österreich, Deutschland und Italien.«

»Ein ganzes Vermögen nur mit dem Scheißholz!«, rief Nikita bewundernd aus.

»Der Wald von Tschernobyl bietet auf lange Sicht Möglichkeiten für breit angelegte Geschäfte«, kommentierte Katajew. »Das Ausgangsmaterial kostet uns nichts, im Gegenteil. Es wird uns sogar bezahlt, und es hat Eigenschaften, die sich hervorragend vermarkten lassen.«

»Bis auf den kleinen Nachteil, dass es radioaktiv ist«, bemerkte der *Pachan* mit einem spöttischen Lächeln.

Er war zufrieden angesichts der Art und Weise, wie Sosim die Aufmerksamkeit der untergeordneten Bosse erregt hatte. Das war der erste Schritt zum Respekt. Um den zu erlangen, brauchte es allerdings noch viel Zeit. Und einen Haufen Gewinn.

Er hob sein Glas.

»Prost auf Sosim und sein Gehirn ... Und auf mich selbst für meine gute Idee, ihn zum Studieren nach England zu schicken. Wie hieß diese Stadt noch gleich?«

»Leeds.«

»Direkt nach Hause?«, fragte Foma später, als er den Mercedes anließ.

»Ja bitte«, antwortete Sosim. »Ich bin müde.«

Der Wagen rollte gen Stadtzentrum, durch ein früheres Industriegebiet, dessen Gebäude jetzt auf den Abriss warteten, um für die wachsende Mittelschicht bestimmten Wohnvierteln Platz zu machen.

Als Foma vor einer Kreuzung verlangsamte, schnitt ein SUV ihm den Weg ab und zwang ihn zu halten, während sich ein Lieferwagen an seine Seite schob, aus dessen Seitentür maskierte und bewaffnete Männer sprangen. Rasch legte Foma den Rückwärtsgang ein, entschlossen, die Flucht zu versuchen, aber Sosim legte ihm die Hand auf die Schulter.

»Wir wollen uns doch nicht abknallen lassen. Mach den Motor aus und die Türen auf.«

Der junge Mann gehorchte. Die Angreifer rissen die Türen auf und sprangen in den Mercedes. Einer setzte sich neben den Fahrer und drückte ihm den Lauf eines MG mit Schalldämpfer in den Bauch, zwei weitere versteckten sich hinten im Fußraum.

Sosim begegnete dem Blick von einem davon unter der Sturmhaube. Himmelblaue, ganz offensichtlich weibliche Augen.

»Zurück zum Hauptquartier«, befahl Sosim.

Der Fahrer sah ihn im Rückspiegel an. »Bist du ein Verräter geworden, Sosim?«

»Nein, bin ich immer gewesen«, antwortete er ohne besondere Betonung.

In Fomas Augen traten Tränen vor Wut und Schmerz, doch schlug er gehorsam das Lenkrad ein, um zu wenden.

Katajew nahm sein Handy. »Ich komme gleich noch mal vorbei«, kündigte er an. »Ich habe ein paar Unterlagen vergessen.«

Diesmal grinste Foma nicht in die Kamera, aber dem Wachmann fiel das nicht weiter auf. Er betätigte den Toröffner und wandte sich wieder dem kleinen Fernseher zu, den er in die Wachkabine hatte bringen dürfen. Eigentlich sollte er ihn nur nachts anmachen, aber es würde sich ja nie jemand darüber beklagen. Er ließ sowieso nur Leute rein, die er kannte. Alle anderen mussten draußen auf eine Genehmigung warten. Als er sah, dass der SUV und der Lieferwagen mit hineinglitten, war es schon zu spät. Er griff nach seiner an der Wand lehnenden Kalaschnikow, doch eine Granate war schneller.

Der Mercedes hielt vor dem Haupteingang. Den Motor des Mercedes abzustellen, war das Letzte, was der junge Fahrer tat. Der Mann neben ihm setzte ihm eine Kugel unters Kinn und stieg dann aus wie die anderen. Sosim blieb im Wagen sitzen, hinter Fomas Leichnam.

Er spürte nichts. Dabei hatte er lange auf diesen Augenblick hingearbeitet. Drinnen war bereits eine Schlacht entbrannt, über deren Ausgang für ihn kein Zweifel bestand. Diejenigen, die er hier eingeschleust hatte, würden gewinnen.

Schon waren nur noch vereinzelte Detonationen zu hören. Gnadenschüsse. Ein paar Minuten später kamen sie ihn holen. Sosim durchwanderte wieder die Flure und Säle, diesmal musste er über Leichen steigen. Die der Buchhalter waren auf die Seite geschafft worden, und ein paar Männer häuften die Geldscheine in Plastiktüten.

Sosim betrat das Arbeitszimmer des *Pachan*. Der war der einzige Überlebende. Umso besser, das machte die Sache für ihn leichter. Die anderen hatten sich hinknien müssen, dann hatte man ihnen einen Nackenschuss verpasst. Mit einem Blick begriff Witali, wer hinter der Vernichtung seiner Brigade steckte. Es war ein so schwerer Schlag für ihn, dass er sich an die Brust griff und zusammensackte.

Katajew zerrte ihn an einem Arm zu einem Regal, hinter dem sich der Wandtresor verbarg. Er presste Saytsews Hand auf den Scanner, und die Tür öffnete sich. Witali starb, aber Sosim packte rasch einen Laptop mit biometrischer Sicherung und hielt Witalis Gesicht für die Retina-Erkennung fest.

Während Katajew schnell etwas über die Tastatur eingab, versuchte Witali ihm etwas zu sagen. Wahrscheinlich wollte er ihn beschimpfen, ihm seine Verachtung ins Gesicht schreien, doch er brachte nur unartikulierte Töne heraus.

»Mach hin!«, rief einer vom Kommando. »Wir legen gleich Feuer.«

»Ihr müsst abwarten«, entgegnete Sosim. »Der Laptop muss in den Tresor zurück, und ich bin noch nicht fertig.«

»Fünf Minuten«, knurrte der andere, »du hast noch fünf Minuten.«

Der vom *Pachan* für unverbrüchlich treu gehaltene Wirtschaftsexperte tilgte jegliche Spur von den organisatorischen Verknüpfungen hinter den Tschernobylgeschäften. Dann tat er alles wieder an seinen Platz. Der Tresor würde dem Feuer widerstehen, nicht aber dem Schweißbrenner, mit dem die Überlebenden der Brigade ihn öffnen würden; sie sollten glauben, der Anschlag habe Saytsews Leben und dem etlicher seiner Bosse gegolten. Bei der Gelegenheit hätte Sosim auch Geld von den Konten auf den Cayman-Inseln abheben können, aber das wäre ein verdächtiges Detail gewesen, an dem sein ausgeklügelter Plan nicht scheitern sollte.

Während das Kommando die Phosphorbomben in Stellung brachte, eilte Katajew ins Erdgeschoss auf der Suche nach einer bestimmten Leiche, die er gleich unten an der Treppe fand. Er zog ihr seine Armbanduhr an – auf dem Gehäuse war die Widmung des *Pachan* eingraviert –, außerdem seine Schuhe und seinen Mantel mit Portemonnaie und allen Dokumenten. Einer der Bewaffneten schoss dem Toten eine Ladung Kugeln ins Gesicht, um ihn unkenntlich zu machen. Das Feuer, das bereits im Obergeschoss wütete, würde den Rest erledigen.

Eine Hand packte Sosim und zog ihn hinaus, andere stießen ihn auf den Rücksitz des SUV, in dem schon die Frau wartete, die den Überfall angeführt hatte. Der Fahrer gab Gas, der Wagen schoss durch das Tor. Nach ein paar hundert Metern nahmen beide ihre Sturmhauben ab. Sie war blond, attraktiv, hatte hohe Wangenknochen und einen im Fitnessstudio gestählten Körper. Ihr Name war Ulita Winogradowa, Leutnant beim FSB, dem aus der Asche des KGB erstandenen russischen Inlandsgeheimdienst.

»Wie fühlt man sich so als Toter, Sosim?«

»Frag das lieber Witali.«

»Dabei hatte er so große Pläne mit dir.«

»Sie waren nicht nach meinem Geschmack.«

»Keinerlei Gewissensbisse? Du musst doch etwas für deine gefallenen Kameraden empfinden.«

»Es ist mir ein Hochgenuss, mich dieser Idioten zu entledigen. Meine Loyalität gilt dem Vaterland, sonst niemandem.«

Ulita legte ihm die Hand auf den Oberschenkel und griff fest zu, was ihm eine schmerzverzerrte Grimasse entlockte.

»Dem Vaterland und mir«, schnurrte sie. »Du bist mein Geschöpf, Sosim, vergiss das nie.«

Katajew rang sich ein Lächeln ab. »Das würdest du mir nicht erlauben, da bin ich gewiss.«

»General Worilow sagt, wer einmal verrät, der tut es wieder. Es ist eine Droge. Jetzt hast du davon gekostet. Wenn du jemals versuchen solltest, uns zu hintergehen, dann kümmere ich mich persönlich um dich.«

»Das bezweifle ich nicht im Geringsten. Deswegen kannst du auch ganz unbesorgt sein. Du wirst sehen, in Zürich gibt es keine Probleme.«

»Das Ziel wurde geändert. Du gehst nach Marseille.«

»Was soll ich denn in Marseille?«, platzte er heraus. »Ich soll Geld in die Kassen der Dienste der Föderation fließen lassen, und in Frankreich habe ich keine Kontakte.«

»Es gelten andere Prioritäten, Sosim. Außerdem werden Befehle nicht diskutiert.«

Für den Rest der Fahrt schwiegen beide. Katajew war zutiefst verwirrt. Er hatte ganz andere Pläne gehabt, Pläne, die mit denen von Ulita und General Worilow nur teilweise übereinstimmten. Marseille, dachte er, da bin ich noch nie gewesen. Ein alter amerikanischer Film fiel ihm ein, der unter Drogenhändlern spielte, er hatte ihn in einem Club in Leeds gesehen. Er suchte Bilder in seinem Gedächtnis. Gangster und Fischsuppe.

14° 22′ S 50° 92′ O

Der erste Container plumpste in den Ozean wie ein in einen stillen Teich geworfener Stein. Absolut senkrecht sank der große Metallquader, bis er krachend auf den felsigen Grund traf. Die Klappen widerstanden dem Aufprall nicht, eine davon sprang auf wie ein riesiges Maul und erbrach Dutzende rostiger Fässer. Der zweite Container zerquetschte ein paar davon, blieb aber selbst intakt.

Die somalische Küste war nicht fern, und Kapitän van Leeuwen wollte diese Fracht rasch loswerden. Die wachhabenden Matrosen suchten das Meer mit starken Ferngläsern ab, während die malaiische Besatzung die Container einen nach dem anderen mit dem Bugkran ausluden.

Jetzt kam der Zweite Offizier angerannt und hielt ihm ein Satellitentelefon hin: »Mister Banerjee am Apparat.«

»Guten Tag«, stotterte van Leeuwen diensteifrig. »Ja, fast fertig. Ja, ich rechne damit, dass wir in wenigen Tagen dort sind, abhängig vom Wetter. Es hat ein paar Probleme mit den Motoren gegeben ...«

21° 41′ N 72° 20′ O

Mister Banerjee telefonierte aus einem eleganten SUV, der schnell die Trapaj Road in Alang hinunterfuhr. »Dann informieren Sie mich wie immer vierundzwanzig Stunden vorher, damit ich die Mannschaft organisiere«, erinnerte er den Kapitän, bevor er auflegte. Mit Vornamen hieß er Sunil, war neunundzwanzig Jahre alt und Spross einer bekannten Familie von Parsen, die in verschiedenen europäischen Ländern eine Kette indischer Restaurants besaß. Groß gewachsen, schlank, mit feinen Gesichtszügen, tadellos gekleidet, dazu eine filigrane Brille. Man hätte ihn eher in einem eleganten Büro in London vermutet als auf einer verdreckten Werft, wo Schiffe aller Art abgewrackt wurden.

Die alte Narbe im Gesicht des Mannes am Steuer, sie verlief von der Lippe bis zum linken Ohr, unterstrich den sozialen Abstand zu dem Schnösel, den er chauffierte. Er war unter dem Namen Surendra bekannt, über fünfunddreißig, und sein Spezialgebiet war der Handel mit Arbeitskräften. Banerjee hatte ihn als Chef des Sicherheitsdienstes seiner Werft eingestellt, eine von vielen entlang der Küste, die mit den Jahren ein regelrechter Schiffsfriedhof geworden war. Die Entscheidung für Surendra war wohlbegründet gewesen, denn der Mann verstand sich auf sein Metier. Indem er kleine Gefälligkeiten, Drohungen und Gewalt geschickt dosiert anwendete, konnte er sich Respekt verschaffen wie kaum ein anderer. Innerhalb kurzer Zeit war er Sunils Vertrauensmann geworden und vertrat jetzt dessen Interessen in Alang. Die beiden mochten und respektierten einander. Freunde würden sie nie werden, aber der Parse war ein Unternehmer, der Treue und gute Arbeit zu belohnen wusste und die gewaltige Macht seiner Familie nie ausspielte.

Der SUV bog auf das Gelände einer Werft ein, auf der Männer, Frauen und Kinder ein Handelsschiff auseinandernahmen; es war auf den schwarzen Sand hinaufgezogen, den Öl und alle möglichen anderen Flüssigkeiten tränkten, die aus den Motoren und Laderäumen von Dutzenden Schiffen gesickert waren. Bald würde nur noch das Skelett des Schiffs übrig sein, dazu bestimmt, von Schneidbrennern zerlegt zu werden.

Gruppen von Erwachsenen schleppten die demontierten Teile zu bereitstehenden LKW. Die Kinder unterhielten Feuer in tiefen Sandlöchern, in denen Holz- und Plastikabfälle brannten.

Sunil blickte von seinem Tablet-Computer auf und betrachtete die Szene genau. »Du musst ihnen Beine machen, Surendra. Sie sind zu langsam, wir müssen mit der örtlichen Konkurrenz Schritt halten. Den Wettlauf mit den Chinesen haben wir schon verloren, wir können es uns nicht leisten, das Vertrauen unserer Kunden zu enttäuschen.«

Der Mann am Steuer deutete auf die Arbeiter. »Du irrst dich. Wir sind genauso schnell wie unsere besten Konkurrenten. Das Problem ist nur, auch die Gesündesten werden sehr schnell krank. Sie atmen zu viel Scheißdreck ein, weißt du.«

»Dann musst du sie eben schneller ersetzen«, schimpfte Banerjee. »Wie weit ist der Plan gediehen, tamilische Handlanger zu importieren?«

»Die ersten kommen in den nächsten Wochen, aber das sind immer ganze Familien. Man kann sie nicht wegschicken, wenn einer von ihnen krank wird, sonst will bald keiner mehr arbeiten.«

»Egal, such eine Lösung.«

»Ich verstehe dich nicht«, protestierte Surendra. »Hier läuft alles richtig gut, und du machst am Ende noch ein Plus, indem du die Abfälle und das andere Zeug entsorgst.«

»Ich kann mich nicht erinnern, dich an der Uni in Betriebswirtschaft gesehen zu haben«, meinte der Schnösel ironisch. Dann schlug er einen weniger scherzhaften Ton an. »Ich plane, du führst aus! Eine klare Rollenverteilung ist die Grundlage von gesunden Geschäften. Oder nicht?«

Das Klingeln seines Handys ersparte Surendra eine Antwort. Aufmerksam lauschte er dem ausgesprochen kurzen Anruf. »In der Klinik gibt es Probleme«, sagte er und legte den Rückwärtsgang ein.

»Klinik« war nicht ganz der passende Begriff für die kleine, moderne Einrichtung, die nach außen hin für diejenigen, die auf der Werft arbeiten mussten, eine minimale Gesundheitsfürsorge gewährleistete, vor allem bei den ständigen Verbrennungen durch die Schneidbrennerflammen, mit denen die unerfahrenen Leute hantierten. Die tatsächliche Tätigkeit dort war aber eine ganz andere, und eine schwedische Reporterin, Gulli Danielsson, hatte das herausgefunden. Jetzt sammelte sie mit Interviews und Fotos Informationen. Als der SUV mit Surendra und Mister Banerjee auf dem Parkplatz einfuhr, war das Objektiv ihrer Nikon gerade auf drei junge Männer gerichtet, die sich in Positur gestellt hatten und frische Narben auf Höhe ihrer Nieren darboten. Als sie Surendra sahen, verschwanden sie eilig. Die Journalistin wirkte verärgert, begann aber sogleich, sich auf dem Hof nach anderen Zeugen umzusehen. Sie übte diesen Beruf seit vielen Jahren aus, lange genug, um zu erkennen, dass dies eine Geschichte war, die sich weltweit verkaufen würde, und so ihre Karriere wieder in Schwung kommen könnte, die nach der Geburt ihres zweiten Kindes ins Stocken geraten war.

Sunil rief den örtlichen Polizeichef an. »Wie kann es passieren, dass sich eine Journalistin in meiner Klinik herumtreibt? Wir bezahlen euch fürstlich, damit ihr die Schnüffler fernhaltet.«

Der Beamte konnte es sich nicht erklären. Die Frau war in der Stadt, ohne die offizielle Erlaubnis eingeholt zu haben, die verpflichtend war, eben damit die Öffentlichkeit nicht zu viel von dem erfuhr, was in Alang vorging.

Banerjee legte wütend auf, winkte Surendra zu sich und flüsterte ihm etwas zu. Mit entschlossenem Gesichtsausdruck ging sein Handlanger los.

Gulli Danielsson war zu beschäftigt, um auf Vorsichtsmaßnahmen zu achten, und bemerkte Moti nicht, einen von Surendras Schlägern, der mit einer dünnen Gerte aus hartem Holz auf sie zuging. Er schlug sie ausschließlich ins Gesicht. Ein-, zwei-, fünfmal. Dann riss er ihr den Fotoapparat vom Hals und floh mit ihrer gesamten Ausrüstung. Das Gesicht der Reporterin war nur noch eine blutige Maske. Sunil bot ihr sein Taschentuch an und half ihr auf die Beine.

»Kommen Sie, Sie brauchen einen Arzt.«

»Er hat mir die Kamera gestohlen!«, jammerte die Frau.

»Wirklich schade. Da gibt man sich Mühe, seine Arbeit gut zu machen, und dann kommt so ein kleiner Gangster und macht alles kaputt. Aber Sie hatten Glück, das hätte noch viel schlimmer ausgehen können.«

Zwei Pfleger halfen ihr auf eine Liege, und ein Arzt verfrachtete sie mit einer Spritze ins Land der Träume.

»Ich weiß nicht, ob das eine gute Idee war. Wenn die aufwacht, beschwert sie sich bei ihrer Botschaft«, meinte Kuzey Balta, der türkische Chirurg und Spezialist für Organentnahmen.

»Du hast recht. Wir sollten uns wirklich keine diplomatischen Verwicklungen an den Hals schaffen. Also, du entnimmst ihr beide Nieren und sämtliche anderen Organe, für die es in Mumbai Abnehmer gibt.«

»Wird sich denn niemand nach ihr erkundigen?«

»Sie ist illegal in Alang. Für die Behörden existiert sie nicht.«

Der Arzt zuckte mit den Schultern und wies einen Pfleger an, die Patientin vorzubereiten.

»Und wir machen den Laden dicht«, beschloss Banerjee. »Dass eine dahergelaufene Reporterin Wind von der Sache bekommen hat, bedeutet, dass es Zeit wird, uns etwas anderes einfallen zu lassen. Ich melde mich bei dir, sobald es geht.«

»Wenn ich mich zur Verfügung halten soll, musst du mich bezahlen.«

»Wir werden uns schon einigen.«

25° 42' S 54° 63' W

»Gott ist groß«, so begann der Muezzin den Adhān, den rituellen Gebetsruf. Sein Sprechgesang ertönte über kräftige Lautsprecher außen an der Moschee und umschwebte die Autos, die langsam im vormittäglichen Verkehr vorankamen.

Verdrossen kurbelte Deng das Fenster hoch. Um sich die Zeit zu vertreiben, kabbelte er sich mit Tingzhe. Die übliche Geschichte wegen der Schichten ihrer Frauen in der Wäscherei. Dengs Frau wollte sich immer besonders schlau anstellen. Die beiden Männer kannten sich von Kindesbeinen an, sie gehörten zur letzten Generation, die direkt aus China nach Ciudad del Este gekommen war. Ihre Kinder waren schon in Paraguay geboren worden und hörten »Jodete« von La Secreta, paraguayischen Folk Rock.

Sie ließen das Minarett hinter sich, das die riesigen Werbewände der Einkaufszentren überragte, und erreichten den Parkplatz eines Restaurants, das mit roten und goldenen Buchstaben für seine »Comida China« warb. Ein paar zerlumpte Kinder näherten sich dem Lieferwagen und bettelten um Münzen. Die beiden Männer verjagten sie schreiend mit starkem kantonesischem Akzent.

Tingzhe stieg als Erster aus und lud den Rollkarren mit der gewaschenen Wäsche aus. Um diese Tageszeit war das Restaurant leer, und er ging voran zum Eingang im Wissen, dass er damit seinen Freund mit dessen übertriebenem Sinn für gute Sitten und Hierarchien zur Weißglut treiben würde.

Deng kam ihm laut schimpfend durch die Tür hinterher, verstummte aber sofort, als er sah, dass das Lokal durchaus nicht leer war. Vier junge, grell gekleidete Chinesen mit lang ins Gesicht hängenden Haarsträhnen betrachteten ihn schweigend. Sie rauchten und tranken Bier. Die beiden Angestellten der Wäscherei wichen langsam zurück, wurden aber von zwei weiteren jungen Männern mit Pistolen aufgehalten, die plötzlich hinter ihnen standen. Der Älteste der Gruppe, höchstens zweiundzwanzig Jahre alt, winkte Tingzhe näher, der gehorchte. Der junge Mann goss ihm Bier ein und steckte ihm eine Zigarette zwischen die Lippen.

»Bitte nimm Platz, sei unser Gast«, sagte er mit freundschaftlichem Schulterklopfen.

Entsetzt konnte Deng die Augen nicht von den beiden bewaffneten Gangstern lassen. Lächelnd steckten sie die Pistolen weg, griffen zwei Stühle und schlugen damit auf ihn ein. Der Mann stürzte zu Boden, und sie machten sich über ihn her.

Tingzhe versuchte, den Blick von dem schreienden Deng zu wenden, aber nach Tabak und Waffenöl riechende Hände packten seinen Kopf und zwangen ihn zu beobachten, wie sein Freund erschlagen wurde.

Die Mörder packten die Leiche und stopften sie in den Rollkarren. Das Blut beschmierte die Tischdecken.

»Dein Freund hier hatte einen Unfall, weil ihr das falsche Restaurant beliefert habt«, erklärte der Boss mit leiser Stimme. »Jetzt tust du mir den Gefallen und bringst den Karren Freddie Lau zurück. Er ist ein kluger alter Mann und wird verstehen, wie wichtig es ist, künftig gewisse Situationen zu vermeiden.«

Lautlos verschwand die Bande aus dem Lokal. Wie eine fette Schlange, dachte Tingzhe. Er wollte aufstehen, doch die Beine versagten ihm. Eine alte Frau kam aus der Küche. Schleppenden Schritts und fortwährend leise vor sich hinnuschelnd, schlurfte sie zu dem Karren und warf einen gleichgültigen Blick hinein.

»Die Wäsche ist schmutzig. Nimm sie wieder mit.«

Rund zwanzig Minuten später lud Tingzhe Dengs Leichnam aus dem Lieferwagen und schob den Karren in eine riesige, mit Waren aller Art gefüllte Lagerhalle. Spielzeug, Kleidungsstücke, Kochutensilien, allerlei Kleinkram ragte aus den Kartons, ob diese nun offen oder durcheinander in die hohen Regale gestapelt waren, zwischen denen in den vielen Gängen Transportkarren herumfuhren. Dutzende Personen arbeiteten ameisengleich, niemand aber machte Aufhebens um die blutige Leiche, die aus der Kiste herausragte.

Auf Tingzhes bleichem Gesicht standen Schweißperlen, er blickte starr vor sich hin. Ganz am Ende der Halle befand sich der aus Fertigteilen gebaute Raum mit der Verwaltung. Drei mit Sturmgewehren bewaffnete Männer versperrten ihm den Weg.

»Ich habe das hier beim Boss abzuliefern«, stammelte er, sichtlich verwirrt.

Keiner der Männer antwortete, aber einer der Gorillas ging, um Anweisungen einzuholen, und nach wenigen Minuten fuhren die kleinen Rollen des Karrens lautlos über den rosa Teppichboden eines langen Korridors.

Beim Anblick der ungewöhnlichen Fracht schlossen die Angestellten hastig ihre Türen, außer denen, die an den Geldzählmaschinen allzu beschäftigt waren, um eine vorüberrollende Leiche zu bemerken.

Nianzu, Chauffeur und Leibwächter des Chefs, öffnete eine Tür, und Tingzhe betrat einen reich im klassisch chinesischen Stil eingerichteten Raum. Teppiche und Statuen wären die Zierde jedes Museums einer Metropole gewesen. Hinter dem Schreibtisch saß ein alter Chinese, dünn und mit hagerem Gesicht. Er sah aus wie siebzig, konnte aber auch ohne Weiteres zehn Jahre älter sein. Freddie Lau hielt sich mit einer strengen Diät und allmorgendlichem Tai Chi in Form.

»Haben dir die Fujianesen gesagt, du sollst diese Leiche in mein Büro bringen?«

Tingzhe nickte.

»Du weißt, dass das eine persönliche Beleidigung ist. Warum hast du es getan?«

»Ich weiß nicht.«

»Was genau ist passiert?«

Der Mann berichtete in sämtlichen Details.

Freddie Lau platzte heraus: »Dein Vater hat schon für mich gearbeitet. Ein guter Mann, der die Traditionen achtete und mir den rechten Respekt erwies. Danke ihm in deinen Gebeten, dass du noch am Leben bist.«

Nianzu nahm Tingzhe beim Arm und führte ihn zur Tür. Dann wandte er sich um und begegnete dem besorgten Blick seines Chefs.

Freddie zückte seinen knochigen Zeigefinger. »Ruf Garrincha an«, befahl er. »Sag ihm, dass wir zu ihm unterwegs sind.«

Genau um zwölf Uhr mittags hielt die Limousine des Chinesen vor einem in Bau befindlichen Gebäude. Drei Leibwachen und Nianzu geleiteten Lau zwischen Gruppen von arbeitenden Schreinern, Klempnern und Elektrikern zu einem Aufzug.

Esteban Garrincha erwartete sie mit aufgesetzt betrübtem Lächeln auf den Lippen. »Es tut mir leid, was geschehen ist.«

Lau ignorierte ihn, Nianzu antwortete für ihn mit einem weggeworfenen, wie ausgespuckten Dank.

Dann stiegen sie aufs Dach und gelangten zu einer geräumigen Laube, die einen eleganten, gut organisierten Salon beherbergte. In einen Sessel geflätzt, plauderte ein dickwanstiger Mann mit einem jungen Mädchen, das herausgeputzt war wie eine Luxushure, dabei hätte sie um die Tageszeit in die Schule gehört.

Der Fettwanst stand behende auf und verjagte seine Gespielin mit einem Wink. Carlos Maidana war der Boss der mächtigsten Verbrecherorganisation von Ciudad del Este. Freddie und er machten seit unzähligen Jahren miteinander Geschäfte.

»Mein lieber Freund, willkommen!« Er breitete die Arme aus. »Kommst du, um nachzusehen, wie die Arbeit an unserem Einkaufszentrum vorangeht?«

»Ich muss gewiss nicht nachprüfen, ob mein Freund Carlos im gemeinsamen Interesse arbeitet«, antwortete der Chinese. »Ich komme, um dich zu fragen, was du mit den Fujianesen vorhast. Ich habe schon drei Männer verloren und die Kontrolle über eine Reihe von Restaurants und Läden. Du bist der Boss hier in der Stadt, und es ist Zeit zu zeigen, auf welcher Seite du stehst.«

Maidana zog ein makelloses Taschentuch hervor und tupfte sich einen inexistenten Schweißtropfen von der Stirn. »Die Sache ist die, du hättest früher handeln müssen, Freddie. Du hättest sie beseitigen müssen, als sie ankamen, als es noch wenige, unorganisierte Männer waren, stattdessen hast du zu lange gezögert, und jetzt zwingen sie dich in einen Krieg, von dem sie offenbar glauben, dass sie ihn gewinnen. Ich hoffe auf dein Verständnis, dass ich nicht Männer und Geld verlieren möchte, nur um dir einen Gefallen zu tun.«

»Hier steckt auch mein Geld drin. Außerdem haben wir noch andere Geschäfte miteinander, vor allem kennen wir uns seit dreißig Jahren. Die Fujianesen sind Barbaren, sie kennen keine Treue wie Freddie Lau, und wenn sie mich be-

siegen, bist als Nächster du an der Reihe. Ich bitte dich um deine Hilfe bei der Aufteilung des Terrains.«
»Das kann ich gern tun, Freddie. Ich schicke Esteban Garrincha, er soll mit den Fujianesen reden und ein Treffen arrangieren. Die Vorstellung eines Krieges in meiner Stadt gefällt mir nicht.«
»Keine Sorge. Wir Chinesen sind diskret, auch wenn wir einander umbringen.«
Carlos Maidana nickte und drückte Freddie die Hand.
»Nutze deine Karten gut, Amigo. Ciudad del Este wird immer schöner und fetter, und wir können ihre Herren bleiben.«
Garrincha wandte sich der Aussicht über die Stadt zu, um den beiden alten Dummköpfen nicht laut ins Gesicht zu lachen. Die Herrschaft dieser zwei bestand nur deswegen noch, weil sie als Erste hier eingetroffen waren und Polizei, Gerichtsbarkeit und Politiker auf ihren Gehaltslisten standen, aber Ciudad del Este änderte sich schwindelerregend schnell, und Leute wie sie würden bald von den Fujianesen und allen anderen, die tagtäglich mit neuen Ideen aus der ganzen Welt heranströmten, weggewischt werden. Auf der anderen Seite der Grenze, einen Katzensprung weit entfernt, lagen Brasilien mit Foz do Iguaçu und Argentinien mit Puerto Iguazú. *La Triple Frontera.* Drei Städte, in einem einzigen Pakt des Verbrechens miteinander verbunden: dem Schmuggel. Ciudad del Este aber, das er hier von oben betrachtete, war das pulsierende Herz all dessen. Dollar, Euro, Won und Guaraní gingen von Hand zu Hand, die Leute sprachen Spanisch, Portugiesisch, Arabisch, Russisch, Englisch, Chinesisch. Waffen und Drogen. Terrorismus und Finanzen. Elektronikteile und Markenkleidung. Originale und gefälschte Ware, ununterscheidbar. Alles bewegte sich unendlich rasch. Carlos und

Freddie waren verflucht langsam, und das würde ihren Untergang bedeuten. Esteban Garrincha wandte den Blick zur Brücke der Freundschaft, dem Puente de la Amistad. Sie war voller ausländischer Käufer, die nach Hause zurückgingen, die Hände voller Tragetüten. Er konnte das Geld bis hier oben riechen. Garrincha seufzte. Er hatte nicht mit dreißig Jahren die sichere, bequeme Laufbahn als Unteroffizier bei der Infanterie aufgegeben, um im Heer von zwei alten Verlierern zu bleiben.

»Esteban.«

»Ja, Boss?«

»Begleite Freddie bitte zum Wagen.«

Aus dem Augenwinkel sah Garrincha, dass Maidana das Mädchen wieder zu sich gewunken hatte. Die Kleine hieß Lucita, und in dem Moment, wenn seine offizielle Frau die Situation nicht weiter duldete, würde Carlos sie in irgendein Bordell nach Asunción schicken. Ein endloses Heer von Schwänzen und Schluss mit dem Geld. Dann Drogen oder Alkohol.

Am Spätnachmittag hatte der Boss Garrincha zu einer Reitbahn wenige Kilometer außerhalb der Stadt bestellt. Carlos wurde von zwei Leibwächtern begleitet, von zwei Polizisten im Dienst und von Neto, seinem Fahrer. Garrincha ließ sich an einem Tisch nieder, der für einen Imbiss gedeckt war, und nahm eine Flasche Orangenlimonade aus einem eiswürfelgefüllten Eimer. Das gesamte Anwesen war für Marcela, Paulita und Iluminada gedacht, Maidanas nervige, verwöhnte Töchter. Neun, elf und vierzehn Jahre alt, eine schlimmer als die andere. Garrincha fand sie unerträglich, und er hatte den Verdacht, dass ihr Vater diese Abneigung teilte. Zur Abwechslung trieben sie ihren Privatlehrer zur Verzweiflung, der ihnen am liebsten ein paar ordentliche Fußtritte verpasst oder zumindest losgeschrien hätte, um sich ein wenig Respekt zu verschaffen, stattdessen aber nichts tat, als panisch Richtung Maidana zu blicken. Er musste einem leid tun, so lächerlich war das.

»Wenn du zu den Fujianesen gehst, gib dir keine übertriebene Mühe«, sagte Carlos. »Tu so, als würdest du das Nötige unternehmen, aber nur, um meinen Freund Freddie Lau zufriedenzustellen.«

»Du meinst, sie sollen sich ruhig gegenseitig fertigmachen?«

»Das ist unvermeidlich. Wenn Freddie Lau mit dem Krieg beschäftigt ist, ist das Einkaufszentrum sein letztes Problem. Es wird teurer, als ich gedacht hatte, und je weniger ich teilen muss, desto schneller hat es sich amortisiert.«

»Wie soll ich mich verhalten?«

»Bitte um einen Waffenstillstand und ein Treffen, aber ohne irgendwelche substanziellen Garantien anzubieten. Die Fujianesen werden das zwar nicht annehmen, aber wir stehen vor Freddie gut da.«

»Kann ich dich noch was fragen?«

Maidana grinste. »Ich weiß auch schon, was. Warum ich Freddie nicht gleich selbst beseitige und das Geld für mich behalte?«

Esteban nickte.

»Weil Freddie die Triaden vertritt und ich keine Lust habe, mich mit einem so mächtigen Gegner anzulegen«, erklärte Carlos und wandte sich dann an Neto: »Und du bring mir mal diese Witzblattfigur her. Ich hab keine Lust, mein Geld aus dem Fenster zu schmeißen.«

Der Hauslehrer kam sofort angerannt. »Zu Ihren Diensten, Señor Maidana.«

»Ich bezahle dich, damit du die drei Gänse auf Linie bringst: Ich selber kann das nicht tun, weil meine Alte mir dann die Hölle heißmacht, und du lässt dir von denen auf der Nase rumtanzen? Hast du keine Eier in der Hose? Jetzt gehst du hin und zeigst ihnen, wer das Sagen hat, verstanden?«

Dem armen Mann traten die Tränen in die Augen. »Am besten wäre es, Sie würden mal mit ihnen reden. Ihre Töchter sind leider nicht sehr diszipliniert.«

Neto griff sich an den Gürtel und entsicherte seine Pistole. Von ihrem Gelächter verfolgt, eilte der Mann von dannen.

Carlos seufzte und drückte Garrinchas Arm. »Drei bescheuerte Töchter. Stell dir mal vor, die würden meine Nachfolge übernehmen. Das will ich wirklich mal sehen, du unter der Fuchtel von den drei Hexen.«

Wiederum Gelächter. Der Einzige, der das nicht lustig finden konnte, war Garrincha selbst.

Am nächsten Morgen parkte Garrincha vor einem Automatenwaschsalon. Paraguyanische Frauen unterhielten sich lautstark darin, rauchend und trinkend.

Garrincha ging nach hinten durch, klopfte an eine Panzertür und wurde in ein Lager voller Schmuggelware eingelassen. Der Mann, der ihm geöffnet hatte, trug eine Pistole in einem Schulterholster.

»Na, so eine Ehre! Maidanas Laufbursche! Schickt dein Chef dich, dass du uns die Ohren langziehst?«

»So was in der Art.«

Der Mann winkte ihm, er solle folgen, und führte ihn in eine Gasse hinter dem Lager. Sie betraten ein verfallenes

Wohnhaus, in dem viele Chinesen unter elenden Bedingungen lebten, Neuankömmlinge, die darauf warteten, dass man ihnen eine Wohnmöglichkeit zuwies. Dann gelangten sie auf die Rückseite eines Motels mit Kunstrasen und einem Swimmingpool in Haifischform. Latinas und chinesische Mädchen leisteten fujianesischen Gangstern, die einen ganzen Flügel des Gebäudes besetzt hatten, Gesellschaft. Der Mann deutete auf ein Fenster im zweiten Stock, dann machte er auf dem Absatz kehrt.

Garrincha wurde von Kalaschnikow tragenden jungen Männern kontrolliert und lernte Huang Zheng kennen, den unbestrittenen Chef von Freddie Laus Gegnern. Er sprach ein hervorragendes, an der Universität von Madrid erworbenes Spanisch, zeigte sich liebenswert und bereit, eine »vernünftige« Lösung zu suchen. Garrincha bewunderte ihn aufrichtig und war überzeugt, einen Mann vor sich zu sehen, der klug und zukunftsträchtig dachte.

Kurz nach Mitternacht bahnte er sich einen Weg zwischen Karton- und Styroporbergen, die von den Putzgeschwadern vor den Läden in den Gängen eines der größten Einkaufszentren von Ciudad del Este aufgehäuft wurden. Er blieb vor einer Tür stehen, die von einem privaten Wachmann in einer Uniform ähnlich derjenigen der Polizei von Chicago gehütet wurde. Wortlos hielt er ihm unauffällig ein paar Banknoten hin, und der Typ trat zur Seite. Esteban Garrincha ging einen endlosen, gänzlich menschenleeren Dienstbotenflur hinunter und gelangte zu einem Aufzug, der ihn ins höchste Geschoss brachte, wo sich bereits geschlossene Bars und Restaurants befanden. Er ging aufs Dach hinaus, zündete sich dort eine Zigarette an und bewunderte seine schöne Stadt. Dann fuhr er wieder mit dem Aufzug hinunter, bis in die Tiefgarage, und durchstreifte sie auf der Suche nach einem diskreten Ausgang. Er hatte keine Eile. Es hatte zu regnen begonnen.

Einige Tage später saß Garrincha neben Freddie Lau in dessen Limousine. Irgendwann fuhren sie an einem Fußballfeld vorbei, auf dem gerade ein Spiel lief.

»Ich habe auch mal Fußball gespielt«, sagte er unvermittelt. »Eine Zeitlang habe ich sogar gedacht, ich könnte Mané Garrinchas Erbe werden, der des größten Rechtsaußen der Welt. Nicht nur wegen des Nachnamens.«

Freddie und die beiden Leibwächter wechselten einen gelangweilten Blick, aber Esteban beschloss, das zu ignorieren, und erzählte weiter: »Ich konnte ihn so perfekt imitieren, dass ich mit einer Art Sketch in Lokalen auftrat, einmal sogar im Fernsehen. Doch eines Tages wurde mir klar, dass ich mich lächerlich machte, und hörte auf, es als schlechte Kopie von Mané Garrincha zu versuchen.«

»Soll uns diese Geschichte irgendetwas sagen?«, fragte Freddie, den Blick weiter unverwandt vor sich gerichtet.

»Señor Lau, Sie kennen mich, Sie wissen, ich bin ein vertrauenswürdiger Mann, der sich immer ehrenhaft verhält. Wenn diese Sache mit den Fujianesen vorbei ist, könnten Sie dann vielleicht ein gutes Wort bei meinem Boss für mich einlegen? Er behandelt mich nicht wie einen Stellvertreter, manchmal scheint er sogar zu vergessen, dass ich eines Tages seinen Posten übernehmen werde. Er wird ja wohl kaum eine von seinen Töchtern an die Spitze der Organisation stellen wollen …«

Der Alte lächelte: »Ja, drei Töchter, das ist ein wahrer Fluch. Eine einfache Nachfolge wird es nicht geben können, ich wundere mich, dass du das noch nicht begriffen hast.«

»Was begriffen?«

»Dass nach Carlos' Tod derjenige das Kommando übernimmt, der die internen Konkurrenten ausschaltet.«

»Garrincha begriff die Botschaft sofort. »Und er wird draußen mächtige und kluge Freunde brauchen.«

Endlich geruhte Freddie ihn anzusehen. »Freunde, die frühzeitig deinen Mut und deine Treue zu schätzen gelernt haben.«

Mit einem Lächeln neigte Esteban respektvoll den Kopf. »Ich danke Ihnen für Ihren kostbaren Rat.«

Die Limousine fuhr auf den Parkplatz des Einkaufszentrums, das Esteban so sorgfältig erkundet hatte. Lau und die beiden Bodyguards folgten ihm durch die langen Gänge, unter die Menge von Menschen mit ihren Einkäufen gemischt. Garrincha gab dem Mann vor der Service-Tür, den er am Vortag schon bestochen hatte, ein Zeichen, und dieser öffnete diensteifrig.

»Ich bedaure, Ihnen einen so langen Weg zumuten zu müssen, Señor Lau, aber das ist eine heikle Begegnung, sie verlangt uns manche Vorsichtsmaßnahmen ab.«

»Du redest wie ein Anwalt«, spottete einer der Gorillas.

»Um mich mach dir keine Sorgen, Esteban«, schnitt ihm der Alte das Wort ab.

Im Aufzug drückte Garrincha den Knopf für das oberste Stockwerk. Er wartete kurz, dann fasste er über seinen Kopf, nahm den schweren Trommelrevolver aus der Deckenverkleidung, den er am Vortag dort versteckt hatte, und erschoss die beiden Leibwachen. Mit dröhnenden Ohren hielt er den Fahrstuhl an und drückte den Knopf für die Tiefgarage. Freddie Lau, vom Blut seiner Männer bespritzt, verzog keine Miene, sondern starrte den Verräter nur hasserfüllt an. Als die

Türen aufglitten, kamen drei Fujianesen mit Maschinengewehren gelaufen. Stoisch trat der Alte aus dem Fahrstuhl und sah seinem Schicksal mit dem Mut ins Auge, den seine Position verlangte.

»Wo ist mein Geld?«, fragte Garrincha und versuchte verzweifelt, wieder etwas zu hören.

Die Fujianesen eröffneten das Feuer. Lau wurde als Erster getroffen und deckte unwillentlich mit seinem Körper Garrincha, der das Feuer erwiderte, die vier in der Trommel verbleibenden Kugeln aber sofort verschossen hatte. Mit einem Satz konnte er sich in den Aufzug retten, in dessen sich schließende Türen die Kugeln einschlugen wie Hagel. Im Erdgeschoss warf er die blutbefleckte Jacke weg und ging rasch im Hemd weiter zum Ausgang. Nianzu, Laus Fahrer, bemerkte ihn und begriff unmittelbar, was vorgefallen war. Er nahm sein Mobiltelefon hervor und benachrichtigte seine Leute.

Garrincha ging zum Puente de la Amistad. Darin, das Land zu verlassen, lag die einzige unsichere Chance zu überleben. Er war der allerletzte Idiot gewesen, ein wahrer *pendejo*, sein Leben war jetzt keinen Pfifferling mehr wert. Alle würden alle jagen. Maidana, die Triaden, die Fujianesen. Er hatte sich von Huang Zheng beschwatzen lassen wie ein dummer Junge.

Er hatte nur noch ein paar Münzen in der Tasche statt der fünfzigtausend Dollar, die der Boss der Fujianesen ihm versprochen hatte. Er war am Arsch. Die sich vor der Grenze drängende Menge zwang ihn, langsamer zu werden. Er bekam keine Luft mehr. Ihm war, als würde er in seiner eigenen Dummheit untergehen. Einen Moment lang war er kurz davor, das Sicherungsnetz zu erklimmen und sich in den Paraná zu stürzen. Da kam ihm in den Sinn, dass es in Foz do Iguaçu jemanden gab, der ihm helfen konnte, und er ließ sich vom

Strom der Leiber Richtung Zoll treiben. Ein großes Schild verkündete in eckigen Buchstaben: »Ihr seid stärker als die Drogen«. Die Grenzwachen betrachteten Garrincha aufmerksam. Er war der Einzige mit leeren Händen, er hatte Blutspritzer im Gesicht, aber keinen streifte auch nur die Idee, ihn aufzuhalten. Diese Menschenmenge konnte für eine Kleinigkeit in Aufruhr geraten, und gemäß ihrer Befehle beschränkten sie sich darauf, Stockungen zu vermeiden. Garrincha gelangte auf die brasilianische Seite und ließ Paraguay hinter sich, und zwar für immer, das schönste Land, das Gott je erschaffen hatte. An der Bushaltestelle stieg er in einen dachlosen Sightseeingbus voll lachender und scherzender Touristen mit ihren Fotoapparaten. Eine mittelalte Gringa bot ihm ein Papiertaschentuch an und deutete auf sein Gesicht. Esteban befeuchtete es mit dem wenigen Speichel, der ihm geblieben war, und rubbelte sich das Gesicht ab. Die Fahrt endete vorm *Samba Paradise*, wo die Touristen von als Cariocas verkleideten jungen Leuten empfangen und in einen großen Saal geleitet wurden, in dem sie die nächsten Stunden über tanzen würden, von wahren Meistern angeleitet. Ein Orchester stimmte leidenschaftslos »Aquarela do Brasil« an. Garrincha löste sich aus der Gruppe und klopfte an die Direktionstür. Mit einem Summen entriegelte sich die Tür, und er stand einem kleinen Dünnen gegenüber, der ihm mit einer Pumpgun mit abgesägtem Lauf bedeutete, es sich bequem zu machen.

In dem Büro stank es nach Kokain und Schweiß. Rund ein Dutzend von mit Pistolen bewaffneten jungen Männern lümmelte sich auf teuren Ledersofas; sie beäugten ihn misstrauisch. Esteban lief geradewegs auf den Schreibtisch des Chefs zu, der wie immer in solchen Fällen enorm groß und enorm teuer war.

Ein Typ mit etwas hellerer Haut und einer dicken, veralteten Brille war damit beschäftigt, einen Stapel Banknoten in zwei gleiche Teile zu sortieren, ohne den Kopf zu heben. Nicht, weil er etwa nicht neugierig gewesen wäre, aber als Buchhalter der Organisation durfte er sich keinen Fehler erlauben, sich nicht einmal um ein paar Dollar verzählen, sonst hätte man angenommen, er habe sie eingesteckt, und das wäre nicht das erste Mal gewesen. Er würde entlassen, wenn nicht gleich liquidiert und durch einen anderen ersetzt.

Gold glänzte auf der ebenholzschwarzen Haut des Chefs. Er hieß Orlando Mendes und hatte sich blutjung dem Primeiro Comando da Capital, der Mafia von São Paulo, angeschlossen, die ihn vor einer Weile nach Foz do Iguaçu entsandt hatte, damit er mit der dortigen Konkurrenz aufräumte. Ganz war die Aufgabe noch nicht erledigt, aber er hatte schon erhebliche Fortschritte gemacht. Garrincha kannte ihn recht gut, da Maidana ihm bisweilen Waffen lieferte.

»Drüben auf der anderen Seite der Grenze jagen dich alle«, informierte ihn Mendes. »Zum ersten Mal in deinem Leben bist du wirklich was wert, tot oder lebendig.«

Die Jungs fassten zärtlich an ihre Pistolenknäufe, und Garrincha lief der Schweiß in die Augen. Maidana und die Triaden hatten nicht lange damit gewartet, ein Kopfgeld auf ihn auszuloben.

»Ich habe dir den einen oder anderen Gefallen getan«, stotterte er, »ich bitte dich nur um Hilfe, damit ich untertauchen kann.«

»Nein. Gefallen waren das keine, das war alles geschäftlich.«

Mendes spielte mit seinen dicken Ringen und Armbändern. Das half ihm nachzudenken. Dann verzog ein grausames Grinsen seine Lippen. »Ich helfe dir nur, wenn du uns deine Mané-Garrincha-Nummer vorführst. Sonst kannst du sowieso nichts, und meine Jungs hatten noch nie Gelegenheit, dich dafür zu bewundern ...«

Hinter sich hörte Esteban zustimmendes Gemurmel und kniff die Augen zusammen. Der Boss wollte ihn erst demütigen und dann das Kopfgeld einstreichen. Sich zu weigern wäre allerdings dumm gewesen und hätte ihm unnötige Schmerzen eingebracht. Diese Burschen hier warteten nur darauf, den Ersten abzuknallen, der ihnen ins Schussfeld geriet. Also tänzelte er los und tat so, als hätte er einen Ball vor den Füßen.

»Da dribbelt der große Garrincha um einen Gegner herum«, rief er im Tonfall eines Sportreporters. »Er läuft aufs Ziel zu, doch ein Verteidiger will sich dazwischenstellen, der Ball rollt ihm zwischen den Beinen hindurch, wieder tunnelt der große Garrincha, er nimmt den Ball von links, bereitet den Schuss vor, und – Toooor!«

Keuchend stand Esteban da, außer Atem nach dieser quälenden Vorstellung.

»Das sollte Mané sein?«, beschwerte sich einer der jungen Männer. »Das Arschloch will uns für dumm verkaufen, respektlos ist das.«

»Halt's Maul, Fernandinho«, unterbrach ihn Mendes. Er zog eine Schublade auf, holte eine Handvoll eiförmige Kokainpäckchen heraus und warf sie auf den Schreibtisch. »Mit denen bist du für eine Zeitlang versorgt und kannst deinen Arsch retten.«

»In Ordnung. Wohin soll ich gehen?«

»Marseille. Da werden Maidana und die Triaden dich nicht auftreiben.«

»Marseille?«

»Ja, mein Hübscher, Marseille. In Frankreich.«

»Aber das ist in Europa! Was soll ich dort?«

Orlando verschränkte die Arme. »Wie, Ansprüche? Vielleicht hat Fernandinho doch recht, und du willst uns verarschen.«

Garrincha legte die Hände zusammen wie einst am Tage seiner Kommunion. »Ich bitte dich um Entschuldigung. Ich werde tun, was du sagst.«

Der Brasilianer vergnügte sich damit, ihn zappeln zu lassen, und weidete sich an seiner Angst. Nach einer Weile, die Esteban unendlich erschien, geruhte er den Mund aufzumachen. »Wir warten noch auf das Okay von unseren französischen Freunden. Wenn wir es haben, kriegst du von uns einen falschen Pass und ein Flugticket.«

»Und bis dahin?«

»Putzt du bei uns die Scheißhäuser. Du machst dir ja kein Bild, wie viel die scheißen, diese Scheißtouristen«, und er strich sich den Bauch. »Liegt an der Samba. Auf die Touris wirkt die wie ein Abführmittel.«

51° 30′ N 00° 10′ W

Innerhalb der Familie sprach Sunil Banerjees Mutter ausschließlich Gujarati, angeblich, damit die englischen Hausangestellten nicht lauschen konnten. Wenn ihr Sohn sie in dem prunkvoll ausgestatteten Haus in London besuchte, bestand sie darauf, dass er traditionelle Kleidung anlegte, solche wie die schweren, an der Wand hängenden Stücke der Vorfahren. Sunil tat ihr gern den Gefallen, denn er hing sehr an seiner Mutter.

»Dein Vater ist ziemlich böse auf dich«, sagte sie.

»Du weißt genau, ich habe nicht die geringste Absicht, eine Restaurantkette zu führen. Das ist eine Kugel an den Füßen, die mich über kurz oder lang in den Abgrund ziehen würde.«

»Dein Vater braucht dich aber, jetzt, wo er beschlossen hat, in die Niederlande zu expandieren. Außerdem bist du der einzige Sohn, was soll sonst aus dem Familienunternehmen werden?«

»Ich werde es mit Vergnügen an die Chinesen verkaufen.«

»Sunil, du bist wirklich unmöglich.«

»Nein, ich bin vorausschauend in ökonomischen Fragen.«

Seine Mutter seufzte. »Kann ich wenigstens darauf hoffen, meine Familie wiedervereint zu sehen? Ich will euch nicht mehr nur getrennt voneinander sehen.«

»Wenn mein geliebter Vater verspricht, mich nicht zu nerven ...«

»Er wird sich nicht zurückhalten können, du kennst ihn doch.«

»Das bedeutet, dass ich seine junge hinduistische Geliebte erwähne.«

Seine Mutter kicherte. »Das wäre wirklich lustig. Eine Hindu! Wenigstens hat deine Schwester sich überzeugen lassen, sich mit einem Parsen zu verloben.«

»Weil du ihr gedroht hast, nicht mehr finanziell für ihr süßes Nichtstun geradezustehen und sie zur Arbeitssuche zu zwingen!«

»Hör auf mit deinen Witzen. Sag mir lieber, wann du endlich heiratest. Dein Vater hat ein sehr hübsches Mädchen für dich gefunden.«

»Die ist doch fast noch ein Kind, sie geht auf das Zoroastrian College in Mumbai, und ich habe sowieso nicht vor, so bald zu heiraten.«

»Wann wirst du endlich anfangen, dich wie ein Parse zu benehmen?«

»Mama, Freddie Mercury war ein Parse. Zubin Mehta ist Parse. Unsere Welt hat sich weiterentwickelt seitdem«, und er deutete auf einen Druck aus dem Jahre 1878, der drei Männer und einen kleinen Jungen zeigte.

Er spürte, wie eines seiner Mobiltelefone in seiner Hosentasche vibrierte. Nur eine einzige Person kannte diese Nummer. Er entschuldigte sich und zog sich in sein Zimmer zurück, das seit seiner Zeit auf der Uni unverändert geblieben war.

»Hi, Sosim! Heißt dein Anruf, dass du den großen Schritt gewagt hast?«, fragte er aufgeregt und betrachtete dabei ein gerahmtes Foto. Es war vor einigen Jahren in einem Studentenpub in Leeds aufgenommen worden. Vorne links stand er selbst, daneben Sosim, dann kamen ein Mädchen mit langen schwarzen Haaren und ein weiterer junger Mann mit Lockenkopf. Pints und fröhlich lachende, respektlose Gesichter.

»Marseille? Wolltest du nicht nach Zürich?«, fragte er überrascht. Mit offenkundiger Sorge lauschte er der Antwort.

»Dann müssen wir unsere Pläne anpassen.« Sie machten ein Treffen aus und legten auf. Sein Herz klopfte stark. Das damals im Gespräch entstandene Projekt sollte jetzt Wirklichkeit werden. Noch hätte er sich zurückziehen können, aber das würde er nie tun. Dieser Plan war derart genial und durchgeknallt, dass er jeden Einsatz wert war. Sogar den des Lebens.

Er dachte daran, wie ihm der russische Kommilitone zum ersten Mal aufgefallen war. Sosim joggte durch den Saint George's Park. Die Sohlen seiner Laufschuhe berührten kaum den Boden. Rhythmus, Tempo. Sunil war von seinem verstörten Gesichtsausdruck betroffen gewesen. Er kannte ihn nur zu gut, er sah ihn allmorgendlich im Spiegel. Ein paar Tage später sprach er ihn in einem kleinen Restaurant, in dem die Wirtschaftsstudenten häufig aßen, an.

»Er hat schon alles entschieden, oder?«, fragte er ihn ohne weitere Umstände.

Sosim ließ sich nicht aus der Fassung bringen. »Wen meinst du?«

»Deinen Papa und deine Zukunft.«

Der Russe schüttelte den Kopf. »Ich bin eine Art Waise.«

»Du Glücklicher. Aber wer zahlt dann dein Studium, damit du eine große Nummer in der russischen Finanzwirtschaft wirst?«

»Das geht dich nichts an.«

»Da irrst du dich, ich bin Sunil Banerjee, der unwiderstehliche Parse aus Leeds, und wir haben etwas gemeinsam.«

»Ach ja, nämlich?«

»Ein vorbestimmtes Schicksal.«

Eine eingehende SMS holte ihn aus den Erinnerungen. Die Nachricht bestätigte ein Rendezvous mit einer attraktiven jungen Frau in einem bekannten Hotel in der City. Er zog eine Schublade auf, entnahm ihr einige große Banknoten und steckte sie in sein Portemonnaie. Vicky wollte in bar bezahlt werden. Sie war ein altmodisches Mädchen.

43° 17' N 5° 22' O

Das Flugzeug landete kurz vor Mitternacht, nach einem Flug, der die Hölle gewesen war. Esteban Garrincha hatte schon darüber reden gehört, aber er hätte sich nicht im entferntesten vorstellen können, was es bedeutete, diese beschissenen Koksbeutelchen im Darm zu haben. Die Angst, eines davon könnte platzen, zerriss ihm fast die Eingeweide, und der Stuhldrang war fast nicht auszuhalten. Einerseits konnte er sich nicht erlauben, etwas zu essen oder zu trinken, andererseits musste er so tun als ob, denn die Stewardessen meldeten Passagiere, die Essen und Trinken verweigerten, den Bullen.

Beim Aussteigen memorisierte Garrincha die Adresse, die Mendes ihm sich zu merken befohlen hatte. Während der langen Stunden des Fluges hatte er versucht, sich keine Gedanken über sein zukünftiges Leben als Illegaler in Frankreich zu machen. Er wusste nichts über das Land, er kannte kein einziges Wort der Landessprache. Nun gut, eines nach dem anderen, hatte er gedacht. Erst einmal die Ladung loswerden, dann sich dem harten Überlebenskampf zuwenden. Jedenfalls, wenn sie ihn am Zoll nicht erwischten.

Die Papiere, die Mendes ihm gegeben hatte, waren einem honduranischen Touristen namens Jorge Lima gestohlen worden. Der Typ, der sein Foto eingesetzt hatte, verstand sich auf sein Geschäft. Es konnte klappen.

Der Polizist musterte den Pass, als handele es sich um einen Text aus der Antike.

»Zweck des Besuchs?«, fragte er, während er die Konsistenz das Papiers prüfte.

»Tourismus.«

Der Beamte stempelte das Dokument sorgfältig ab und warf noch einen letzten Blick darauf. »Ich wünsche einen schönen Aufenthalt.«

Garrincha schnupperte in die Luft, bevor er ins Taxi stieg. Roch sie anders als in Ciudad del Este? Ja, tatsächlich. Er zog die vier Fünfzig-Euro-Noten aus der Tasche, die Orlando ihm gegeben hatte, um die Fahrt zu bezahlen, und zeigte sie dem Fahrer. Ein Nordafrikaner. Von denen lebten derart viele in seiner Heimatstadt, dass er sie wiedererkannte. Er musste die Adresse dreimal wiederholen. Das Arschloch tat so, als würde er ihn nicht verstehen.

Ein alter Peugeot 205 stand vor dem Hotel unterster Kategorie. Die Scheinwerfer eines vorüberfahrenden Wagens beleuchteten die Kabine, in der eine Frau rauchend auf dem Fahrersitz saß. Sie war rundlich, zwischen fünfundvierzig und fünfzig Jahre alt, einen Meter fünfundsechzig groß, blondes, sehr kurz geschnittenes Haar, das ein unanmutiges Gesicht mit tiefen Falten an den Mundwinkeln bloßlegte. In dem veralteten Kassettenrekorder lief ein Band mit Johnny Hallyday; gerade sang er »Que je t'aime«.

In einem unweit geparkten Minivan hörten drei Männer, Brainard, Delpech und Tarpin, französischen Hiphop und machten dazu dreckige Witze.

»... Also bremse ich und gehe nachsehen, was das war«, erzählte Brainard. »Großer Fehler. Etwas fällt auf meinen Kopf, dann auf die Windschutzscheibe. Ich seh's mir an: ein riesiger schwarzer Dildo, dick wie eine Bierflasche. Und auf einmal geht ein ganzer Dildo-Regen auf mich nieder. Kein Witz. Als hätte Gott auf Marseille geblickt, gesehen, was hier läuft, und gesagt: ›Keine Heuschrecken für euch. Ich schicke euch eine Plage von großen schwarzen Schwänzen …‹«

»Und wo kamen die hier?«, fragte Delpech, der sich vor Lachen krümmte.

»Aus einem von den Fenstern da oben. Da stand ein Schwuler und schmiss den Schweinkram von seinem Liebhaber auf die Straße. Und unten sammelte eine klapperdürre Transe alles ein und steckte es in ihre Tasche. Ganz unglaublich.«

»Schaut mal.« Tarpin deutete auf ein Taxi, das anhielt und einen Mann aussteigen ließ.

»Latino, rund dreißig, gerade gelandet, leichtes Gepäck …«, zählte Delpech sarkastisch auf. »Kommt der euch nicht ein bisschen verdächtig vor?«

»Dieser Dildo hat Beine und spricht Spanisch«, ergänzte Tarpin.

»Vielleicht hat er ja ein Visum als Student?«, überlegte Brainard.

Auch die Frau in dem Peugeot hatte die Szene beobachtet. Sie nahm ein Walkie-Talkie vom Beifahrersitz. »Jetzt!«, kommandierte sie, und die Männer sprangen aus dem Minivan.

Der Portier des Unterschlupfs hatte keine Fragen gestellt, sondern ihm wortlos den Schlüssel von Zimmer 74 ausgehändigt. Garrincha war geradewegs auf die Toilette gerannt, wo ein Klistier griffbereit auf dem Bord unterm Spiegel wartete.

Er riss sich die Hosen hinunter und schob sich den Schlauch in den Anus. Genau in diesem Augenblick wurde die Tür von drei Bewaffneten eingetreten, die jetzt vor ihm standen, zwei Pistolen und eine Pumpgun auf ihn gerichtet.

Er stand da, die Hosen auf den Füßen, die Hände in der Luft. Einer von den dreien wedelte mit Handschellen. Garrincha seufzte. »Jeder Zehnte, der hier ankommt, wird an die Bullen verkauft, damit die ihre Fressen in der Zeitung bewundern können ... Es trifft immer den Döfsten ... *Soy el pendejo de esta fiesta* ...«

Dann ließ er sich auf die Klobrille fallen. Er konnte nicht mehr. Die drei Polizisten ließen ihn sich in Ruhe entleeren, aber er musste das Koks auffangen und die Kautschukpäckchen sorgfältig waschen. Dann zerrten sie ihn in Handschellen und mit einer Kapuze überm Kopf zum Minivan, wo er sich auf den Boden legen musste, als Fußabtreter für ihre Kampfstiefel. Garrincha dachte, die Polizisten seien doch überall auf der Welt gleich.

Als sie ihm bald darauf die Kapuze abnahmen, saß er nackt, mit gefesselten Händen und Füßen auf einem Stuhl, der am Boden festgeschraubt war, an einem Ort, der durchaus keine Polizeiwache war, eher eine verlassene Fabrik. In der Luft hing starker Fischgeruch.

Ihm gegenüber saß eine mittelalte Dame und blätterte rauchend in seinem Pass. Hinter ihr die drei Typen, die ihn getatzt hatten. Sie drückte die Kippe mit dem Absatz aus.

»Verstehst du Französisch?«, fragte sie auf Spanisch.

»Nein.«

»Dann kannst du von Glück sagen, dass meine Kollegen hier deine Sprache sprechen«, erklärte sie. »Wir sind ausschließlich für spanischsprachige Idioten zuständig.«

»Warum habt ihr mich hergebracht?«

»Weil hier früher die Sardinen filetiert wurden.«

»Ich bin aber keine Sardine.«

»Nein?«

»Nein!«

Die Frau drehte sich um und nickte Brainard zu, der zu Garrincha trat und ihm einen Taser an die Hoden hielt. Esteban schrie auf. Der Stromstoß durchzuckte ihn vom Kopf bis zu den Füßen.

»Bist du eine Sardine?«, fragte die Dame.

»Ja!«, antwortete Esteban eilig.

»Was weißt du über Marseille?«

Mit einem Seitenblick auf den Mann mit der Elektropistole schüttelte Garrincha den Kopf. »Nada.«

Die Frau zündete sich eine neue Zigarette an und ging nervös auf und ab. »Ich kann einfach nicht begreifen, dass ihr hier ankommt, ohne das kleinste bisschen von dieser Stadt zu wissen, denn wenn ihr auch nur einen Funken Ahnung hättet, kämet ihr im Leben nicht auf die Idee, hier mit einem Darm voll Koks aufzukreuzen.«

Wieder ein Zeichen, wieder ein Stromstoß, ein erneuter gellender Schmerzensschrei.

»Der Vieux-Port, die Canebière, Notre-Dame de la Garde, Place de Lenche, die Calanques, Château Borély ... Ihr seid so beschränkt, euch kommt nicht mal in den Sinn, in irgendeiner Suchmaschine nach Marseille zu schauen ... Brainard!«

»Bitte nicht, es reicht!«, flehte Garrincha.

»Nein, du musst bestraft werden. Wir sind in Marseille zu Hause, du hast uns beleidigt.«

Der Bulle verpasste ihm noch eine Dosis Ampere, und die Frau nahm zufrieden Platz. »Wir können mit dir machen, was wir wollen, und dich dann ins Meer werfen, einen Stein am Hals, ohne dass ein Hahn danach kräht. Ist dir das klar?«

»Ja.«

»Und weißt du auch, dass deine Eier irgendwann platzen,

wenn wir sie lange genug mit dem Taser braten? Pissen ist dann das Lustigste, was du noch machen kannst. Glaub mir's, es steht in der Gebrauchsanweisung.«

»Ich glaub's ja!«, schrie Esteban, der jetzt überzeugt war, in den Klauen einer Geheimorganisation von sadistischen Polizisten gelandet zu sein. Er kannte ein paar davon in Ciudad del Este und wusste genau, denen entkam niemand bei lebendigem Leibe, aber verdammt, das hier war Europa. Bestimmte Dinge durfte es hier nicht geben.

»Was hältst du davon, den Mund aufzumachen?«

Wütend biss Garrincha sich auf die Lippen. Ihm war klar, dass er in diesem Stück bislang die Rolle des Idioten gespielt hatte. Nach den jüngsten Ereignissen zu urteilen, passte sie besonders gut zu ihm, aber vielleicht war jetzt der Moment gekommen, sie anders anzupacken.

»Ich würde sehr gern mit Ihnen reden, Señora, aber haben Sie mir auch etwas zu sagen?«

Sie packte ihn brutal bei den Haaren. »Schau an, du wachst auf, Baby«, flüsterte sie. »Wenn mir gefällt, was du zu erzählen hast, landest du nicht im Knast, sondern ich führe dich in den Straßen von Marseille spazieren, an einer schön kurzen Leine. Das habe ich dir zu sagen. Jetzt du.«

»Wo soll ich anfangen?«

Die Polizistin kramte in ihrer Tasche nach einem Aufnahmegerät. »Bei der ersten Dummheit, die du begangen hast. Du hast alle Zeit, du wirst nirgends erwartet.«

Eine knappe Geste, und Brainard feuerte noch eine Ladung auf ihn ab. Die Dame wartete, bis Esteban sich davon erholte. »Wenn wir annehmen müssen, dass du uns verarschst, dann wird der Teaser dich daran erinnern, dass zu lügen eine Sünde ist. Wie lautet dein wirklicher Name?«

»Esteban Garrincha.«

»Freut mich, Esteban. Ich bin Kommissarin Bernadette Bourdet, und das da sind die Herren Inspektoren Adrien Brainard, Gérard Delpech und Baptiste Tarpin.«

Die Bullen verneigten sich ironisch.

»Wo bist du geboren, Esteban?«

»In Ciudad del Este.«

»Gut. Jetzt erzähl selbst weiter.«

Zur Mittagszeit betrat Kommissarin Bourdet ein Restaurant im alten Hafenviertel. Wie immer um diese Tageszeit herrschte gedrängte Enge. An den Tischen bei der Kasse saßen Männer mit verschlossenen Gesichtern, denen es egal schien, dass sie unverwechselbar aussahen wie Angehörige des organisierten Verbrechens. Einer davon erhob sich und trat ihr taktvoll-freundlich in den Weg.

»Ciao, Ange.«

»Guten Tag, Kommissarin. Armand ist beim Essen.«

»Dann leiste ich ihm Gesellschaft.«

»Ich bringe Sie zu ihm.«

Die Kommissarin zwinkerte der Kassiererin zu, einer Dreißigjährigen mit offenherzigem Dekolleté, die mit einem angespannten Lächeln antwortete. Ange zog einen Vorhang beiseite, der einem kleinen Raum etwas Privatheit schenkte. Das Tageslicht fiel durch zwei kleine Fenster mit dickem Panzerglas hinein. Armand Grisoni tauchte den Löffel in den Suppenteller und blickte schräg in die Zeitung, die neben ihm lag.

»Na, sorgst du für sichere Straßen, Kommissarin?«

»Ich tue mein Bestes. Es sind ja so viele Bösewichte unterwegs …« Die Bourdet setzte sich und reckte die Nasenspitze nach seinem Teller. »Riecht gut.« Sie tunkte ein Stück Baguette gründlich ein, kaute in aller Ruhe, wandte sich dann zu Ange um. »Bist du so lieb und lässt mir einen Teller voll bringen?«

Kopfschüttelnd verließ der Mann den Raum.

»Was hat er denn?«, fragte die Kommissarin.

»Er macht sich Sorgen um deinen Ruf. Bei all den Journalisten, die überall herumschwirren ...«

»Wie süß von ihm, aber da braucht er sich keine Sorgen zu machen. Keiner von denen wird es wagen, mir einen Knüppel zwischen die Beine zu werfen.«

»Auch nicht der neue Polizeipräsident?«

Die Frau kicherte. »Die werden sich hüten, ihm auch nur zu erzählen, dass es mich gibt.«

Ein alter Kellner brachte die Suppe und Besteck.

»Wie ich sehe, hast du Marie-Cécile zur Kassiererin befördert.«

»Ich habe sie von der Straße geholt. Da war sie schon viel zu lange, außerdem ist sie ein gutes Kind und weiß sich an ihrem Platz zu halten.«

»Ja, auf Knien, und ganz sicher nicht zum Beten.«

»Du hast dich auch schon mit ihr vergnügt.«

»Zugegeben, das stimmt. Ich habe sie mehr als einmal in meinen Wagen einsteigen lassen, aber ich habe immer bezahlt. Ich bin keiner von den Bullen, die sich gratis von den Nutten bedienen lassen.«

Armand wartete ab, bis die Polizistin ihren Löffel ablegte.

»Was willst du mir sagen, B. B.?«

Grisoni war einer der wenigen, die sie mit diesem Spitznamen ansprechen durften. Man hatte ihn ihr verliehen, als sie bei der BAC angefangen hatte, der Brigade Anti-Criminalité. Sie war hässlich, aufsässig, bösartig und lesbisch. Mit Brigitte Bardot hatte sie tatsächlich nichts gemein als die Initialen.

»Ich hab einen Südamerikaner im dreizehnten Bezirk eingeführt und glaube, er wird auffallen. Sag deinen Jungs, sie sollen ihn mir am Leben lassen.«

»Einverstanden. Und du denkst an mich?«

Sie schob den Stuhl zurück und stand auf. »Wie immer. Dich aus dem Knast rauszuhalten, ist mein schönster Lebenszweck, Armand.«

ZWEI

Das Penthouse war geräumig und leer. Sosim Katajew trat auf die Terrasse und genoss den Ausblick über den Vieux-Port. Trotz der Novemberfrische war er in Hemdsärmeln, denn so kalt war es nicht, außerdem war er ganz andere Temperaturen gewöhnt. Marseille war viel besser als gedacht, dennoch hätte er Zürich bevorzugt, wo er sich nicht so einsam gefühlt hätte. Er war ins erste Maklerbüro gegangen, das er beim Hotel gefunden hatte.

»Gegenwärtig haben Sie da nur die Qual der Wahl«, sagte der Makler, nachdem man ihm auf Englisch erklärt hatte, dass dieser Aleksandr Peskow – den Namen hatte der FSB Sosim verpasst – zwei Luxusimmobilien von je rund dreihundert Quadratmetern erwerben wollte, die eine zu Wohnzwecken, die andere als Sitz der Gesellschaft, die er demnächst zu gründen plane.

Nachdem die Bonität des Kunden überprüft war, hatte der Makler ihm schleunigst die zur Verfügung stehenden Objekte gezeigt. Sosims Hauptkriterium war Tempo, und dank einer rekordschnellen Blitzüberweisung der Bankmitarbeiterin, die sein Konto in Zürich verwaltete, besaß er bereits gegen Abend die Schlüssel.

Er hatte sich enorm gefreut, die Stimme von Sunil zu hören,

seinem besten Freund, der bald hier eintreffen würde. Und dann sollte das Abenteuer endlich losgehen. Einer anderen Begegnung sah er eher beklommen entgegen, aber bis er diese Person würde treffen können, musste er noch einige Zeit warten.

»Ich bin Aleksandr Peskow«, sprach er in die Nacht und wiederholte den Namen ein gutes Dutzend Male, bis er ihm vertraut war und er sicher sein konnte, sich nicht zu vertun. Er machte eine letzte Runde durch die Räume, bei der er die Lichter ausschaltete, dann ging er zu Fuß ins Hotel zurück, wo er sich fürs Fitnessstudio umzog. Dort bestieg er zielstrebig das Laufband und lief los. Sosim liebte es zu laufen. Er liebte die Geschwindigkeit.

Von Kindesbeinen an hatte er nur inneren Frieden finden können, wenn er bis zur Erschöpfung lief. Mit der Zeit hatte sich das geändert. Heute diente es ihm zur Bestätigung seiner Siegesgewissheit. Und seiner Freiheit.

Punkt neun Uhr früh am nächsten Morgen war Sosim wieder in der Wohnung und erwartete die Innenarchitektin.

»Juliette Fabre«, stellte diese sich in der Tür vor, eine Matrone mit angenehmem Gesicht und großen grünen Augen. Im Schlepptau hatte sie vier Assistentinnen verschiedenen Alters.

»Bitte, treten Sie ein.«

»Sonst nehme ich eigentlich keine russischen Kunden an, aber mein Freund hat derart darauf gedrängt …«

»Warum denn das?«, erkundigte sich Aleksandr amüsiert.

»Weil sie keinem Rat zugänglich sind und mit ihrem protzigen Geschmack alles kaputtmachen.«

Peskow legte sich die Hand aufs Herz. »Madame Fabre,

von mir aus haben Sie völlig freie Hand. Mir ist nur wichtig, dass es schnell geht.«

»Aha, hübsch und sofort, was?«, meinte sie.

»Genau.« Er überreichte ihr einen dick mit Geldscheinen gefüllten Briefumschlag. »Das ist der Vorschuss. Leider in bar, verzeihen Sie, aber ich hatte noch keine Zeit, zur Bank zu gehen und Schecks zu holen.«

Das Geld verschwand in ihrer geräumigen Handtasche.

»Das ist kein Problem, seien Sie unbesorgt.«

Ein Wink, und die Assistentinnen begannen, die Wohnung auszumessen, sie aus allen möglichen Blickwinkeln zu fotografieren und Skizzen anzulegen.

»Also, hier werden wir eine sehr französische Einrichtung vornehmen, mit ein paar mediterranen Akzenten, die Büros habe ich zwar noch nicht gesehen, aber ich denke da an etwas Zeitgemäßes, Stahl, Glas und weißes Holz, und als Kontrast das eine oder andere Büromöbel aus den Fünfzigern.«

»Das klingt ganz ausgezeichnet«, meinte der Russe und empfahl sich.

Juliette Fabre blickte ihm nach. Ein gutaussehender Mann und für einen Barbaren ganz umgänglich. Woher er all das Geld hatte, fragte sie sich nicht. Heutzutage gab es so gut wie keine begüterten Kunden mehr, bei denen man wirklich wissen wollte, woher ihr Vermögen stammte.

Aleksandr Peskow nahm in der Filiale einer italienischen Café-Kette Platz, bestellte sich einen Cappuccino und holte sich eine Zeitung, »La Marseillaise«, um sich einzuleben und seine Sprachkenntnisse zu trainieren. Wie aus dem Nichts stand auf einmal Ulita an seinem Tisch. Kaum hatte er die Zeitung gesenkt, da hatte sie sich schon gesetzt.

»Ich hoffe, du hast der dicken Kuh klargemacht, dass das Bett groß und bequem sein muss?«, fragte sie mit aufdringlicher Kleinmädchenstimme.

»Ich bin überrascht, dich hier zu sehen«, sagte er. »Aber ich freue mich, so kannst du mir das eine oder andere erklären, denn unsere Absprachen scheinen nicht mehr zu gelten. Ich sollte von Zürich aus die Mittel verwalten, die wir Witali Saytsew abgenommen haben, und den Gewinn aus dem Holzhandel in Tschernobyl, um so die Kassen des FSB flüssig zu halten, stattdessen werde ich nach Marseille geschickt und sitze auf einmal hier mit dir.«

»Freust du dich gar nicht, dass ich aus der fernen Heimat zu dir gekommen bin?«

»Wahnsinnig freue ich mich. Aber jetzt lass hören.«

Sie senkte die Stimme. »Marseille ist das Tor von Afrika nach Europa, der Einfallspunkt des Schmuggels der islamischen Extremisten, zu denen die Tschetschenen mittlerweile beste Beziehungen unterhalten. Männer, Waffen ... wir müssen sie hier abfangen, bevor sie nach Russland gelangen und in der U-Bahn Bomben legen. Wir haben dich hier nicht nur hergeschickt, damit du das Vermögen deiner Ex-*Organisatsia* verwaltest, sondern wir müssen die Mittel, die du beschaffst, nutzen, um ein effizientes und stabiles Netzwerk zu schaffen.«

»Ihr hattet nie die Absicht, mich nach Zürich zu schicken, stimmt's?«

»Stimmt. Nur eine Flugstunde, schon bist du in der Schweiz und kannst dich ums Geschäftliche kümmern. Hier in Marseille sollst du Beziehungen zu allen relevanten Kreisen knüpfen. Politiker, Unternehmer, Finanzleute, alle, die uns dabei nutzen können, unsere Präsenz zu verstärken.«

»Willst du etwa sagen, hier in der Stadt sind überhaupt keine Agenten?«

»Stell dich nicht dumm«, zischte Ulita. »Russland hat viele Seelen, und jede verfügt über ihren eigenen Geheimdienst. Du stehst unter dem Befehl von General Worilows FSB.«

»Auf was für miese Überraschungen muss ich mich noch gefasst machen?«

Die Frau packte ihn am Kinn: »Bis gestern bist du ein dreckiger kleiner Mafioso gewesen. Du hast jetzt Gelegenheit, dich zu verbessern«, flüsterte sie kühl.

»Ich bitte für meine unangemessene Wortwahl um Verzeihung, Leutnant Winogradowa.«

»Bei dir weiß man nie, ob du es ernst meinst oder einen verarschen willst.«

Peskow breitete die Arme aus. »Du kennst mich, du weißt genau, wie ich funktioniere, schließlich hast du mich angeworben.«

»Und ich habe dir erlaubt, dein Schicksal selbst in die Hand zu nehmen.«

»Wie wird es aussehen, Ulita?«

Sie zuckte mit den Schultern. »Niemand kann wissen, was die Zukunft bringt. Fest steht nur, wir werden es gemeinsam erleben. Unsere Verbindung ist unauflöslich.«

»Vergiss den General nicht«, bemerkte Peskow. »Das ist eine Dreiergeschichte.«

»Nein, ihn vergesse ich durchaus nicht. Worilow ist unser Väterchen.«

Aleksandr bekam eine Gänsehaut. »Väterchen«, so war auch Stalin genannt worden, zur Zeit des großen vaterländischen Krieges, und er wollte gar nicht genauer wissen, wie die politischen Meinungen seiner Führungsoffizierin aussahen. In Russland war der frühere Diktator immer noch sehr populär, ja, er stand auf der Beliebtheitsskala hinter dem legendären Fürst Newskij und dem zaristischen Minister Stolypin an dritter Stelle. Ulitas Hingabe an ihr Land war ehrlich, trotz ihres maßlosen Ehrgeizes, der sie bisweilen zu ganz und gar verfehlten Einschätzungen bewegte.

So zum Beispiel seine Anwerbung. Sie war überzeugt, Sosim mit schönen Worten und Sex gefügig gemacht zu haben. Sie war in Leeds aufgetaucht und scharwenzelte um ihn herum, bis sie im Bett landeten. Was Leutnant Winogradowa allerdings nicht wusste: Die Beschreibung des Studenten Sosim Katajew war auf dessen eigenes Betreiben hin beim Geheimdienst gelandet. Er hatte sich sozusagen selbst angeworben. Sich von der *Organisatsia* zu befreien, sich ihr Vermögen unter den Nagel zu reißen, das waren seine ersten Schritte in Richtung völlige Freiheit.

Ulita hatte aufs falsche Pferd gesetzt, und das sollte ihr nichts als bittere Enttäuschungen bereiten. Aleksandr musste lächeln bei der Vorstellung.

»Du scheinst ja an etwas sehr Schönes zu denken«, bemerkte sie verärgert.

»An deinen schönen Hintern habe ich gedacht«, log er.

»Wir haben es schon viel zu lange nicht mehr richtig getrieben ... Schade, dass nachher mein Flug nach Zürich geht.«

»Wann kommst du zurück?«

»Gleich morgen.«

Ulita lächelte zufrieden. »Dann brauchst du ja nicht mehr so lange zu warten.«

Sie verließ das Lokal, von den Blicken sämtlicher Männer verfolgt. Für eine Agentin im Einsatz war sie definitiv zu auffällig. Peskow seufzte. Er verabscheute es, mit dieser Frau ins

Bett gehen zu müssen. Beim Vorspiel musste sie unbedingt ihre Überlegenheit unter Beweis stellen, bevor sie sich dann auf den Bauch drehte und das Gesicht ins Kissen drückte.

Ihm war nicht wohl in seiner Haut. Am liebsten wäre er bis zum Flughafen gerannt, um die innere Anspannung abzuarbeiten, die diese Begegnung ihm verursacht hatte. Missmutig setzte er sich in ein Taxi.

In Zürich hingegen nahm er den Zug in die Stadt. Er wollte sicher sein, dass ihm niemand folgte. Er aß einen Happen im *Kaufleuten* in der Pelikanstraße und prägte sich Gesichter und Transportmittel ein. Dann wanderte er mit einem beträchtlichen Umweg in die Bahnhofstraße, in der sich die Hans-Lehmann-Privatbank befand. Dort meldete er sich als Aleksandr Peskow an und verlangte einen Termin bei der für ihn zuständigen Mitarbeiterin, Fräulein Inez Theiler, machte es sich im gemütlichen Warteraum bequem und blätterte in der *Singapore Business Times*.

Inez hatte ihn unter einem anderen Namen kennengelernt, beherrschte sich aber und ließ keinerlei Überraschung erkennen, sondern reichte ihm sehr förmlich die Hand. Sie sahen einander lange in die Augen, bis der Russe sich aus der Versenkung riss und ihre Hand losließ. Sie ging ihm bis in ihr Büro voraus. Erst dort, hinter verschlossener Tür, konnten sie sich küssen. Sie streichelte ihm Gesicht und Brust.

»Sosim, Sosim, Liebster«, schluchzte sie auf, »endlich bist du da, ich hab mir so Sorgen gemacht.«

Der Russe drückte sie an sich und erwog, sie gleich jetzt über die geänderten Pläne zu informieren. Doch nur einen Moment lang, dann gab er dem Begehren nach, sie zu küssen.

»Gib mir die Schlüssel«, flüsterte er. »Ich warte zu Hause auf dich.«

Fast hypnotisiert betrachtete Peskow aus dem Schlafzimmerfenster das Vorüberfließen der Limmat und hielt so die Emotionen in Schach, die ihn überfielen. Er konnte es nicht erwarten, mit Inez ins Bett zu gehen, gleichzeitig quälte ihn die Gewissheit, dass die Nachricht, er werde jetzt in Marseille bleiben müssen und nicht nach Zürich kommen können, ihr das Herz zerreißen würde. Sie hatten sich an der Universität von Leeds kennengelernt und nach einiger Zeit ineinander verliebt, ihre Beziehung aber geheim gehalten. Das war die einzige Möglichkeit, sie zu schützen, vor der *Organisatsia*, vor Ulita, vor seinen Eltern. Nicht einmal die allernächsten Freunde waren eingeweiht.

In einem silbernen Rahmen auf dem Klavier im Wohnzimmer stand ein Polaroidfoto von vier jungen Leuten in einem Pub: Sosim, Sunil, Inez und Giuseppe, der Italiener. Sie waren unzertrennlich. Doch auch Sunil und Giuseppe gegenüber hatten sie ihr Geheimnis bewahrt. Der Plan, sich in Zürich niederzulassen, hatte dazu dienen sollen, endlich beieinander zu sein. Jetzt mussten sie die Kraft aufbringen, die Zukunft neu zu planen. Und dafür musste er sich vom FSB befreien.

Er wartete in einem Sessel auf Inez. Als sie hereinkam, bat er sie, sich auszuziehen, und betrachtete sie lange, wie sie nackt vor ihm stand. Sie war so schön. Endlich nahm sie ihn bei der Hand und führte ihn zum Bett.

Spätnachts machte Inez einen kleinen Imbiss aus Stilton-Käse, einer Flasche Sauternes und Nüssen.

»Der FSB hat mich hereingelegt«, sagte er da ohne Umschweife. »Sie haben mich nach Marseille beordert.«

Inez' Augen füllten sich mit Tränen.

»Wir werden schon eine Lösung finden«, beeilte sich Aleksandr zu sagen.

»Ach ja?«, meinte sie mit einem Anflug von Sarkasmus. Er schüttelte den Kopf. »Ich weiß nur noch nicht, welche.«

Auch Inez liebte Schnelligkeit, und zwar schnelles Denken. Es war immer ihr Talent gewesen, Situationen blitzartig zu analysieren. Nicht ohne Grund hatte sie mit ihren siebenundzwanzig in der Bank eine Stellung inne, die sonst erst nach langem Dienst zu erringen war. Dass der Verwaltungsrat fest in der Hand ihrer Familie lag, spielte dabei keine Rolle, auf solchen Posten zählte einzig Leistung. Ihre Tränen versiegten und machten kühler Überlegung Platz.

»Wir müssten das Kapital in Marseille neu investieren, mit einer anderen Risikomarge«, dachte sie laut nach. »Nicht nur wirtschaftlich gesehen ...«

»Die einzige Lösung ist, das Geld in die richtigen Kreisläufe einzuspeisen und nicht nur in Sunils und Giuseppes Projekte zu pumpen.«

»Dazu werden wir Mittelsmänner brauchen.«

»Der FSB hat angeordnet, ich solle vor Ort Beziehungen aufbauen, mit Finanzwelt, Wirtschaft, Politik.«

»Ich sehe gleich morgen die Liste unserer Konteninhaber durch und schlage dir ein paar Kandidaten vor.«

Inez stand auf und setzte sich ihm auf den Schoß. »Warum haben wir kein Glück, Sosim?«

»Ich heiße jetzt Aleksandr. Sosim gibt es nicht mehr, wenn du mich weiter so nennst, schaffe ich es nie, jemand anderer zu werden.«

»Gut, also Aleksandr. Aber jetzt antworte.«

Der Russe goss sich Wein ein, den er dann aber nicht trank. »Es geht nicht um Glück, sondern um mein Schicksal. Erst war ich persönliches Eigentum eines Mafiabosses, jetzt gehöre ich einem Geheimdienstgeneral und seiner psycho-

pathischen Geliebten. Von dem einen habe ich mich befreien können, wenn ich das mit den beiden anderen auch schaffe, können wir endlich das Leben führen, das wir wollen.«
»Vögelt dich diese Ulita eigentlich noch immer?«, fragte Inez angewidert.
»Jedes Mal, wenn sie will«, antwortete er nüchtern. »Und du, mit wem gehst du ins Bett?«
»Mit Typen, die dir ähnlich sehen, dann kann ich mir vormachen, ich wäre mit dir zusammen.« Inez stand auf und ging zu ihrem Sessel zurück. »Weißt du noch, was ich dir am letzten Abend in Leeds gesagt habe?«
»›Wir lieben uns, aber wir sind auch Komplizen‹«, zitierte Aleksandr. »›Sex and Crime. Wenn das unser Weg sein soll, bin ich bereit, ihn bis ganz zum Ende mitzugehen.‹«
»Schon ein bisschen pompös«, sagte Inez. »Es sollte den Schmerz lindern, als du gingst, das war nicht leicht … Aber genau das ist jetzt unsere Realität. Und ich bin wirklich bereit, bis ganz zum Ende mitzugehen.«
Sie gingen wieder ins Bett und lagen lange eng umschlungen schweigend da.

Esteban Garrincha humpelte im 13. Arrondissement von Marseille auf eine Zeile mit baufälligen Mietshäusern zu. Seine Hoden schmerzten derart, dass er mit leicht gespreizten Beinen gehen musste. Er war völlig fertig und ausgehungert; nach der Gefangenschaft in diesem nach Fisch stinkenden Loch hatte er zudem jedes Zeitgefühl verloren. Diese Polizistin hatte darauf Wert gelegt, dass ihm restlos klar war, wie er sich zu verhalten hatte. Dieses Viertel wollte ihm überhaupt nicht gefallen, hier herrschte dieselbe Armut und Verzweiflung wie dort, wo er herkam. Einige Grüppchen von maghrebinischen jungen Männern verfolgten ein illegales Motorradrennen und musterten ihn misstrauisch. Ein paar von ihnen umkreisten ihn mit ihren Vespas. Esteban ignorierte sie und hielt geradeaus auf sein Ziel zu. Bei der entsprechenden Hausnummer angelangt, ging er hinein und stieg in den dritten Stock, zu Fuß. Der Aufzug wurde von anderen jungen Männern bewacht, und er hatte kein Lust, erst um Erlaubnis zu fragen. Er hatte den Schlüssel für Apartment Nr. 16 erhalten, das sich als ein verdrecktes, stinkendes Zimmer erwies. Mit einem Fußtritt schloss er die Tür und beeilte sich, das einzige Fenster zu öffnen. Anders als der Russe war Garrincha keine Kälte gewohnt, und die Feststellung, dass der Heizkörper eiskalt war, hob seine Laune nicht gerade.

»Scheißpolizistin!« Er knirschte mit den Zähnen. Ein übleres Loch als das hier hatte sie wohl nicht gehabt.

Jemand klopfte dringend an die Tür. Als er sie aufmachte, sah Esteban sich einem Dutzend Halbstarker gegenüber. Der augenscheinliche Anführer stieß ihn vor die Brust und kam herein, von den anderen gefolgt.

»He, wer bist du, verdammt, und wer hat dir erlaubt, hier reinzugehen?«

»Ein Freund hat mir den Schlüssel gegeben«, sagte Esteban auf Spanisch.

Der Typ drehte sich zu seinen Freunden um. »Der spricht ja nicht mal Französisch!«

»Wird ein Kumpel von dem Idioten aus Bolivien sein, der sich von den Bullen mit einer Lieferung Koks hat erwischen lassen.«

»Pass auf, hier haben wir das Sagen, der Clan des Gitans. Merk dir das, und die Miete geht an uns.« Der Typ rieb Daumen und Zeigefinger aneinander.

Garrincha schüttelte den Kopf. Er hatte keinen Cent bei sich.

Die Jungs stießen ihn zu Boden und durchsuchten seine Taschen. Dass er die Wahrheit gesagt hatte, ersparte ihm nicht eine Reihe von Tritten. Er schützte Kopf und Hoden, so gut es ging.

Dann gingen sie, nicht ohne ihm zu drohen, sie würden ihm sämtliche Knochen im Leib brechen, wenn er am nächsten Tag nicht zahlte.

Esteban hatte nicht die geringste Absicht, sich zum Spielzeug dieser abgerissenen Typen machen zu lassen, und nahm sich abermals vor, sich eine Waffe zu besorgen. Er hob einen Besen mit abgebrochenem Stiel vom Boden auf und begann zu fegen.

Wieder klopfte es, diesmal etwas sanfter. Er öffnete, den abgebrochenen Stiel wie eine Waffe erhoben. Der kleine Junge, der draußen stand, musste sich das Lachen verkneifen. Er konnte nicht älter sein als dreizehn, auch wenn sein Gesicht eher das eines zehn Jahre Älteren war.

»Mit diesem halben Besen wirkst du ja nicht sehr gefährlich«, meinte er auf Spanisch, was Garrincha so freute, dass er auf den Spott nicht weiter einging.

»Wer bist du denn?«

»Pedro.«

»Und was willst du?«

»Kennst du den Typen, der vorher hier gewohnt hat?«

»Mag sein.«

»Komm mit.«

Vorm Eingang begegneten sie der Gruppe, die ihn angegriffen hatte, aber die Gesellschaft des Jungen genügte, um sie in Schach zu halten.

Nach fünf Minuten schweigenden Fußmarsches trafen sie bei einem Mietshaus ein, das auch in keinem besseren Zustand war als dasjenige, in dem er wohnen sollte.

»Das ist genau die richtige Gegend, um mit dem Abschaum des 13. in Kontakt zu kommen«, hatte die Bourdet gesagt.

Pedro brachte ihn in eine geräumige, saubere Wohnung, die kostspielig, allerdings arg protzig eingerichtet war, selbst für die Augen eines paraguyanischen Ganoven. Ein schmächtiger Typ um die dreißig mit Trägerunterhemd und pomadisiertem Haar saß in einem Sessel und wiegte ein dreijähriges Mädchen in den Schlaf. An ihm klimperte derart viel Gold, dass er aussah wie ein Latino-Schmuggler in einer amerikanischen Seifenoper. Er gab Garrincha mit einem Wink zu verstehen, er solle sich möglichst leise setzen.

»Sonst schläft sie nie ein und geht uns die ganze Nacht auf die Eier«, erklärte er.

Garrincha nickte tiefernst, als wäre ihm eine höchst beeindruckende Vertraulichkeit mitgeteilt worden.

»Wie heißt du?«, fragte der Pomadisierte.

»Weiß ich noch nicht.«

»Kann man wenigstens erfahren, woher du kommst?«

»Argentinien«, log er.

»Na gut. Ich bin Ramón, ich komme aus Venezuela, und du arbeitest jetzt für mich.«

»Was soll ich tun?«

»Als Erstes bringt Pedro dich zu einem verkackten Junkie, der für mich ein bisschen Stoff aufbewahren sollte und alles in Heroin eingetauscht hat. Du verpasst ihm eine Lektion und nimmst ihm alles ab, was mehr wert ist als ein Euro.«

Esteban fasste sich an den Bauch. »Ich hab seit zwei Tagen nichts gegessen, ich bin schon ganz schwach.«

»Hunger gelitten haben wir alle mal. Du erledigst deinen Job, und heute Abend kriegst du was zu essen. Klar so weit?«

Esteban schnaubte ungeduldig. Hunger, der Schmerz im Unterleib, dazu der Umstand, dass er die Marionette dieser Polizistin geworden war und eine Handvoll halbwüchsiger Zigeuner ihn misshandelt hatte … Das machte ihn alles verdammt wütend. Trotzdem sprang er auf und folgte abermals Pedro. Ein anderes Haus, wieder dieselbe Atmosphäre von Gewalt und Verzweiflung. Vor der Wohnungstür des Junkies wühlte Pedro in seiner Hosentasche und holte einen glänzenden Messingschlagring hervor.

»Tu ihm weh, dem Scheiß-Nigger.«

Eine ausgemergelte Afrikanerin von Mitte dreißig machte auf. Ein Schlag unters Kinn, und sie sackte zusammen. Schon tauchte der Schwarze auf, sichtlich von der Sucht gezeichnet.

»Was schlägst du sie? Sie hat dir nichts getan.«

Esteban Garrincha war ein Profi der Gewalt. Die Kindheit im Viertel Tarzan, dem schlimmsten der Hauptstadt, dann der Armeedienst und die Bande von Carlos Maidana, all das hatte ihn gelehrt zu töten, zu foltern und in jeder denkbaren Abstufung zu prügeln. Der Junkie überlebte nur, weil Esteban sein Geschäft wirklich verstand. Es würde das französische Gesundheitssystem ein hübsches Sümmchen kosten, ihn wieder zusammenzuflicken.

Gemeinsam mit dem Jungen durchsuchte er die Wohnung, raffte Münzen und allerlei Kleinigkeiten zusammen, insgesamt kaum mehr als hundert Euro wert. Was Garrincha aber zum Tier werden ließ, war, dass überhaupt nichts zu essen im Haus war. Er packte die Frau, die sich gerade wieder aufrappelte, am Arm und schleuderte sie auf das durchgesessene Sofa.

»Gibt es hier gar nichts zu essen?«, schrie er.

Sie kicherte leise und murmelte kopfschüttelnd etwas auf Französisch.

»Was sagt sie?«, fragte er Pedro.

»Dass du ein armer Idiot bist. Junkies geben ihr Geld nicht für Essen aus, sondern für Stoff. Wenn sie Hunger haben, gehen sie zur Armenküche.«

Esteban riss ihr Rock und Unterhosen herunter. Dann öffnete er seinen Hosenschlitz und holte seinen Schwanz raus.

»Vielleicht gehst du schon mal vor«, sagte er zu dem Jungen. »Ich hab mit der Dame noch kurz was zu besprechen.«

»Ich werd mir doch keine Vergewaltigung entgehen lassen«, entgegnete Pedro aufgeregt, »ist doch geil.«

Die Frau widersetzte sich nicht, sondern ließ ihn ohne einen Laut machen. Es war nicht das erste Mal, dass ihr das passierte, und sie wusste, es war besser, so ein aufgegeiltes Arschloch nicht unnötig zu reizen.

Als der Mann mit ihr fertig war, setzte sie sich auf, ohne ihn anzuschauen, und schob sich mit matten Bewegungen das Haar zurecht. Tränen liefen ihr übers Gesicht.

Garrincha ging ins Bad, um sich zu reinigen. Er erinnerte sich, auf dem Fensterbrett eine Rolle Toilettenpapier gesehen zu haben. Als er wieder herauskam, war der Junge verschwunden.

Er sah ihn bei Ramón wieder, bei dem er seinen Lohn abholen wollte.

»Pedro hier sagt, du hast den Typen profimäßig fertiggemacht und die Wohnung sauber durchsucht.« Ramón nahm einen Schluck Bier aus der Flasche. »Aber er sagt auch, du hast die Alte gefickt, und das hatte ich dir nicht befohlen.«

Garrincha zuckte mit den Schultern. »Wo ist das Problem?«

»In meiner Organisation wird niemand eigenmächtig tätig. Darum kriegst du keinen Cent. Und jetzt verschwinde. Wenn ich dich brauche, lasse ich dich holen.«

Garrincha kniff die Augen zusammen und atmete tief durch, um sich zu beherrschen. »Organisation? Bis jetzt hab ich nur dich und den Kleinen hier gesehen.«

Ramón grinste verächtlich. »Curro! Serafín!«, rief er.

Zwei Halbstarke kamen ins Zimmer, Pistolen im Hosenbund. Sie lehnten sich an die Wand und schauten möglichst cool drein. Garrincha war nicht im geringsten beeindruckt.

»Hier arbeiten Maghrebiner, Afrikaner, Albaner, Türken ... und wir«, erklärte Ramón. »Jeder hat seinen Anteil am Markt, und an unseren traut sich keiner ran, weil wir eine Organisation sind und uns genauso viel Respekt verschaffen können wie alle anderen auch.«

Garrincha nickte. »Danke für die Erklärung. Dann werd ich mal warten, bis du mich wieder brauchst.«

»Du bist respektlos und denkst, du kannst gehen, ohne dass ich dich bestrafe?«

Esteban seufzte. Er war müde, ausgehungert und mit den Nerven am Ende. Und alle wollten ihn bestrafen. »Ich habe nur eine Frage gestellt, mehr nicht«, sagte er beschwichtigend.

»Du hast hier keine Fragen zu stellen.«

»Ist das Problem jetzt, dass ich mir die Schwarze vorgenommen hab oder dass ich unerlaubte Fragen stelle?«

»Das läuft aufs selbe raus, Arschloch.«

»Und jetzt soll ich mir die Hose runterziehen, damit ich ein paar hintendrauf bekomme?«

Ramón sprang auf. »Fahrt ein bisschen mit ihm spazieren«, sagte er zu seinen Männern, »und brecht ihm ein paar Knochen.«

Die beiden traten grinsend auf Esteban zu. Sie waren massig, aber dumm. Der eine packte ihn am Arm, doch Garrincha trat einfach einen Schritt beiseite, langte hin, griff seine Pistole und setzte sie dem anderen an die Kehle, der sich ohne Gegenwehr ebenfalls entwaffnen ließ. Ramón machte große Augen, vor allem, als Esteban ihn fragte, wo er das Geld hatte.

»Du willst mich ausrauben?«

»Was glaubst du denn, Arschgesicht?«

»Das geht nicht«, stotterte Ramón. »Was denkst du, wo du bist? Hier in Marseille läuft das nicht so.«

»Wenn die anderen solche Anfänger sind wie ihr, dann wird das für mich richtig lustig in dieser Stadt.«

Der Venezolaner deutete mit dem Finger auf Curro und Serafín: »Euch nehm ich mir nachher vor«, knurrte er, um das Gesicht zu wahren.

Esteban hob die Pistolenläufe, und Ramón nahm rasch das Sitzpolster von einem Sessel. In einer Aussparung im Schaumstoff darunter befand sich eine Keksdose, die früher die berühmten Galettes de Saint-Michel enthalten hatte. Er stellte sie auf einen Couchtisch.

»Jetzt kommt da noch der ganze Schmuck rein, den du an dir hast, und das Handy«, gebot Garrincha.

»Idiot, du übertreibst. Du bist sowieso tot, aber wenn du es zu weit treibst, muss ich dir vorher noch richtig weh tun.«

Esteban nahm ihn ins Visier. »Der Idiot bist du, wenn du dich für ein paar Klunker abknallen lässt.«

So landeten Ringe, Armreifen und Halsketten bei dem beträchtlichen Sümmchen in der Dose.

Garrincha feierte seinen Sieg im Stadtzentrum. Als Erstes stopfte er sich mit Cheeseburgern und Cola voll, dann beschaffte er sich in einem Kaufhaus eine neue Garderobe und mietete schließlich in einer Pension ein anständiges Zimmer. Frisch rasiert und nach einer heißen Dusche rief er mit dem Handy, auf dem unablässig SMS mit Ramóns Drohungen eingingen, Kommissarin Bourdet an.

Spätnachts ging Esteban aus dem Haus, im neuen Anzug und mit sämtlichem Schmuck, den er dem Venezolaner abgenommen hatte, die beiden Pistolen in den Innentaschen der Jacke. Sollten sie nur versuchen, ihn auszurauben! Weit musste er nicht gehen, der alte Peugeot der Polizistin stand auf der Straßenseite gegenüber.

Die Zigarette zwischen den Lippen, drehte B.B. die Lautstärke herunter, bis Johnny Hallydays Stimme verschwand.

»Wie man hört, bist du ziemlich verrückt, aber es gibt auch Leute, die wetten, du wirst der neue Boss der Latinos, wenn du Ramón beseitigst ...«

Garrincha zuckte mit den Schultern und nahm eine Zigarette aus dem Päckchen auf dem Armaturenbrett. »Was ich tun soll, müssen Sie mir sagen, Boss.«

Die Bourdet rauchte schweigend. Dann sagte sie: »Finde heraus, wo Ramón den Stoff versteckt. Dann mache ich eine Razzia und setze große Teile der Bande fest, ohne dass du ein Blutbad anzurichten brauchst ...«

»Leider sind meine Beziehungen zu den Arschlöchern nicht so gut, dass sie mir das Versteck verraten würden.«

»Pedro weiß das alles.«

»Das Bürschchen? Warum soll ich den zum Krüppel schlagen, der weiß doch nichts.«

»Er ist Ramóns kleiner Bruder«, erklärte die Beamtin. »Um diese Uhrzeit findest du ihn an einem ruhigen Ort weit entfernt vom 13. Arrondissement.«

»Erstens habe ich keinen Wagen, und zweitens weiß ich nicht, wo ich mich in Ruhe mit ihm unterhalten soll.«

»Das ist alles kein Problem«, unterbrach ihn B. B., »solange du nicht den Schwanz einziehst.«

»Nein, Boss. Ich schnapp mir Pedro und quetsche ihn aus.«

Die Bourdet glaubte ihm gern. Er war nicht der erste Drogenkurier, den sie im Verborgenen illegal benutzte, aber Garrincha war anders, er verfügte über die kriminelle Energie, die nötig war, damit sie endlich würde erreichen können, was sie schon lange plante. Sie nahm einen Personalausweis aus ihrer Handtasche.

»Ab jetzt heißt du Juan Santucho, Argentinier aus San Luis. Tausende von armen Idioten wie du würden ihre Mutter verkaufen, um an so einen Ausweis zu kommen. Aber streng dich an, Französisch zu lernen, sonst nutzt er dir wenig.«

»Ja, Boss.«

Blitzartig griff sie ihm ins Haar und zog seinen Kopf zu sich heran: »Ich bin nicht dein Boss, Juan, ich bin dein einziger Gott. Begreifst du den Unterschied?«

Sooft Pedro es konnte, floh er aus seinem Stadtviertel und entspannte sich eine Zeitlang in einem Spielsalon im 2. Arrondissement. Dort befehligte er eine Jugendgang, die den Venezolanern nicht in die Quere kam, und konnte mit Geld um sich werfen, ohne Gefahr, beraubt zu werden. An diesem Abend mochte er nicht in seine winzige Wohnung neben der seines Bruders zurückkehren. Ramón durchkämmte die Stadt auf der Suche nach diesem Typen, der ihn zum Narren gehalten hatte, und Pedro hatte keine Lust, seine Wut abzubekommen. Noch nie im Leben war Ramón derart gedemütigt worden, und sein Ruf drohte schweren Schaden zu nehmen, wenn er den Kerl nicht mit eigenen Händen erwürgte. Während Pedro sich an einem alten Flipper der Serie Mutant Ninja Turtles austobte, musste er immer wieder an die Vergewaltigung denken, deren Zeuge er gewesen war. Es hatte ihm sogar noch besser gefallen als damals, als Curro und Serafín seinem Bruder eine mit Drogen zugeknallte Studentin als Geschenk angebracht hatten, eine echte von der Universität, die später mal Lehrerin oder Architektin werden würde. Pedro hatte selber auch schon gevögelt. Zwei Mal. Mit Huren, von Ramón bezahlt, die sich einen Spaß daraus gemacht hatten, ihn als kleinen Jungen zu behandeln und dafür zu sorgen, dass es ihm sofort kam.

Er bemerkte Garrincha nicht, bis der ihm die Hand auf die Schulter legte.

»Ich möchte mich mit deinem Bruder vertragen«, log Esteban. »Ich hab Mist gebaut und will das wiedergutmachen. Bring mich zu ihm. Ich hab einen Wagen draußen.«

Das klang nicht restlos unglaubwürdig, aber ein Detail stimmte Pedro misstrauisch. Woher wusste der Kerl, dass er hier war, in diesem Spielsalon?

»Geh selbst, du weißt, wo du ihn findest.«

Estebans Griff auf seiner Schulter wurde zu einer eisernen Klammer.

»Wenn du jetzt nicht mit rauskommst, erschieße ich dich mit Curros Pistole. Seine Fingerabdrücke sind darauf, aber er will ganz sicher nicht ins Zuchthaus, also wird er deinen Bruder ans Messer liefern. Du auf dem Friedhof, Ramón im Knast ...«

Verängstigt und verwirrt ging der Junge mit hinaus, ohne um Hilfe zu rufen oder wegzulaufen. Der Wagen war ein Volvo, als gestohlen gemeldet, von der Polizei aufgetrieben, aber noch nicht wieder dem Eigentümer zurückgegeben – ein Werk von Brainard, Delpech und Tarpin.

»Eins solltest du über mich wissen, Pedro«, sagte der Paraguayer, als er den ersten Gang einlegte. »Ich komme aus einem Land in Südamerika, in dem lange eine harte Diktatur geherrscht hat. Als junger Soldat habe ich als Erstes gelernt, wie man foltert, um Informationen zu erhalten. Ich bin richtig gut darin gewesen. Meine Spezialität war, den gefangenen Guerilleros die Haut abzuziehen, bei lebendigem Leibe. Das ist gar nicht so leicht, wie du vielleicht denkst. Man muss einen Schnitt machen und dann die Streifen abziehen, ganz, ganz langsam, damit sie nicht reißen. Für ein Bein braucht man mindestens eine Stunde, wenn man es ordentlich machen will.«

Er drehte sich zu dem Jungen um, der ihn entsetzt anstarrte.

»Jetzt muss ich dich an einen einsamen, stillen Ort bringen, dich fesseln und foltern«, fuhr er beiläufig fort. »Und am Ende kriegst du einen Nackenschuss verpasst, denn was sollst du ohne Haut anfangen? Kannst dir ja keine neue im Geschäft kaufen, was?«

»Was willst du von mir?«, schrie Pedro.

»Das ist die richtige Frage. Wenn wir uns diese ganze hässliche Sache ersparen wollen, brauchst du mir nur zu sagen, wo Ramón den Stoff lagert.«

Pedro war der Situation nicht gewachsen. Er verriet seinen Bruder sofort, dann brach er in Tränen aus. Garrincha setzte ihn an einer Ampel aus.

»Das ist jetzt unser Geheimnis, Kleiner«, log er abermals. »Gar nicht so schlimm, das alles. Ramón ist ein armes Arschloch.«

Am nächsten Vormittag hielt ein Lieferwagen mit Vollbremsung vor einem Friseursalon im 13. Arrondissement. Mit Pumpguns bewaffnet, stiegen Brainard und Delpech aus und rannten in den Laden. Tarpin blieb als Wache draußen.

Jetzt kam auch der Peugeot von Bourdet angerollt. Die Kommissarin musterte die umliegenden Häuser und steckte sich eine Zigarette an.

»Halt die Tränengaspatronen bereit und schieß sie jedem ins Fenster, der Krach schlagen will«, sagte sie. »Ich hab keine Lust auf einen Aufstand.«

Ein siegesgewisses Lächeln auf den Lippen, betrat sie den Laden. »Bonjour, Mesdames«, sie verneigte sich zu dem Grüppchen von Frauen hin, die mit dem Gesicht zur Wand standen, teils mit Lockenwicklern im Haar oder halb fertig gefärbten Strähnchen. Alicia, die Eigentümerin, eine Venezolanerin von rund dreißig Jahren, lag bäuchlings am Boden, Brainards Schuh im Kreuz.

»Verdammte Scheiße, was wollt ihr von mir? Ihr verjagt meine Kundschaft!«

Die Kommissarin beugte sich zu ihr hinunter. »Wie man hört, befindet sich jede Menge Stoff in diesem Paradies der Dauerwellen ...«

»Das muss ein Irrtum sein!«

»Ganz sicher nicht. Ramóns Brüderchen Pedro hat mir verraten, dass er hinten gelagert wird, in einem Loch unterm Besenschrank«, sagte sie so laut, dass alle es hörten, womit sie zugleich die Dealerkarriere des Jungen ein für alle Mal beendete.

Alicia zappelte und wand sich. »Ich hab nichts davon gewusst!«, schwor sie. »Serafín kommt manchmal vorbei und schickt mich aufs Klo. Das erzähle ich auch vor Gericht. Ich habe keine Lust, wegen dieser Arschlöcher in den Knast zu wandern.«

Delpech kam von hinten und wedelte mit einer Tüte: »Mindestens drei Kilo.« Das bedeutete, dass es vier waren, aber eines behielt die Truppe für sich.

»Das heißt, du kriegst mindestens zehn Jahre«, zischte B. B. der Friseurin zu.

»Das hast du nicht zu bestimmen, du hässliche Hure!«, schrie die Frau verzweifelt.

Brainard nahm den Fuß aus ihrem Rücken und setzte ihn ihr aufs Gesicht, verbunden mit dem guten Rat, den Mund zu halten, wenn sie alle Zähne behalten wolle.

Die Kommissarin rief Félix Barret an, einen Kollegen bei OCRTIS, dem *Office Central pour la Répression du Trafic Illicite des Stupéfiants*, der Zentraleinheit zur Bekämpfung des illegalen Drogenhandels: »Ich hab hier ein hübsches Paket, das du abholen solltest, und dazu ein paar Festnahmen, die dich morgen in der *Marseillaise* auf die erste Seite bringen ...«

Die Vereinbarung war die: B. B. und ihre Leute ermittelten und überführten die Dealerbanden, Papierkram und Meriten waren dann Sache der offiziellen Polizeikräfte. Es war für alle Beteiligten besser, wenn die Mitglieder der inoffiziellen Ermittlungseinheit nicht vor Richtern erscheinen oder als Zeugen auftreten mussten. Sie waren nicht präsentabel; jeder Pflichtverteidiger hätte sie in ihre Einzelteile zerlegen können, indem er ein wenig in ihrer Vergangenheit wühlte. B. B. zum Beispiel hatte versucht, ein paar unter dem Namen »Bremond-Clique« bekannte große Fische der Lokalpolitik dranzukriegen, und hatte Ermittlungen durchgesetzt wegen Korruption und Umleitung öffentlicher Gelder in Höhe von fünfunddreißig Millionen Euro auf eine Genfer Bank – und es hatte ihr etliche gebrochene Knochen und das vorzeitige Ende ihrer Laufbahn eingebracht.

Seither war Marseille, die Stadt der Exzesse, unregierbar geworden. Die Presse sprach offen über »Territorialkämpfe« – von den mit Kalaschnikows ausgetragenen Zwisten von Teenagerbanden, hinter denen altgediente Häuptlinge standen, von denen öfter mal einer auf offener Straße abgeschossen wurde. Sogar ein Elfjähriger hatte schon daran glauben müssen, bei einer Strafexpedition der *Tunisian Connection* gegen die Gang *Clos de la Rose*, ebenfalls im 13. Arrondissement.

Unter dem Druck der Regierung und der öffentlichen Meinung hatten die Polizeioberen beschlossen, dem Treiben ein Ende zu bereiten, und so bot das *OCRTIS* Kommissarin Bourdet das Kommando eines Teams an, das sich mit den Drogenschmugglerbanden aus Zentral- und Südamerika beschäftigen sollte. Diese waren bislang in Marseille nicht besonders aktiv gewesen, doch jetzt war die Weltkarte des Verbrechens in Bewegung geraten, und verschiedene Kartelle wollten in Europa Fuß fassen. B.B. erhielt freie Hand, um damit aufzuräumen, und zog Beamte hinzu, die kurz vor dem Rausschmiss wegen Drogengebrauch, Glücksspiel, Alkoholismus standen, drei wackere Polizisten, die von den Bürokraten in die Wüste geschickt werden sollten. Sie hatte sie auf Vordermann gebracht, und seither operierten sie mit unorthodoxen Methoden, aber äußerst effizient. Mit dem Paten der korsischen Mafia in Marseille, Armand Grisoni, hatte sie einen Stillhaltepakt abgeschlossen; er kontrollierte einen guten Teil des Drogenhandels in der Stadt und hatte seinerseits gute Verbindungen zur maghrebinischen Mafia. Alle miteinander wollten sie die Ausbreitung der Latinos unterbinden und lieferten wichtige Informationen an Bourdets Team, das im Gegenzug nicht den Kokslieferungen nachging, die Grisoni & Co. aus Kolumbien erhielten.

B. B. sah sich als überzeugte Kämpferin für ihre Stadt. Korsen und Nordafrikaner gehörten schon zu lange zum Stadtbild, als dass man sie noch hätte bekämpfen können. Hingegen konnte man sehr wohl Schadensbegrenzung betreiben, indem man allen anderen den Zugang zur Stadt möglichst erschwerte.

Bei der Polizei galt sie als Phantom und als Legende. Die Chefetage ließ sie gewähren, weil sie ausgezeichnete Ergebnisse brachte – und weil man sich ihrer jederzeit ohne das geringste Problem würde entledigen können. Was man allerdings nicht wusste, war, dass B. B. ihren Traum durchaus nicht aufgegeben hatte, die Mächtigen dranzukriegen, die sie kaputtgemacht hatten. Kein Tag verging, ohne dass sie ein Indiz notierte, eine kleine, scheinbar nebensächliche Tatsache. Oft stand sie nachts auf und nahm einen dicken Aktenordner zur Hand, der den Wandtresor mittlerweile fast ganz ausfüllte, und blätterte ihn von vorn bis hinten durch. Irgendwann würde der Tag der Abrechnung kommen, und sie würde ein weiteres Mal allein gegen die wirkliche Fäulnis antreten, die ihre schöne Stadt befallen hatte. Diesmal aber wären ihre Männer dabei. Sie waren treu und dankbar und würden ihr überallhin folgen.

Seinerzeit hatte sie genügend Beweise für gerichtliche Ermittlungen zusammengehabt, nur wusste sie nicht, dass der Richter, dem sie ihren Ordner anvertraut hatte, sich schon seit einiger Weile vor den Karren des ehrenwerten Monsieur Bremond hatte spannen lassen. Die Herren nutzten die Presse und ein Disziplinarverfahren, um die Sache zu ersticken. B. B.

war schon damals nicht die Polizistin, die man bei Paraden in die erste Reihe stellte, und als sie jetzt mit ihr fertig waren, war ihre Vertrauenswürdigkeit zerstört.

Kommissarin Bourdet wartete nicht auf die Beamten von der Drogenfahndung, sondern stieg in ihren alten Wagen. Eine Stunde später saß sie auf einem Sessel in einem eleganten, sehr feminin eingerichteten Büro. Durch einen gewaltigen falschen Spiegel konnte man einen Saal überblicken, der jetzt zwar noch leer war, sich abends jedoch mit Huren und ihren Kunden füllen würde.

»Hast du etwas für mich?«, fragte sie Xixi, die kambodschanische Inhaberin von Marseilles exklusivstem Bordell.

Für ihre vierzig hatte sich Xixi beeindruckend gut gehalten; sie trug ein schlichtes Schneiderkostüm und flache Schuhe und sah darin eher aus wie eine Geschäftsfrau, nicht wie eine berufsmäßige Kupplerin.

Xixi nahm eine DVD aus einer Schublade. »Sie sind als Gruppe gekommen, wie üblich.«

»Mit wem haben sie diesmal gefeiert?«

»Mit ein paar Politikern von der unteren Ebene.«

B. B. steckte die DVD in ihre Handtasche, dann stand sie auf und kam um den Schreibtisch herum. Sie streichelte der Kambodschanerin das Gesicht. »Du bist immer noch die Schönste«, schmeichelte sie.

Xixi senkte den Blick. »Vanessa ist frei. Sie ist im Lilienzimmer.«

»Ich will dich.«

»Ich stehe nicht auf der Speisekarte.«

»Ich weiß. Aber ich bin das Gesetz.«

»Das Gesetz bezahle ich jeden Monat.«

»Willst du dich wirklich nicht mit dieser Polizistin vergnügen?«

»Vanessa ist hübscher und fügsamer.«

B. B. setzte sich wieder hin. »Ich bleibe dabei, du bist die Schönste von allen, Xixi.«

Xixi griff zum Telefon. »Du wirst in zehn Minuten eine Dame empfangen.«

»Und warum nicht sofort?«

»Ich muss dir erst etwas erzählen«, antwortete sie, »etwas Heikles, sehr Heikles ...«

»Mach hin, Xixi, ich will vögeln.«

»Babiche, eines von unseren Mädchen, ist verschwunden.«

Die Polizistin erstarrte.

»Erzähl!«

»Wir glauben, die Rumänen haben sie sich zurückgeholt. Sie war ihnen in Lyon abgehauen und hatte uns, als sie hier auftauchte, eine vollkommen andere Geschichte erzählt. Ich habe nicht lange nachgeforscht, sie war hübsch und geschickt.«

»Und wie haben die Rumänen sie wiedergefunden?«

Xixi nahm eine Fernbedienung zur Hand und schaltete den DVD-Player an. Die Saalkameras erfassten alles genau im Detail. Die Kambodschanerin deutete auf einen kahlköpfigen Mann in Lederjacke, der sich jäh umdrehte, als ein Mädchen am Arm eines Kunden vorüberkam. Einen Sekundenbruchteil später schmiegte sie das Gesicht an die Schulter des Kunden, als wollte sie sich verstecken.

»Zwei Tage später kam sie nicht zur Arbeit, und ihre Wohnung war ausgeräumt.«

»Ich verstehe ja, dass du die Entführung nicht der Polizei gemeldet hast, aber dies Bordell steht unter Armand Grisonis Schutz.«

»Der gesagt hat, ich soll mit dir darüber reden.«

B. B. goss sich zwei Finger hoch Cognac ein. Armand war so ein Hurensohn. Er wusste genau, diese Art von Verbrechen ließ ihr das Blut zu Kopfe steigen, und das wollte er ausnutzen.

»Wer ist der Typ mit der Lederjacke?«, fragte sie. »Man sieht ihn nur von hinten, und ich glaube, ich kenne ihn nicht.«

»Er war nur wenige Male hier, aber ein paar Leute haben ihn erkannt. Er heißt Gogu Blaga und führt einen Ring von Callgirls, die in Apartments arbeiten.«

Kommissarin Bourdet zündete sich eine Zigarette an. Die Lust auf Sex war ihr vergangen. »Du hast mir meinen Tag versaut, Xixi.«

»Du wirst sehen, Vanessa sorgt schon dafür, dass du bald wieder gute Laune hast.«

»Das glaube ich nicht. Jetzt will ich nur noch in die Zentrale und herausfinden, was das Archiv über diesen Herrn hergibt.« Sie stand auf. Sie ärgerte sich über Xixi, die hätte schließlich auch hinterher von der Sache erzählen können.

»Sag Armand, dass ich mich darum kümmere, aber wenn ich Babiche wiederfinde und mit dem Rumänen abrechne, dann gehst du mit mir ins Bett.«

Xixi lächelte peinlich berührt. »Aber das hat doch nichts miteinander …«

»Sag es ihm!«, befahl die Bourdet und ging türschlagend davon. Eigentlich war sie auf Blaga wütend. Sie war schon immer der Meinung, dass Sklavenhalter mit der ganzen Härte des Bourdetschen Gesetzes bestraft gehörten.

Garrincha klopfte an die Tür von Ramóns Wohnung. Es öffnete eine junge Frau, ein kleines Mädchen im Arm. »Zwanzig, hübsch, etwas Übergewicht«, dachte Esteban, ging an ihr vorbei und setzte sich auf den Lieblingssessel des Hausherren.

»Du musst Rosario sein«, sagte er. »Und die Kleine ist Pilar, oder?«

»Und wer bist du?«, zischte die Frau.

»Juan«, antwortete er und öffnete seine Jacke, so dass eine der Ketten, die er Ramón abgenommen hatte, sichtbar wurde.

»Ich habe deinen Mann erledigt.«

»Du wagst es, hier aufzukreuzen?«

»Ramón und seine Bande bleiben für längere Zeit hinter Gittern. Du und deine Kleine, ihr braucht jemanden, der sich um euch kümmert, sonst stehst du demnächst auf der Straße und musst für die Araber arbeiten.«

»Quatsch!«

»Ich habe meine Informationen. Du bist auf dich allein gestellt. Keine Freunde, keine näheren Verwandten.«

Rosario musterte ihn schweigend. Garrincha kam es vor, als könnte er geradezu hören, wie angestrengt ihr kleines Gehirn versuchte nachzudenken.

»Ramón war immer anständig zu uns, er hat nie die Hand erhoben und hat es uns an nichts fehlen lassen ...«

»Blödsinn. Du machst jetzt jedenfalls, was ich dir sage, dann ändert sich für dich nichts. Ich baue die Bande wieder auf, und du wirst die First Lady.«

»Bis du eine jüngere und hübschere Nutte findest als mich ...«

»Du warst auch jung und hübsch, als du dir Ramón geangelt hast, den Arsch ... Jetzt bring die Kleine zu Bett und komm sofort her.«

»He, warum die Eile auf einmal? Wir haben noch nicht fertig geredet.«

»Oh doch. Schmink dich und zieh dir was Hübsches an. Ich verdiene schließlich, dass du mich ordentlich willkommen heißt, oder?«

Rosario ließ sich Zeit, aber als sie wieder erschien, beschloss ihr neuer Mitbewohner, dass die Mühe sich gelohnt hatte. Das knapp geschnittene Kleid brachte ihre Rundungen gut zur Geltung, und der blutrote Lippenstift stach von der bernsteinfarbenen Haut ab. Garrincha war bereits nackt. Er machte die Beine breit.

»So, dann zeig mal, was du kannst.«

Zehn Minuten später hatte Esteban erkannt, dass das nicht viel war. Ramón war wirklich ein Idiot, dass er mit einer zusammenlebte, die nicht wusste, wie man's macht. Und ein Kind hatte er ihr auch noch angehängt. Während er sich in ihr bewegte, plante er bereits, sie möglichst schnell auszutauschen.

In demselben Augenblick trieb sich Pedro zwischen den Häusern herum, im Versuch, ungesehen nach Hause zu kommen. Alles, was er besaß, befand sich in dieser Scheiß-Einzimmerwohnung. Er wusste nicht mehr aus noch ein. Sein Leben war keinen Heller mehr wert; jeder im Stadtviertel, der es wollte, konnte ihn jetzt ungestraft mit Fußtritten traktieren. Er musste fliehen, doch wohin? Indem diese Scheißpolizistin ihn verraten hatte, hatte sie ihm jede denkbare Zukunft verbaut. Er war unglaublich wütend, vor allem aber herrschte in seinem Kopf ein großes Durcheinander, wie immer.

Er kam vor die Wohnung des Junkies, der wegen dieses Arschlochs, das seinen Bruder ausgeraubt und ins Gefängnis gebracht hatte, im Krankenhaus lag. Und die Frau hatte er vergewaltigt. Jetzt musste sie allein sein. Er dachte an Garrin-

cha, wie der in sie hineingestoßen hatte, und seine Erektion tat fast weh. Er klopfte. Die Frau machte auf und erkannte ihn sofort. Sie wollte die Tür wieder zumachen, doch er war schneller; ein Stoß mit der Schulter, und er war drin. Das lange Küchenmesser in ihrer Linken allerdings bemerkte er erst, als es schon in seinem Bauch steckte.
Als sie mit drei anderen Frauen wiederkam, lebte er noch. Sie schleiften ihn in den Aufzug, und im Erdgeschoss schafften andere Hände ihn ins Freie. Mordermittlungen würden die Geschäfte und den Hausfrieden beeinträchtigen. Er starb ein paar Stunden später, die Wange an einen alten Autoreifen gelehnt. Pedro, der kleine Gauner. Pedro, das Jüngelchen. Seit dem Tag, als seine Eltern nach Venezuela zurückgekehrt waren und ihn in Ramóns Obhut zurückließen, waren seine Chancen, erwachsen zu werden, bei null gestanden.

Aleksandr Peskow zog sich Schuhe und Krawatte aus und legte sich aufs Sofa. Juliette Fabre hatte ausgezeichnete Arbeit geleistet, die Wohnung war von komfortablem Luxus, jedes Detail mit Geschmack und Können gestaltet. Freilich, ihre Rechnung war gesalzen, aber das Geld stammte schließlich von der alten *Organisatsia*. Er nahm die Fernbedienung zur Hand, und auf dem Plasmabildschirm erschienen die Bilder einer Nachrichtensendung in russischer Sprache. Er schnupperte.
»Dein Parfüm ist unverwechselbar, Ulita.«
Ein leises Lachen kündigte den Auftritt von Leutnant Winogradowa an. Sie war nackt, bis auf eines von Sosims Hemden, das nicht zugeknöpft war.
»Ich bin die raffinierteste Offizierin des gesamten FSB, das

sagt General Worilow bei jeder sich bietenden Gelegenheit. Es wäre dumm, ihn mit einer Billigmarke zu enttäuschen.« Sie näherte den Mund Aleksandrs Ohr und knabberte daran, was ihn zu einer unmerklichen Grimasse veranlasste.

»Gibt es eigentlich Neues in Sachen des verfrühten Todes von Sosim Katajew?«, fragte er in der Hoffnung, sie würde ihn dann in Ruhe lassen.

»Nichts Neues. Die Medien bringen nichts mehr über das Blutbad im Sportzentrum, die Ermittlungen sind bereits eingestellt. Nach der Behandlung mit weißem Phosphor ist nichts übrig als verbrannte Knochen, es hat kaum einer identifiziert werden können. Nur der alte Witali ist mit allen Ehren beerdigt worden, die einem *Pachan* zustehen. Aber lassen wir die Toten ruhen. Du solltest dich jetzt darauf konzentrieren, dieser liebeskranken Frau deine Dankbarkeit zu zeigen«, sagte sie und schob ihm die Zunge zwischen die Lippen.

Kurz nach Morgengrauen wachte der Russe mit schmerzenden Gliedern auf, noch immer auf dem Sofa liegend. Er schleppte sich ins Schlafzimmer. Es war leer, das Bett unberührt. Er suchte Ulita in der Wohnung. Sie war weg, aber noch nicht lange. Die Kaffeekanne war noch warm, und der Duft ihres Parfüms schwebte in der Luft, als ob sie noch am Frühstückstisch säße. Leutnant Winogradowa wuchs sich in dieser heiklen, ja gefährlichen Situation allmählich zu einem Albtraum aus.

Er durchsuchte die große Wohnung nach Hinweisen darauf, was der FSB wirklich mit ihm vorhaben mochte, fand aber nichts außer einer Zahnbürste von französischem Fabrikat.

Als er unter der Dusche stand, war ihm klar, dass er diese

Unklarheit nicht mehr aushielt und einen Weg finden musste, Ulita dazu zu bringen, ihm reinen Wein einzuschenken. Vielleicht indem er ihre Beziehung intensivierte? Allein bei dem Gedanken wurde ihm übel. Außerdem war die Winogradowa nicht der passende Typ Frau für diese Strategie. Anstelle des Herzens hatte sie einen Medaillenspiegel.

Leutnant Winogradowa befand sich schon seit einer geraumen Weile im Villenviertel Saint-Barnabé. Nicht weit vom Zentrum entfernt und ruhig, war es immer beliebter geworden. Zahlreiche Häuser wurden renoviert, trotz der Wirtschaftskrise wuchsen die Umsätze der Maklerbüros beständig. Winogradowa besichtigte Villen, sie suchte ein eher kleines Haus mit Gärtchen und großer Garage. Das Haar trug sie zum Pferdeschwanz gebunden, dazu eine Brille mit Fensterglas, Jeans und Markensportschuhe. Mit ausgeprägt englischem Akzent stellte sie sich als Gattin eines Marketingdirektors vor, der jüngst nach Marseille versetzt worden war.

Das vierte Objekt war passend. Zweihundert Quadratmeter auf zwei Geschossen, umgeben von dreihundert Quadratmetern englischem Rasen. Der Angestellten des Maklers, die sie begleitete, sagte sie zwar, sie sei nicht interessiert, aber das Gegenteil war der Fall. Schon bald würde das Haus vom FSB angekauft und zum operativen Zentrum umgebaut werden.

Die Wahl war nicht zufällig auf dieses Viertel gefallen, denn das Zielobjekt der von General Worilow angeordneten Mission befand sich keinen Kilometer von der Villa entfernt. Langsam und auf jedes Detail achtend wanderte Ulita die Straße entlang, um die am besten für eine Überwachung geeigneten Orte herauszufinden.

Sie hatte Glück. Von einer Brasserie aus hatte man einen hervorragenden Blick auf die beiden Schaufenster der Partneragentur »Irina – Freundschaft, Partnerschaft, Ehe mit Frauen aus Russland, Rumänien und Belarus«.

Offenbar lief das Geschäft nicht gerade blendend, denn kein einziger Kunde betrat den Laden, bis um zwölf Uhr ein unauffälliges Paar von Mitte dreißig die Ladentür abschloss und ein nebenan gelegenes griechisches Restaurant betrat. Ulita folgte ihnen und fand einen Platz ganz in ihrer Nähe, von wo aus sie ihr Gespräch mithören konnte. Sie selbst bestellte laut auf Englisch beim Kellner, um keinen Verdacht zu erregen.

Die beiden unterhielten sich auf Rumänisch, der Mann beantwortete zwischendurch einen Anruf auf Ukrainisch. Aus den Akten wusste Ulita, dass beide auch fließend Russisch sprachen, wie die meisten Einwohner der winzigen, selbsternannten und international nicht anerkannten Transnistrischen Moldauischen Republik, die 1990 mit dem Segen der bereits zerfallenden Sowjetunion entstanden war. Um das größte Waffen- und Munitionslager Europas nicht unbewacht zu lassen, hatte Gorbatschow »brüderlich« und klug darauf verzichtet, die Vierzehnte Division aus der Hauptstadt Tiraspol abzuziehen. Die moldawischen Unabhängigkeitsvertreter hatten ihrem Unwillen dagegen recht deutlich Ausdruck verliehen, und so bombardierte die Artillerie des neuen Russland 1992 die Stadt Tighina. Seitdem wachte die Rote Armee als selbsternannter *peacekeeper*, allerdings mit dem einzigen Interesse, die Waffenlager und Fabriken zu kontrollieren, die von der russischen Mafia und der Pseudoregierung unter dem Namen *Sheriff* zusammengefasst worden waren. Transnistrien war zu einem Supermarkt geworden, in dem sich

Kriminelle und Terroristen aus der ganzen Welt versorgten. Angesichts des florierenden Drogen-, Öl- und Zigarettenschmuggels drückten die Russen beide Augen zu – das waren Kleinigkeiten im Vergleich zur Gefährlichkeit des Waffenhandels. Der Mann und die Frau waren als glühende Anhänger der transnistrischen Unabhängigkeit bekannt. Er hieß Dan Ghilascu, wurde aber Zub genannt, sie hingegen trug keinen Spitznamen, sie hieß Natalia Balàn und war deutlich gefährlicher als er. Die Partneragentur als Deckmantel für einen schwungvollen Handel mit transnistrischen Handwerksprodukten war ihre Idee gewesen. Als der FSB feststellte, dass sie sich in Frankreich etablieren wollten, lag es für General Worilow nahe, dass es nicht um Handel, sondern um vaterlandsfeindliche Aktivitäten ging, die es zu beobachten und zu unterbinden galt. Ohne die Regierung zu informieren, hatte er beschlossen, eine Nachrichten- und Operationseinheit zu bilden und dafür alle verfügbaren Ressourcen in Marseille zu konzentrieren, auch die wirtschaftlichen. Darum war der Ex-Mafioso Sosim Katajew hierher umgeleitet worden. Zu Zeiten des Kalten Krieges hatten unbegrenzte Mittel für die Spionage zur Verfügung gestanden, heute musste man schauen, wie man sie sich beschaffte, auch wenn man sich die Hände an dubiosen Gestalten schmutzig machen musste.

Auf längeres Warten gefasst, kehrte Ulita an ihren Tisch in der Brasserie zurück. Als gegen Abend die Sonne unterging, hatte sie den englischen Roman ausgelesen, der ihr als Entschuldigung für den ausgedehnten Aufenthalt diente. Sie hatte immer wieder Getränke bestellt und großzügig Trinkgeld gegeben, so dass die Kellner sie unbehelligt gelassen hatten.

Jetzt bestellte sie Bier und ein Sandwich. Während sie in ein Stück Baguette biss, kam drüben eine rund fünfunddreißig Jahre alte Frau raschen Schritts heran und schlüpfte durch die Tür der Agentur. Sie schien es enorm eilig damit zu haben, einen Mann zu finden. Sie trug eine Wollmütze, den Mantelkragen hatte sie hochgeschlagen, so dass Leutnant Winogradowa nur einen ungenauen Blick auf ihr Gesicht werfen konnte. Bald darauf näherte sich ein Maghrebiner in den Fünfzigern. Vor der Tür verlangsamte er den Schritt unmerklich, blieb aber nicht stehen, sondern ging bis zu einem unweit geparkten Lieferwagen weiter, umkreiste ihn, kam dann entschlossenen Schritts zurück und trat ein. Für Ulita gab es keinen Zweifel, der Mann hatte sicherstellen wollen, dass der Ort nicht beschattet wurde.

Sie ließ das halb aufgegessene Brötchen liegen, zahlte und bezog an der nächsten Kreuzung Stellung wie eine, die verabredet ist und warten gelassen wird. Zwanzig Minuten später kamen die Frau und der Maghrebiner heraus und gingen in Ulitas Richtung, sie immer respektvoll zwei Schritte hinter ihm. Ulita hätte ihnen folgen können, doch allein war das zu riskant, sie würden sie bald entdecken. Sie beschloss, ihnen entgegenzugehen, rasch und mit gesenktem Blick, um ihnen dann ganz zuletzt ins Gesicht zu sehen. Als sie dem Blick der Frau begegnete, stockte ihr kurz der Atem, und sie musste sich zwingen wegzusehen, um auch den Mann anzublicken.

Den Maghrebiner kannte sie nicht, hatte ihn aber gründlich genug gemustert, um ihn auf Fotos wiederzuerkennen. Bei der Frau war das nicht nötig. Ulita entfernte sich ein paar hundert Meter, vergewisserte sich dabei, dass sie nicht verfolgt wurde, dann rief sie Worilow an.

»General, Mairam Nasirowa ist hier in Marseille.«
Ihr Vorgesetzter war hochzufrieden, machte ihr aber keine Komplimente, wie sie es erhofft hatte. Er gab die nötigen Anweisungen. Dann legte er auf.

Ulita war außer sich vor Aufregung. Am liebsten hätte sie ganz Marseille zugerufen, dass sie eben eine gefährliche tschetschenische Terroristin entdeckt hatte, eine der letzten Überlebenden der »Schwarze Witwen« genannten Gruppe. Sie kehrte in Peskows Wohnung zurück. Natürlich würde sie ihn nicht informieren, sondern zum Abendessen ausführen und dann eine Liebesnacht genießen. Das war einer der Vorteile beim Rekrutieren von Neuen, man konnte die fähigsten und attraktivsten Kandidaten wählen.

Aleksandr war nicht in der Wohnung, die bedrückend leer war. Sie musste sich damit begnügen, auf dem Computer Hunderte Fotos von maghrebinischen Dschihadisten durchzusehen, die Worilow ihr hatte schicken lassen.

Die Enttäuschung, ihr Spielzeug nicht zur Hand zu haben, wich einem erneuten Hochgefühl, als sie befriedigt und stolz Mounir Danine, einen marokkanischen Terroristen und Anführer einer salafistischen Kampfgruppe, als den Mann identifizierte, der die Nasirowa begleitet hatte.

Die Nachricht wurde in Moskau enthusiastisch aufgenommen. »Wer weiß, vielleicht kann ich Sie nach dieser Operation ja als Hauptmann ansprechen«, sagte Worilow zum Abschied.

In dem bequemen Sessel sitzend, sah Garrincha eine Folge einer mexikanischen TV-Serie, die er möglichst nie verpasste, und versuchte, ein paar Worte Französisch zu verstehen.

Es klopfte. In dieser Gegend gab es wirklich keine einzige funktionierende Türklingel. Er nahm eine von zwei Pistolen vom Couchtisch und verbarg sie in seinem Rücken. Die andere ließ er gut sichtbar liegen.

»Es ist offen!«

Drei junge Männer von sechzehn bis achtzehn Jahren kamen herein. Der Älteste war enorm groß und wirkte etwas zurückgeblieben, die beiden anderen waren schlank und wach. Der Kleinere von beiden stellte sich als José vor.

»Wie man hört, willst du eine neue Bande zusammenstellen«, sagte er auf Spanisch.

»Was hört man noch?«

»Dass du so richtig Eier in der Hose hast.«

»Spricht und schreibt einer von euch Scheißfranzösisch?«

»Ich. Meine Stiefmutter ist Französin«, sagte der andere.

»Wie heißt du?«

»Pablo.«

»Gut, Pablo. Dann bist du mein Stellvertreter und hängst so dicht an mir wie eine Zecke.«

Pablo deutete auf den Riesen. »Das ist Cerdolito. Der haut drauf wie ein Schmied. Und er fürchtet sich vor nichts und niemandem.«

»Kann er auch reden?«

»Klar kann ich reden«, antwortete Cerdolito mit einer merkwürdigen, fast metallischen Stimme.

»Habt ihr Waffen?«

»Ein paar Pistolen pro Kopf. Und eine abgesägte Doppellaufflinte.«

Besser als nichts, dachte Garrincha, dann stand er auf und drückte ihnen feierlich die Hand. »Ihr seid die ersten Mitglieder meines Heeres. Das 13. Arrondissement wird uns gehören!«

Er verabschiedete seine neue Bande rasch, um den Rest

der Sendung nicht zu verpassen. Mit diesen Bürschchen an seiner Seite würde er nicht mehr als ein paar Tage überleben. Zum Glück stand er unter dem Schutz der Polizistin. Er hatte gut daran getan, in der Kathedrale San Blas in Ciudad del Este ein Dutzend Kerzen anzuzünden, bevor er Freddie Lau ans Messer lieferte.

Noch in derselben Nacht holte Kommissarin Bourdet ihn ab und drehte mit ihm eine Runde im Peugeot.

»Ich baue eine neue Bande auf, aber ich brauche Koks und Shit, um glaubwürdig zu wirken«, sagte »Juan«.

»In Ordnung. Wir haben einen gewissen Vorrat zur Hand, aber danach musst du selbst zusehen, wie du dir Stoff besorgst. Zu Hause alles, wie es soll?«

»Wie, zu Hause?«

B. B. grinste. »Rosario hat einen Liebhaber. Einen Mexikaner namens Xavier Bermudez. Du findest ihn im *El Zócalo*, einem Lokal, in dem Tortillas und Kokain serviert werden. Meiner Meinung nach hat er angefangen, Rosario zu vögeln, um an Infos über Ramón heranzukommen, und jetzt über dich.«

Verdrossen nahm Garrincha die Nachricht zur Kenntnis.

»Wann treffen sie sich?«

»Wenn sie morgens die Kleine in die Krippe gebracht hat, geht sie ins Lokal und lässt sich in der Küche ficken.«

»Denen würde ich gern gehörig in den Arsch treten. Aber vielleicht wollen Sie das nicht, Madame?«

»Rosario wird kein Haar gekrümmt, sonst kriegst du es mit mir zu tun. Mit dem Mexikaner musst du nur ein bisschen Geduld haben. Du übernimmst sein Geschäft, und er wandert zu Ramón in den Bau, aber erst musst du ihn zu deinem Freund machen.«

»Und wie?«

»Er wird dein Lieferant.«

Bourdet hielt neben einem Taxistand. »Morgen Abend stattest du einer Bande von Rumänen einen Besuch ab, die ein Mietshaus im Osten des 13. kontrolliert. Ihr Chef, Gogu Blaga, veranstaltet ein Fest zu Ehren seines Cousins, der gerade entlassen wurde.«

»Und was genau soll ich tun?«

B. B. antwortete nicht, sondern schaute ihn nur ausdruckslos an.

Garrincha nickte. »Nur eins verstehe ich nicht, aber das können Sie mir sicher erklären ... Die Rumänen zählen doch keinen Scheißdreck, besser, wir würden ein paar Araber am Arsch kriegen. Dieser Ahmed zum Beispiel, der fast das gesamte Viertel kontrolliert, der ist wirklich gefährlich, und seine Leute schauen mich an wie den letzten Dreck. Wenn ich da ein bisschen draufhalten und ein paar abschießen dürfte, das wäre gut, und niemand würde auf uns kommen ...«

»Aus den Territorialkämpfen halt dich raus«, gebot sie ihm. »Das überlebst du nicht einen Tag, und ich kann dich nicht beschützen. Du tust, was ich dir sage, und mit der Zeit wirst du der Boss von den Latinos ... vorausgesetzt, du lernst anständig Französisch und hörst auf, dich anzuziehen wie ein Immigrant, der gerade vom Bananenfrachter kommt.«

Garrincha stieg wortlos aus. Es stimmte einfach nicht, dass er schlecht gekleidet war. Freilich, nicht so elegant und modisch wie in Ciudad del Este, wo er ganz andere Mittel zur Verfügung hatte und außerdem jede Menge Händler nur darauf warteten, Carlos Maidanas Stellvertreter einen Gefallen zu tun. Mit einiger Mühe vertrieb er die nostalgischen Gedanken.

Als er zu Hause eintraf, berichtete Rosario ihm, dass man den kleinen Pedro umgebracht hatte. Das hatte er nicht erwartet. »Wer war das?«, fragte er.

»Die Junkiebraut, die du gevögelt hast. Nicht dass du dir bei der was eingefangen hast, und dein Schwanz ist jetzt infiziert.«

Er sagte, sie solle mit der Kleinen schlafen gehen, und sie konnte ihre Erleichterung nicht verbergen. Esteban überlegte, wie ein Boss in so einer Situation zu reagieren hatte. Einerseits hatte er selbst Pedro in die Scheiße geritten, andererseits war der Junge ein Südamerikaner gewesen, und die Nigger mussten lernen, dass sie sich an den Latinos nicht zu vergreifen hatten. Er rief Pablo.

Der Schwarzen tat es um den Jungen leid. Sie konnte ihn nicht aus dem Kopf bekommen und hatte sich ringsum etwas Heroin zusammengebettelt, das war ihr einziger Freund und sollte ihr helfen zu vergessen, wie hoffnungslos ihr Leben war. So war sie völlig zugedröhnt, als die drei jungen Männer in ihre Wohnung eindrangen und sie aus dem Fenster warfen.

Um fünf Uhr nachmittags, kurz nach Sonnenuntergang, versteckten sich Garrincha und seine Männer auf dem Dach des Hauses, in dem Blaga wohnte. Vier Stunden später gingen sie hinunter in den fünften Stock, wo sie sich hinter der Tür duckten, die zur Feuertreppe hinausführte. Aus Wohnung Nr. 422 waren Gelächter und Musik zu hören. Aus dem Aufzug kam ein Kahlköpfiger von rund fünfunddreißig Jahren in einem schrillen Anzug, das Hemd auf der Brust geöffnet, dazu Schmuck und Tattoos. Esteban erkannte ihn sofort: Gogu Blaga persönlich. Er hielt eine langbeinige junge Frau auf schwindelerregend hohen Absätzen mit roten Netzstrümpfen im Arm. Cerdolito schluckte vernehmlich anerkennend. Gogu und die Frau lachten und flüsterten einander etwas ins Ohr, dann blieben sie im Flur stehen und küssten sich. Garrincha zog sich die Sturmhaube über – sofort taten die anderen es ihm nach – und sprang auf das Paar zu, ein Messer in der Rechten, eine Pistole in der Linken. Gogu sah ihn aus dem Augenwinkel kommen, stieß die Frau weg und versuchte, die Wohnungstür zu erreichen, doch Garrincha stieß ihm die Klinge in den Rücken und zog sie abwärts. Gogu brüllte auf und drehte sich derart kraftvoll um, dass das Messer Garrinchas Hand entglitt und er ihm mitten in die Brust schießen musste. Schlagartig herrschte in der Wohnung Stille, und ein paar Männer erschienen in der Tür, festlich gekleidet, das Gesicht vom Essen und Tanzen erhitzt. Und Pistolen in der Hand. Der Älteste von ihnen, ein kleiner Stämmiger in den Sechzigern, schob sich zwischen den anderen hindurch und kam heraus. Er zückte den Zeigefinger und deutete auf Garrincha:

»Lass mich deine Stimme hören, damit ich dich finden und umbringen kann!«, rief er auf Französisch mit starkem rumänischen Akzent.

Die Latinos machten sich feuerbereit, doch da stürzte eine Frau aus der Wohnung und warf sich auf die Leiche.

»Gogu, mein Sohn!«

Jetzt befand sich die Mutter in der Schusslinie, und der alte Rumäne winkte seinen Männern, nicht zu schießen. Er hatte einen Sohn verloren, auch noch seine Frau sterben zu sehen, das wäre zu viel gewesen.

Esteban gab seinen Männern ein Zeichen zum Rückzug. Sie blockierten die Tür der Feuertreppe, indem sie einen Stahlstab in die Griffe schoben, und flogen buchstäblich die Stufen hinunter.

B. B. und ihr Team waren unweit postiert. Sie hatten den Schuss und das Geschrei gehört, hielten sich aber zurück, um Garrincha und seinen Leuten nicht begegnen zu müssen, doch sobald sie diese aus dem Haus kommen sahen, sprangen die Inspektoren mit Pumpguns bewaffnet aus ihrem Wagen und verschwanden im Eingang. Die Kommissarin zog sich ihren hellgrünen Mantel über und folgte ihnen in aller Ruhe. Ohne die Pistole, die sie lässig in der Hand hielt, hätte man sie für eine friedliche Dame mittleren Alters halten können.

Als sie mit dem Aufzug im fünften Stock eintraf und Blagas Eltern an dessen Leichnam weinen sah, wurde ihr schlagartig klar, dass sie einem Irrtum ihres Informanten aufgesessen war. Hier fand keine Party mit Nutten statt, sondern ein Familienfest. Gogu war tot, insofern war eines der Ziele der Aktion erreicht, aber das wichtigere, nämlich Babiche zu befreien, war kläglich misslungen.

»Bestell die Kripo her«, befahl sie Brainard, der ebenso wie seine beiden Kollegen wachsam dastand, aber nicht recht wusste, was er tun sollte. Dann deutete sie auf den Mann: »Gogu Blaga war dein Sohn?«

»Ja«, antwortete er und versuchte, seiner Frau auf die Beine zu helfen.

»Ich habe mit dir zu reden.«

»Nachher. Jetzt habe ich keine Zeit.«

»Du solltest lieber hören, was ich zu sagen habe, sonst beantrage ich dermaßen viele gerichtsmedizinische Untersuchungen, dass ihr ihn frühestens in einem halben Jahr zurückbekommt.«

Der Mann bedachte sie mit einem hasserfüllten Blick. Dann stand er auf und bedeutete ihr mit einer Geste, ihm in die Wohnung zu folgen.

»Ich suche ein Mädchen namens Babiche. Dein Sohn hat sie entführt, jetzt schafft sie für ihn in irgendeiner Wohnung an.«

Der Mann setzte zu einer Antwort an, aber sie hob die Hand.

»Ruhe. Ich will nichts hören von wegen was für ein guter Junge Gogu war und so ein Scheiß. Ich will Babiche, jetzt sofort. Sonst nehme ich deine Frau mit, wegen Mord. Ich wette, ihre Fingerabdrücke sind die einzigen auf eurem Sohn.«

»Das kannst du nicht machen«, schnaubte der Mann.

»Und ob ich das kann. Ich kann auch dafür sorgen, dass sie in einer Hochsicherheitszelle landet, mit lauter Huren und Drogensüchtigen, und eine Spezialbehandlung bestellen. Bis sie da rauskommt, hat sie so viel lecken müssen, dass ihr die Zunge abfällt.«

»Sie ist unschuldig, das weißt du.«

»Und du weißt, dass ich sie sechsundneunzig Stunden da drin behalten darf, bevor ein Anwalt sie rausholen kann.«

Der Mann schien kurz davor, auf sie loszugehen, und sie hinderte ihn daran, indem sie ihm die Pistole auf die Stirn setzte. »Immer mit der Ruhe.«

Der Rumäne atmete tief durch. »In Ordnung. Ich muss telefonieren.«

Er ließ sich das Mobiltelefon eines Verwandten geben und trat ein paar Meter beiseite. Das Gespräch dauerte nicht einmal eine Minute.

»In einer Stunde steht sie auf der Ecke Boulevard Bon-Secours und Rue de la Carrière.«

Von ihren Männern gefolgt, zog B. B. ab. Draußen trafen sie auf das Einsatzkommando; eben legten sich die Männer kugelsichere Westen an.

»Die werdet ihr nicht brauchen«, sagte die Kommissarin.
»Wie viele Tote?«, fragte ein alter Hase aus dem 1. Arrondissement. »Brainard, du hast gesagt, nur ein Rumäne?«
»Heißt wahrscheinlich Gogu Blaga«, antwortete der Inspektor. »Ein Messerstich im Rücken, eine Kugel in der Brust.«
»Ein Familienfest, scheint ziemlich hoch hergegangen zu sein«, schaltete B. B. sich ein. »Vielleicht hat es ein Wort zu viel gegeben, und die Situation ist außer Kontrolle geraten.«

Die Bourdet verabschiedete sich. Auch von ihren Männern. Sie wollte Babiche abholen. Als sie am vereinbarten Ort ankam, wartete das Mädchen schon. Sie war in einem beklagenswerten Zustand und konnte sich kaum auf den Beinen halten. Die Kommissarin half ihr ins Auto und brachte sie in eine Privatklinik, wo man ihr mehr als einen Gefallen schuldete.

Dann rief sie Xixi an. »Babiche ist in Sicherheit, und Gogu Blaga weilt leider nicht mehr unter uns«, teilte sie ihr mit.

»Hast du Armand meine Nachricht bestellt?«

»Ja.«

»Und, was sagt er?«

»Dass ich nicht mit dir ins Bett muss, wenn ich nicht will.«

»Und, willst du?«

»Nein, B. B.«

»Warum?«

»Du bist hässlich. Du gefällst mir nicht.«

Bernadette Bourdet lachte laut heraus und legte zufrieden auf. Armand und Xixi waren beide in Ordnung. Die Welt war doch nicht so schlecht. Sie fuhr ins Prostituiertenviertel, lud eine in ihren Wagen ein, die ihre Vorlieben kannte, und brachte sie in ein Motel. Nach dem Sex nahm die Hure sie in den Arm und flüsterte ihr zu: »Schlaf jetzt, Bernadette«, um sie bis zum Morgen nicht mehr loszulassen. Und um diese zärtliche Geste geheim zu halten, zahlte B. B. den doppelten Tarif.

DREI

Aleksandr Peskow betrat ein Gebäude, in dem elegante Büroräume tageweise vermietet wurden. Zu dieser Tageszeit standen die meisten leer. Er trug eine Basecap und senkte den Kopf, als er in der Eingangshalle unter der Videokamera hindurchkam. Der Fahrstuhl brachte ihn in den dritten Stock, wo der dichte Teppichboden seine Schritte dämpfte, bis er eine Tür mit der Aufschrift L3 erreichte. Es öffnete Sunil Banerjee. Rasch trat er ein, und sie umarmten sich fest. Ein weiterer Mann, ein Lockenkopf mit olivbrauner Haut, kam angelaufen, entriss ihn den Armen des Inders und drückte ihm zwei Küsse auf die Wangen.

»Du Dreckskerl von einem russischen Mafioso«, sagte er bewegt.

»Giuseppe, du Dreckskerl von einem Camorrista«, antwortete der Russe.

Still, vor Rührung wie erstarrt, beobachtete Inez die Szene. Nach drei langen Jahren des Getrenntseins waren sie alle vier wieder vereint. Diese Begegnung hätte in Zürich stattfinden sollen. Dort wäre es einfacher gewesen, doch jetzt, da sie wieder zusammen waren, erschien ihnen nichts mehr unmöglich.

Aleksandr ging auf Inez zu, nahm die Mütze ab und küsste sie auf die Stirn. Sie umarmten sich lange.

»Hast du mal gesehen, was für ein Knusperkeks unsere Inez geworden ist?«, fragte Giuseppe Cruciani.

Inez verpasste ihm einen Fausthieb auf die Schulter. »Du änderst dich auch nie«, sagte sie.

Sunil entkorkte eine Flasche Champagner. Der Tisch im Besprechungszimmer war für mindestens die dreifache Anzahl Esser gedeckt.

»Ich dachte, kurz wird unsere Besprechung nicht, und wir haben alle einen gewissen Appetit«, scherzte Banerjee.

Inez erhob den Kelch: »Ein Prosit auf die schlimmen Buben von Leeds.«

Giuseppe fiel ihr Motto wieder ein: »Auf die Schlimmsten! Wir sind diejenigen, die ihre Eltern umbringen, um den Ausflug des Waisenhauses mitzumachen.«

Sie lachten sich schier kaputt, wie damals, wenn sie sich im *Dromos* trafen, ihrem Lieblings-Pub, in dem sie Stunden verplauderten, sich nach und nach immer besser kennenlernten, bis sie einander derart ähnlich fanden, dass sie beschlossen, ihr Schicksal gemeinsam zu wagen und alles auf eine Karte zu setzen.

Sunil klopfte Aleksandr freundschaftlich auf die Schulter.

»Also ich begnüge mich ja vorerst damit, systematisch meinen Alten auszurauben, der denkt, er würde immer noch unter der Herrschaft ihrer Majestät der Queen leben, aber du hast vielleicht ein bisschen übertrieben, Alter, als du gleich die ganze *Organisatsia* ausgelöscht hast.«

»Es war herrlich, mich von den alten Idioten zu befreien«, platzte Aleksandr heraus. »Jahrelang hab ich sie ertragen müssen mit ihren dämlichen Mafia-Traditionen, den Tattoos, dem Neandertaler-Gehabe.«

»Und du, wie bist du deine übergriffige Familie losgeworden?«, fragte Sunil Giuseppe. »Ich hab nie verstanden, welcher böse Geist dich dazu getrieben hat, ein Unternehmen im Bereich der kosmetischen Chirurgie aufzuziehen.«

»Ich? Ich bin mit der Kasse abgehauen«, antwortete Giuseppe mit gespielt starkem neapolitanischem Akzent. »Doch zuvor habe ich meinen Frieden mit dem Gesetz gemacht und Namen und Beweise geliefert. Sie haben alles hopsgenommen, aber erzählt, ein anderer hätte gesungen und sich das Geld unter den Nagel gerissen. Hat mich eine runde Million gekostet, aber wenigstens ist niemand hinter mir her.«

»Wie viele Bullen und Richter hast du denn bestechen müssen, mein lieber Signor Cruciani?«, bohrte Sunil weiter.

Der Neapolitaner zuckte mit den Schultern. »Darum hat sich mein Anwalt gekümmert. Ich war ja nur ein kleiner Fisch, aber der, dem sie den Verrat angehängt haben, das war ein ganz dicker. Und dann ist sogar noch ein Krieg zwischen den Familien ausgebrochen.«

Inez seufzte. »Ihr Glücklichen ... Ich darf so lange brav und still aufpassen, dass mein Vater, meine Brüder und Onkel nichts merken.«

»Das würde gerade noch fehlen«, bemerkte Giuseppe, »du bist unsere Bank. Ohne dich wären wir verraten und verkauft.«

»Ein ganz klein wenig dankbar sollten wir unseren verhassten Familien aber doch sein«, meinte der Russe. »Schließlich haben sie uns nach Leeds geschickt, und das war unser Glück. Dort haben wir begriffen, dass wir besser sein können als sie, ohne ein Teil ihrer Welt zu sein.«

»Weil wir die Besten waren, Sosim«, ergänzte Sunil. »Weißt du noch, was der Wirtschafts-Prof gesagt hat?«

Alle antworteten im Chor: »Es war uns eine Ehre, Sie hier bei uns zu haben!«

Sie tranken weiter Champagner und aßen sich an Schnittchen satt, lachten und machten Witze, bis Inez einen Aktendeckel aus ihrer eleganten Handtasche zog. »Also, jetzt zum Geschäftlichen. Mein Flugzeug geht morgen früh, ich muss um neun in der Bank sein.«

»Sklaventreiber, diese Schweizer«, scherzte der Inder und schaltete seinen Tablet-Computer an. »Also, Aleksandr, schildere uns die Lage.«

»General Worilow hatte nie die Absicht, die Züricher Operation durchzuführen, mit der eine finanzwirtschaftliche Basis für die laufende Mittelbeschaffung des FSB erzielt werden sollte. Jetzt soll ich dasselbe hier in Marseille aufbauen, wo sie offenbar geostrategische Interessen verfolgen, über die ich allerdings nicht im Detail informiert bin.«

»So viel verschwendete Liebesmüh«, schnaubte der Italiener. »Außerdem wäre Zürich sehr viel sicherer gewesen, um in Deckung zu bleiben.«

»Genau da liegt das Problem«, antwortete der Russe. »Das FSB erwartet, dass ich mir Zugang zu Finanz- und Wirtschaftskreisen und zur Politik verschaffe. Einerseits wollen sie sich hier gründlich verankern, andererseits in den relevanten Kreisen mit den üblichen Methoden – Korruption, Erpressung, Sex – Informanten und Mitarbeiter gewinnen.«

»Apropos Sex«, unterbrach ihn Banerjee. »Wie geht es der Löwin der Matratze, der geschätzten Ulita?«

Aleksandr konnte einen Seitenblick zu Inez nicht unterdrücken. »Sie ist in der Stadt.«

»In deiner Haut möchte ich nicht stecken«, bemerkte Giuseppe.

»Eure Konzentration ist nicht besser als die eines Einzellers«, stöhnte Inez. Dann biss sie sich auf die Lippe. »Entschuldigt, aber ich mache mir wirklich Sorgen, und ihr scheint alles auf die leichte Schulter zu nehmen. Das ist nicht nur Geplänkel, und wir sind nicht mehr auf der Uni.«

»Du weißt doch, das ist unser Stil«, verteidigte sich Sunil. »Nicht so todernst.«

Inez zeigte ihm einen Stinkefinger. »Red weiter«, sagte sie zu Aleksandr.

»Kurz gesagt, der FSB möchte in die am besten laufenden wirtschaftlichen Mechanismen des Westens eindringen, die aber auch am empfindlichsten gegenüber Skandalen und staatlichen Ermittlungen sind.«

»Und dich, wie praktisch, kann man jederzeit opfern«, überlegte Giuseppe.

»Genau. Falls es Probleme gibt, lassen sie den Mafioso Sosim Katajew auferstehen und werfen mich ohne weitere Umstände den diensthabenden Löwen zum Fressen vor.«

»Wir müssen also den Geheimdienst ebenfalls austricksen und schauen, wie wir aus Marseille wegkommen«, fügte Giuseppe hinzu.

»Das wird nicht einfach, aber zu gegebener Zeit müssen wir es versuchen«, seufzte Aleksandr und blickte auffordernd Sunil an, dem brillantesten Strategen der vier. Der Inder sah ihm ebenfalls in die Augen und nickte ernst. Jetzt war er dran.

»Als Erstes müssen wir eine der Offshore-Gesellschaften, die wir in Gibraltar gegründet haben, als plausiblen Grund für deine Anwesenheit hier in der Stadt nutzen. Eine Art Hülle, die wirtschaftlich und strukturell glaubwürdig wirkt und bequem vom FSB genutzt werden kann.«

»Denkst du an etwas Genaues?«

Die schmalen Finger des Inders spielten auf dem Bildschirm seines Tablets herum. »Die Internetnutzung in Afrika erlebt unglaubliche Zuwächse, und die Verlegung von unterseeischen Glasfaserkabeln ist in Marseille einer der stärksten Wirtschaftszweige, nicht nur wegen der strategischen Lage, sondern auch dank der geringen Stromkosten. Wenn wir die richtigen Leute in den richtigen Positionen finden, kommen wir ohne Weiteres in das Geschäft hinein.«

Inez wedelte mit einem Blatt. »Ich hab schon ein paar interessante Namen aus den Listen der Konteninhaber unserer Bank, die könnten dabei nützlich sein.«

»Die kannst du uns ja dann gleich zeigen«, unterbrach sie der Russe, der den Faden von Banerjees Gedanken nicht abreißen lassen wollte. »Also wiege ich den FSB in dem Glauben, die Einnahmen aus dem Tschernobyl-Holz, die nicht direkt auf sein Konto gehen, würden ins Glasfasergeschäft investiert, aber da landet in Wirklichkeit nur ein kleiner Teil. Der größere geht in noch deutlich lukrativere Unternehmungen...«

»Ja, davon manche legal, wie der Immobilienmarkt«, schaltete Sunil sich ein. »Wie man hört, ist Marseille fest in der Hand der Spekulanten, deren Geschäft von der Krise nicht weiter betroffen ist. Und manche auch illegal, wie der Handel mit Müll, mit dem ich ja so meine Erfahrungen habe. Mit Hilfe meines treuen Kapitän van Leeuwen können wir Chemikalien im Meer verklappen, auch in großen Mengen und für Kunden, die auf eine kontinuierliche Zusammenarbeit angewiesen sind. Und auf längere Sicht würde ich mich dem jüngsten Angebot aus Albanien nicht verschließen.«

»Davon hab ich noch nichts gehört«, sagte Aleksandr.

»Albanien hat beschlossen, seine Tore für ausländischen Müll zu öffnen. Das Land dürfte die Müllkippe von ganz Europa werden, vor allem von Italien, und zwar besonders für die weniger begehrten Abfälle, denn Plastik und Elektroschrott werden schon an der Quelle von den Chinesen ausgesondert, die einen großen Bedarf an recycelten Rohstoffen haben, aber wir können die Abfuhr und den Transport organisieren und den albanischen Unternehmen dabei helfen, einen Markt für das Zeug zu finden.«

Aleksandr stand auf und goss sich Champagner ein. Er trank so gut wie nie, doch jetzt brauchte er einen Schluck. »Das ist ein genialer Plan, Sunil«, beglückwünschte er ihn. »Allerdings setzt er voraus, dass wir uns auf Gedeih und Verderb Leuten in die Hände geben, die wenig vertrauenswürdig sind, gierig und häufig ahnungslos, was die elementarsten Sicherheitsnormen angeht. Wir sollten uns nicht darauf verlassen müssen, dass es keinerlei Zwischenfälle gibt, und vor allem fehlt uns ein Alternativplan, der uns im Fall der Fälle weiterhelfen würde.«

Banerjee breitete die Arme aus. »Aber der FSB zwingt uns zum Kontakt mit diesen Kreisen, und seinem Spiel können wir uns nicht widersetzen. Was einen Plan B angeht, davon haben wir zwei. Der erste sind die Taschenspielertricks unserer lieben Inez mit der internationalen Finanzwirtschaft. Sie bucht kurzfristig Geld von den Konten ihrer Kunden ab und agiert damit auf dem Finanzmarkt mit Hilfe von ebenso illegalen wie zuverlässigen Informationen. Der zweite Plan B besteht in Giuseppes Klinik.«

»Organexplantation«, erklärte der Italiener. »Wir liefern die Ersatzteile für diejenigen Kunden, die keine Lust haben, ins Ausland zu reisen und sich unbekannten Krankenhäusern von zweifelhafter Kompetenz anzuvertrauen. Ich habe Kontakt zu einer interessierten Klinik in Mailand, aber der Kundenkreis ließe sich beliebig erweitern. Bekanntlich laufen zehn Prozent der Transplantationen illegal, und die Nachfrage steigt beständig.«

»Und woher sollen diese ›Ersatzteile‹ kommen?«, fragte Inez.

»Aus Indien«, antwortete Sunil. »Ich habe meine kleine Klinik in Alang, die den Markt von Mumbai beliefert hat, schließen müssen, aber das Netz für die Spenderrekrutierung ist noch vollkommen funktionsbereit.«

»Totalspender«, erläuterte Giuseppe.

»Auch eine Art des Dienstes an der Menschheit«, bemerkte Inez trocken und bestand auf einer Kaffeepause.

»Wir werden einige Zeit brauchen, um diese Aktivitäten aufzubauen. Mindestens ein Jahr, bis sie richtig laufen«, fuhr der Russe fort. »Bis dahin wird Worilow Ergebnisse sehen wollen.«

»Der Geschäftssitz ist schon bereit, die Gesellschaft ist gegründet, also kann die Sache mit den Glasfaserkabeln losgehen«, sagte Banerjee. »Was noch fehlt, sind die Kontakte hier vor Ort.«

»Wie gesagt, ich glaube, ich habe da schon die Richtigen.« Inez blickte in ihre Notizen. »In der Presse werden sie die ›Bremond-Clique‹ genannt, nach dem Namen des Häuptlings, des ehrenwerten Parlamentsabgeordneten Pierrick Bremond. Neben ihm gehören dazu Fabrice Rampal, Generaldirektor des Bankhauses Crédit Provençal, Monsieur Thierry Vidal, Gründer und Eigentümer der Immobiliengesellschaft Haxo, dazu der Notar Jean-Pascal Tesseire sowie der Bauunternehmer Gilles Matheron und sein Sohn Édouard.«

»Warum nennt die Presse sie eine Bande?«, fragte Giuseppe.

»Weil sie Politmafiosi sind, tief mit dem organisierten Verbrechen verwoben. Einmal hat es schon Ermittlungen gegen sie gegeben, weil sie fünfunddreißig Millionen Euro öffentlicher Gelder unterschlagen hatten, und wegen einem Dutzend anderer Vergehen, darunter Geldwäsche und Bestechung, aber sie sind vollkommen unbeschadet daraus hervorgegangen und sitzen fester im Sattel denn je.«

»Und warum sollten diese feinen Herren mit uns ins Geschäft kommen wollen?«, fragte Aleksandr.

»Weil es sie ein Vermögen gekostet hat, dem Knast zu entgehen, und ihre Konten weit im Minus sind.«

»Die könnten tatsächlich für uns infrage kommen, zeig die Akte mal her«, sagte er.

Sie besprachen noch ein paar Stunden lang die Details und zermarterten sich dann das Hirn auf der Suche nach dem perfekten Plan, den FSB zu hintergehen. Aber es war, als würden sie in der Sackgasse sitzen, also hoben sie irgendwann die Sitzung auf.

»Geht ihr ruhig schon mal«, sagte Sunil zu Inez und Aleksandr. »Giuseppe und ich trinken noch ein Bier und besprechen etwas im Zusammenhang mit der Klinik.«

Als Sunil die Tür geschlossen hatte, drehte er sich zu dem Ex-Mafioso um: »Sag mal, hast du jemals begriffen, warum sie ihre Beziehung sogar vor uns geheim halten, vor ihren besten Freunden?« Er klang etwas gekränkt.

»Mach dir nichts draus. Ein Russe und eine Schweizerin, das ist einfach wahnsinnig kompliziert. Inez mag zwar total gut aussehen, aber wer garantiert, dass sie im Bett auch so gut ist? Bekanntlich sind die Schweizerinnen alle frigide.«

»Frigide? Du redest ja wie meine Mutter, Giuseppe«, lachte Sunil. »Außerdem, mach dir nichts vor, in Wirklichkeit waren wir alle drei immer in Inez verliebt, und der alte Sosim war am Ende einfach schneller.«

Unterdessen hatte das Paar begonnen, sich im Aufzug zu küssen, und suchte dann in der Tiefgarage eine geschützte Stelle für einen Quickie.

»Du bist mit einer Frau zusammen gewesen«, tadelte ihn Ulita. »Ich rieche das Parfüm.«

»Ja, mit einer Touristin, die ich in einer Hotelbar kennengelernt habe.«

»War sie wenigstens gut?«

»Passabel.«

»Aber jetzt bist du ausgepowert und nutzlos.«

»Stimmt schon. Ich gehe direkt ins Bett.«

»Ich glaube nicht. Wir haben über die Arbeit zu reden.«

»Jetzt?«

»Du weißt, ich entscheide hier wann, wo und wie ...«

»Zu Befehl, Leutnant Winogradowa.«

»Lass die servilen Mätzchen und hör gut zu«, zischte sie und gab ihm ein paar Blatt mit Notizen und Plänen. »Morgen kaufst du im Namen von einer deiner Tarnfirmen diese kleine Villa in Saint-Barnabé. Ich brauche sie schnellstmöglich.«

Aleksandr Peskow las das Infoblatt des Maklers. »Nicht gerade günstig«, kommentierte er zweifelnd, um die Reaktion der Frau zu testen.

»Die Immobilie soll ja auch nicht zu deiner Geldwirtschaft gehören«, entgegnete sie verdrossen und bestätigte damit seinen Verdacht, dass das Haus als Operationsbasis dienen sollte. Dann entfaltete Ulita den Grundriss und deutete auf drei Zimmer am Ende des Flures. »Da drin hast du nichts zu suchen, weder du noch sonst wer. Denk dir eine Erklärung dafür aus.«

»Kein Problem.«

Sie markierte mit dem Bleistift, wo im Eingang die Empfangsdame postiert werden sollte. »Die suche ich selber aus«, bestimmte sie. »Nicht, dass das irgendeine dumme Kuh wird, die nur unterm Schreibtisch Schwänze lutschen kann und sonst nichts.«

»Schade, ich hätte mein Büro wie das Oval Office einrichten können.«

»Außerdem brauche ich einen Lieferwagen und einen PKW.«

»Irgendwelche Wünsche bezüglich Marke, Farbe und so?«

»Nein, sie müssen nur gebraucht und in gutem Zustand sein.«

Peskow ging in die Küche, ein Glas Wasser trinken. Ulita folgte ihm. »Wie heißt die Tarnfirma?«

»*Dromos.*«

»Und ich heiße jetzt Ida Schudrick und bin Dolmetscherin. Merk dir das.«

Peskow schlief wenig und schlecht. Die Begegnung mit seinen Freunden, mit Inez, und all die Zukunftspläne, das hatte ihn aufgewühlt. Er musste sich austoben und ging in ein Sportstudio, das er in der Nähe gesehen hatte. Er lief langsam los, dann beschleunigte er, versuchte, das Laufband herauszufordern, und hielt ihm stand, bis ein besorgter Trainer kam und die Off-Taste drückte. »Ist bei dir alles in Ordnung?«

»Ich renne gern schnell.«

»Das hab ich gesehen«, sagte der andere und schaltete das Band in niedriger Geschwindigkeit wieder an. »Nur, wenn man bei dem Tempo stolpert, kann man sich richtig weh tun. Ich hab schon mehr als einen gesehen, der dabei böse auf die Nase gefallen ist.«

Der Russe lachte laut. »Glauben Sie mir, das ist mein geringstes Problem«, entgegnete er und schaltete die Geschwindigkeit hoch. Er dachte daran zurück, wie er mit Sunil trainiert und dessen Freundschaft und unglaubliche Fähigkeit zur Analyse von wirtschaftlichen Mechanismen und der menschlichen Seele zu schätzen gelernt hatte, so, als würde beides zur selben Welt gehören. Der Inder hatte die Gruppe um sich geschart, als ob er selbst die einzelnen Mitglieder ausgesucht hätte. Und er hatte auch das Entstehen des Vertrauens ermöglicht, das dem Traum entsprang, all diejenigen zu bescheißen, von denen sie von klein auf beschissen worden waren. Sunil konnte einen mit ein paar Witzen davon überzeugen, dass der verrückteste Plan realisierbar war. Die Mitstudenten und die Dozenten hatten sie für vier verwöhnte Idioten aus begütertem Haus gehalten, dabei waren sie nur vier junge Leute, die mit dem Leben nicht zurechtkamen, das ihnen vorherbestimmt war, obwohl sie es weder gewählt noch gewollt hatten. Dann hatten sie die Kraft gefunden, sich dagegen aufzulehnen, und etwas Undefinierbares, aber Unentbehrliches war in ihren Köpfen und Herzen entstanden. Dadurch war es gar nicht mehr so schwierig, so zu tun, als würde er sich von der schönen Ulita rekrutieren lassen, um den FSB zu täuschen. Gut, der hatte ihn seinerseits hereingelegt, aber das war nicht weiter tragisch. Alles ließ sich ertragen.

Beim Rennen dachte Aleksandr an Inez' Bemerkung über jene Unbekannten, an deren Organen sie sich bereichern würden: »Auch eine Art des Dienstes an der Menschheit.« Hinreißend. Einfach hinreißend. Und tiefgründig. Diese wenigen Worte enthielten die Wahrheit über die ganze Welt. Aber sie war auch von Sunil Banerjees Genialität angesteckt worden. Als er sie kennenlernte, war sie unbeholfen und vom Gewicht ihrer Bankiersfamilie geradezu erdrückt. Auch Giuseppe war anders gewesen. Ein etwas großmäuliger, aber sympathischer Italiener, terrorisiert von der Aussicht, die Kriege seiner Familie austragen zu müssen. »Ich bin dazu verdammt, ein Arschloch zu werden, wie alle Camorristi«, klagte er, wenn er einen über den Durst getrunken hatte.

Und Sosim selbst? Er war bei seinem Onkel Didim aufgewachsen, bis man den ins Gefängnis von Jekaterinburg gesteckt hatte, wo er unter den Tritten der Wachen starb, weil er die Ehre der Brigade nicht verraten wollte. Der kleine Sosim hatte Vater, Mutter und zwei Schwestern gehabt, aber als er fünf war, wurde ihm verboten, sie je wiederzusehen, denn er war ab da das Eigentum von Witali Saytsew. Den Grund für diese unglaubliche Grausamkeit hatte er erst viele Jahre später erfahren, als sein Onkel beschloss, ihm anzuvertrauen, dass sein Vater hätte sterben sollen, weil er die *Organisatsia* beraubt hatte, es ihm aber gelungen war, sich auf diese Weise freizukaufen. Sosim wäre es lieber gewesen, sein Vater wäre gestorben und hätte ihm als Erbe die Trauer hinterlassen. Aber er war ein Feigling gewesen. Und Didim war von nicht zu überbietender Dummheit. Als Sosim erfuhr, dass sein Onkel tot war, zog er Sportzeug und Laufschuhe an und rannte bis zur Erschöpfung, um keine Freudentänze aufzuführen.

Dann war er Sunil Banerjee begegnet, und alles hatte sich geändert. Der Inder stand dem Dasein unerschütterlich gegenüber und führte sie jetzt in ein Abenteuer ohnegleichen. Wenn alles gutgegangen wäre, dann wäre er, Sunil, jetzt schon frei gewesen, und niemand würde mehr bestimmen, was er mit seinem Leben anzufangen hatte. Vielleicht würde Inez ihm dann auch folgen. Garantiert war das nicht. Er entsann sich des Sohns eines bekannten Mafioso aus Hongkong, eines Mitstudenten, der seine Biyu über alles liebte, sie aber am Tag der Rückkehr nach Hause zurückließ, weil sein Vater keine Beziehungen duldete, die nicht der Stärkung des Zusammenhalts zwischen den Triaden dienten. In der Tat hatten Inez und er bestimmte Themen nie angeschnitten. In seiner jetzigen Situation wäre es jedoch schon ein Fortschritt, Inez' Entscheidungen und Pläne genauer zu kennen.

Eine Dusche, ein rasches Frühstück, und später durch den kalten Herbstregen direkt nach Saint-Barnabé, den Befehlen von Leutnant Winogradowa gemäß. Um keinen Verdacht zu erwecken, tat er so, als wolle er um den Preis des Hauses feilschen, dann steckte er der Mitarbeiterin des Maklers unterm Tisch fünfhundert Euro zu, um die Verkaufsformalitäten zu beschleunigen. Mit den Fahrzeugen ging es leichter. Der Laden des Autohändlers war so gut wie leer, und es drängte den Eigentümer, rasch Umsatz zu machen, um die Gläubiger auf Abstand zu halten. Es war für beide ein gutes Geschäft.

Einrichtung, Kleidung der Angestellten, Essen, Bier, Musik: Das *EL Zócalo* war eine typisch mexikanische Bar, alles strikt authentisch. Verschiedene Gäste, Mittelklasse. Zufrieden bemerkte Garrincha, dass weder Junkies noch Dealer noch Huren zu sehen waren. Eine geeignete Tarnadresse. Außerdem war das Essen gut. Das wäre der ideale Ort für sein zweites Leben als Juan Santucho. Tja – schon bald sollte das Lokal Eigentümer und Betreiber wechseln.

Er winkte einer Kellnerin: »Ich suche Xavier Bermudez.«

Sie tat so, als hätte sie ihn nicht gehört, aber nach wenigen Minuten setzte sich ein Mann zu ihm. Schmal, nicht gerade groß, fünfunddreißig Jahre, Schnurrbart, das Haar zu einem dünnen Pferdeschwanz gebunden. Gekleidet war er, als träte er gerade in Tijuana aus seinem Haus: Stiefel, Jeans, Lederbändchen um den Hals, den Stroh-Stetson in die Stirn gedrückt.

»Willst du mir eine Eifersuchtsszene machen?«, fragte er ruhig.

»Wegen Rosario? Ich bitte dich. Ich brauche Stoff, Koks und *mota*«, sagte er – das war der mexikanische Slang-Ausdruck für Marihuana.

»Ramón hat sich nicht von uns beliefern lassen.«

»Ramón ist Vergangenheit, ich bin die Gegenwart und die Zukunft.«

»Zahlbar bei Übergabe und Verkauf außerhalb meines Gebiets.«

»Klare Sache. Und jetzt, da wir Geschäftspartner sind, hörst du vielleicht auch auf, meine Frau zu vögeln?«

»Kein Problem. Ich bin sowieso nur mit ihr ins Bett gegangen und habe ihr Geschenke gemacht, weil ich Infos über Ramón haben wollte und jetzt über dich.«

»Das wird nicht mehr nötig sein. Ich bin nicht so ein Trottel wie der.«

»Offensichtlich. Außerdem ist es mit ihr nicht so toll. Keine Ahnung, wie man der beibringen soll, richtig zu lutschen.«

Garrincha erstarrte. Der Mexikaner verarschte ihn. Er machte aber gute Miene zum bösen Spiel. »Das kann man wohl sagen. Außerdem ist sie schon zwanzig, das dürfte zu spät sein.«

Sie verabredeten eine erste Lieferung, dann stand Bermudez auf und drückte ihm die Hand. »Das Abendessen geht auf uns.«

Esteban ging hinaus. Der frische Nordostwind störte ihn weniger als das Bauchweh, das er empfand. Er hatte schon früher mit mexikanischen Drogenhändlern zu tun gehabt und wusste aus Erfahrung, wie arrogant sie sein konnten. Bermudez allerdings übertrieb es und dachte wohl auch, er könne es sich erlauben. Ihre Geschäftsbeziehung hatte einen schlechten Start gehabt und würde, da war Garrincha sicher, übel ausgehen. Xavier Bermudez dachte, er hätte den Längsten, das war ein Irrtum, den er noch bereuen würde.

Sie hatten sich in einem Supermarkt verabredet. Der Mexikaner erschien schlicht gekleidet, in der Hand eine Einkaufsliste. Er suchte sorgfältig die Waren aus und tat sie in seinen Einkaufswagen, während er sich unauffällig umsah und sicherstellte, dass weder Bullen da waren noch andere Gefahren drohten. In einer für die Überwachungskameras nicht einsehbaren Ecke tauschten sie die Einkaufswagen. Wie besprochen stellte sich Garrincha an Kasse 6 an. Die Kassiererin, eine mittelalte Komplizin von Bermudez, wog das Kokain ab und berechnete 1,39 Euro pro Kilo. Ein ausgezeichnetes Geschäft.

Wenige Stunden später dealten Pablo und José in dem Viertel, das zuvor Ramóns Bereich gewesen war. Dabei stießen sie auf dreizehnjährige Peruaner, die von Kopf bis Fuß Hiphop-Klamotten trugen und gleich losmeuterten.

»Das ist unsere Gegend. Haut ab!«, sagte der Größte von ihnen.

José öffnete seine Jacke und ließ die Pistole sehen. »Wollt ihr für uns arbeiten?«

Fast alle willigten sofort ein, nur der Wortführer ging weg. Garrincha, der das Geschehen von dem Volvo aus beobachtete, mit dem er Ramóns Bruder entführt und den er entgegen B.B.'s Anweisungen noch nicht zurückgegeben hatte, ließ den Motor an und folgte ihm.

Vom Beifahrersitz aus starrte Cerdolito grimmig in die Gegend und versuchte auszusehen wie ein echter Gangster.

»Warum verfolgen wir die halbe Portion da?«

»Vielleicht führt er uns zu seinen Bossen.«

»Die kenne ich, die gehören zum *Comando* und ziehen sich alle an wie Schwuchteln, weil sie Schwuchteln sind und Xoxie hören. Kennst du? ›Garçons gare aux cons ...‹«

»Nein, kenne ich nicht«, antwortete Esteban geduldig.

Der Riese verstummte. Juan machte ihm Angst. Seine Art zu reden und ihn anzuschauen erinnerte ihn haargenau an seinen Vater, der ihn immer verprügelt hatte.

Der Junge schaute sich kein einziges Mal um und führte sie in eine Bar mit taumelnden Junkies aller Couleur und ein paar Achtzehnjährigen, ebenfalls in Hiphop-Kleidung.

»Die da sind das *Comando*«, brummte Cerdolito.

»Und wer hat das Kommando über das *Comando*?«

Ein dicker Wurstfinger deutete auf einen etwas größeren und stämmigeren Typen, an dem das Gold funkelte wie an einer Heiligen während der Prozession. Daneben fiel Garrincha mit dem Geschmeide, das er Ramón abgenommen hatte, deutlich ab, andererseits war der Schmuck des Peruaners offenkundig falsch. »Dughi heißt er«, informierte ihn Cerdolito.

»Komm mit!« Garrincha machte die Wagentür auf.

Er ging direkt auf den Boss zu, der vorsichtshalber unter seine Jacke griff, woraufhin der Paraguayer die Hände hob.

»Ich bin Juan Santucho.«

»Dachte ich mir.«

»Wir arbeiten wieder in Ramóns Bereich. Ihr müsst umziehen oder für uns arbeiten.«

»Ramón sitzt ein, wo steht geschrieben, dass du einen Anspruch auf seine Gegend hast?«

»Muss ich erst einen von euch abschießen, um es klarzumachen?«

Der andere sah ihn an wie einen Marsmenschen.

»Es genügt, wenn du zahlst, Amigo.«

»Wie viel?«

»Fünftausend die Woche.«

Esteban tat so, als würde er nachdenken. »Ich bin dabei.«

»Klar bist du dabei«, grinste der andere. »Meine Leute würden euch sonst zerlegen.«

Der schlug sogar noch Bermudez im Arschloch-Wettbewerb. Aber er war jünger und hatte weniger Erfahrung. Esteban verbeugte sich wie vor einem echten Boss und zog sich zu dem Volvo zurück.

Er setzte Cerdolito ab, der den anderen helfen sollte, und rief Kommissarin Bourdet an. »Die Typen vom *Comando* dealen im großen Maßstab. Ihre Zentrale ist eine Bar namens *El Caracolito*. Sie brauchen nur noch Ihre Leute zu schicken und eine Razzia zu veranstalten …«

B. B. wusste über all das mehr als er. »Soll ich jemanden Speziellen hochnehmen?«

»Der Typ heißt Dughi.«

»Kenne ich. Kleiner Fisch.«

»Ich weiß. Aber wie es aussieht, muss ich ihn sonst abknallen, um mir Respekt zu verschaffen.«

Die Polizistin legte auf.

Kurz darauf hielt der Lieferwagen von Bourdets Männern vor der Bar der Peruaner. Brainard und Tarpin stiegen aus, die üblichen Pumpguns in der Hand. Delpech setzte Dughi hinterher und hatte ihn nach ein paar Dutzend Metern geschnappt. Er tat so, als würde er hart auf ihn einschlagen.

»Was ist denn los, verdammte Scheiße?«, fragte der Peruaner erschrocken. »Ich hab mich vorgestern noch mit der Kommissarin unterhalten.«

»Du musst in den Bau, Dughi. Nur für ein paar Monate.«

»Aber warum denn?«

»Weil du dich danebenbenommen hast.«

Garrincha kehrte in sein Viertel zurück und durchstreifte es systematisch, wobei er jeden ansprach, der nach einem potentiellen Kunden aussah. Die Ladenbesitzer fragte er, wie viel Schutzgeld sie Ramón gezahlt hatten. Er tat empört und setzte den günstigeren Tarif aus Ciudad del Este an. Meine Herren, was war Marseille teuer!

Er wollte mit der Bande feiern gehen, und als er erfuhr, dass sie alle miteinander in der früheren Wohnung von Josés Großmutter lebten, verlangte er, die Kaserne seiner Truppen in Augenschein zu nehmen.

Diese gediegene Wohnung war in ihren Händen zur Müllhalde geworden. Als Pablo das Licht anmachte, zog sich eine Armee von Kakerlaken gemächlich in ihre Unterschlüpfe zurück.

»Das ist überall das Problem in Marseille«, erklärte sein Stellvertreter, »nicht nur hier.«

»Ich befehle Rückzug«, scherzte Esteban. »Wir gehen in eine Bar!«

Auch an diesem Abend schickte er Rosario mit der Kleinen ins Bett.

»Das ist nicht normal!«, protestierte sie misstrauisch. »Ich bin deine Frau!«

Juan bedachte sie mit einem müden Lächeln und machte ihr die Schlafzimmertür vor der Nase zu.

Garrincha hatte sich angewöhnt, mit dem Wagen in andere Stadtviertel zu fahren. Er ging gern spazieren, und das Dreizehnte war dazu nicht geeignet. Zu hässlich und zu gefährlich. An diesem Morgen blickte er im Vorübergehen ins Schaufenster eines Bekleidungsgeschäftes und bemerkte eine junge Frau, die einer Schaufensterpuppe einen Pullover überzog. Sie hatte kurzes blondes Haar und trug ein ärmelloses T-Shirt, um den rechten Arm zur Geltung zu bringen, der von oben bis unten mit Insekten tätowiert war. Die vollen Lippen wurden von feuerrotem Lippenstift zur Geltung gebracht, die langen Beine durch einen Minirock und enorm hohe Absätze. Der Paraguayer sah sich den Laden genauer an. Schrilles Zeug, absolut geschmacklos. Sie aber war sehr attraktiv. Und er war jetzt Juan Santucho und konnte sich erlauben, mit sämtlichen Frauen von Marseille anzubandeln.

Sie begrüßte ihn lächelnd: »Bonjour, wie kann ich dir helfen?«

»Ich habe im Vorbeigehen etwas Hübsches im Schaufenster gesehen, da dachte ich, ich schau mal rein, mir hat jemand gesagt, ich ziehe mich nicht gut genug an und brauche einen neuen Look, jetzt, wo ich auf der Erfolgsspur bin. Dass ich so eine hübsche junge Frau treffen würde, habe ich aber nicht gedacht.«

Sie schaute ihn tiefgründig an: »Dieser Laden verkauft Mist in allen Größen für Vorstadt-Loser, wenn du wirklich ein Erfolgstyp bist, musst du woanders hingehen.«

»Viel verkaufen wirst du nicht, wenn du so schlecht von deinem Laden sprichst.«

»Das ist nicht mein Laden. Ich bin nur eine mies bezahlte Angestellte, und meine Kündigung habe ich schon unterschrieben. Wer soll denn während der Krise solche Sachen kaufen?«

Garrincha besah sich gemütlich ihre Beine und den Busen. »Das heißt, du ziehst dich so an, damit du zum Interieur passt?«

»Und das sind noch die besten Sachen, glaub mir.«

»Wenn ich dich dafür bezahle, dass du mir dabei hilfst, meinen Look zu erneuern, könnte das ziemlich lukrativ für dich sein.«

»Falls du wirklich Geld hast, nicht nur das Gold, mit dem du behängt bist, könnte ich mir vielleicht diese Mühe machen.«

Esteban nahm eine Rolle Geldscheine aus der Tasche. »Ich habe, was man dazu braucht, Kleine. Ich sag ja, ich bin auf der Erfolgsspur.«

»Und was machst du, nur so aus Interesse?«

Er streckte die Hand aus und hielt ihr den Zeigefinger unter die rötlich gereizten Nasenlöcher. »Ich deale mit Koks, aber ganz sicher nicht mit dem Zeug, das du gestern Abend gesnifft hast. Mein Stoff ist nicht mit dem Dreck gestreckt, nach dem deine Nase aussieht.«

»Du bist ein interessanter Typ, Hombre.«

»Ich heiße Juan. Und du?«

»Bruna.«

Er deutete auf ihren tätowierten Arm. »Sag mal, Bruna, ich will schon die ganze Zeit etwas fragen. Alle diese Insekten, wo wandern die eigentlich hin?«

Die junge Frau zog das Trägerhemdchen hoch und schob den Rock einen Zentimeter weit hinunter. Ein Skorpion verschwand hinterm Gummibund ihres Slips.

»Du bist auch interessant«, bemerkte er beeindruckt. »Also, soll ich dich als Stylistin anstellen?«

»Lässt sich drüber reden.«

»Jetzt. Du ziehst deinen Mantel an und änderst dein Leben.«

»Ich könnte was brauchen, das meine Entscheidung beschleunigt ...«

Garrincha kokste nicht selbst, aber er hatte immer etwas dabei, für neue Kunden oder um Eindruck bei den Frauen zu schinden.

Er gab ihr ein Tütchen. »Hier, puder dir das Näschen, Hübsche.«

Am nächsten Morgen erwachte er mit heftigem Kopfweh. Scheiß französischer Cognac. Bruna schlief nackt und friedlich neben ihm. Wenn sie sich leicht bewegte, sah es aus, als würden die auf ihre Hinterbacken tätowierten Schmetterlinge auffliegen. Er fand heraus, dass sie die Flügel zusammenfalteten, wenn er sie auf eine bestimmte Weise berührte. Nach einer Weile schlug sie die Augen auf und nahm seinen Schwanz ohne ein Wort in den Mund. Er wusste die Zuvorkommenheit zu schätzen.

Sie frühstückten in einer Bar, dann brachte Bruna ihn zu einem Friseur, den sie kannte und der ihm einen »aggressiven, aber klassischen« Haarschnitt verpasste. Danach Jacken, Hosen, Hemden und Schuhe. Bruna hatte Geschmack, und sie kannte eine Menge Leute, die mit Mode zu tun hatten und koksten. Bis zur Mittagessenszeit hatte sie ihm ein gutes Dutzend neuer Kunden beschafft.

Garrincha stellte sie seiner Bande vor und sah sich bestätigt, dass sie die passende Frau für einen Mann seines Niveaus war. Ihr war eine intuitive Autorität zu eigen, obwohl sie durchaus auftrat wie eine junge Frau ihres Alters. Der einzige Makel, der mit Sicherheit irgendwann zur Trennung führen würde, bestand in ihrer allzu großen Vorliebe für Koks. Doch im Moment war sie perfekt. An schönen Frauen mangelte es in Marseille nicht: Wenn sich seine neue First Lady das Gehirn weggekokst haben würde, würde er sich wieder umschauen.

Er beschloss, sie Rosario vorzustellen. »Da hast du sie also gefunden, die jüngere Schlampe. Muss ich jetzt packen?«, fragte sie wütend.

Garrincha umarmte sie mit zärtlichem Gehabe. »Sie heißt Bruna und ist meine neue Modeberaterin, außerdem meine Privatlehrerin für Französisch. Ist dir nicht aufgefallen, dass meine Aussprache schon viel besser ist?«

»Was für einen Scheiß erzählst du da?« Rosario versuchte sich loszuwinden, aber er hielt sie fest.

»Setz dich, Rosario, ich habe mit dir zu reden. Bruna, nimm bitte auch Platz.«

Garrincha nahm Rosarios Hand. »Ich muss zugeben, dass du bisher mit den Männern kein Glück hattest«, sagte er im Tonfall einer Telenovela. »Erst Ramón, dieser Idiot, jetzt ich. Keiner von uns beiden hat dich verstanden, und so musstest du zu Xavier Bermudez ins Bett steigen.«

Rosario wurde blass und wollte etwas sagen, doch er legte ihr sanft den Finger auf den Mund. »Leider hat sich auch dein Mexikaner als Reinfall entpuppt, und du stehst mal wieder ohne Liebhaber da. Aber weil ich dich wirklich gut leiden kann, habe ich die Lösung gefunden, wie du all die Leidenschaft finden kannst, die du dir wünschst und die du verdienst. Du ziehst zu meinen Männern und kümmerst dich um José, Pablo und Cerdolito. Da wanderst du von einem Bett zum anderen, und in der Zwischenzeit hältst du die Wohnung in Ordnung. Die ist jetzt die reinste Müllhalde.«

Rosarios Gesicht erstarrte vor Entsetzen, sie war am Boden zerstört. Bruna lachte laut los, und Garrincha hatte Mühe, ernst zu bleiben. Rosario warf sich vor ihm auf die Knie.
»Bitte, tu mir das nicht an.«
Er strich ihr liebevoll übers Haar. »Cerdolito!«
Der zurückgebliebene Riese erschien in der Tür.
»Hier, hilf deinem neuen Schatz beim Umzug!«

VIER

Am Abend regnete es noch immer.

Aleksandr hatte Gilles und Édouard Matheron am Nachmittag in ihrer Firma »Constructions Matheron – Père et Fils« kennengelernt, und sie hatten ihn zum Abendessen eingeladen. Als er sie nachmittags aufsuchte, erhob die Sekretärin sofort abwehrend die Hände, beide seien sehr beschäftigt, doch sie sei gern bereit zu versuchen, für einen der nächsten Tage einen Termin zu finden. Diese Clothilde – sie trug ein Namensschild auf der Bluse – war eine sehr attraktive und effiziente Person, gewiss sorgfältig aus einer Vielzahl von auf der Suche nach einer Festanstellung befindlichen Frauen ausgewählt. Peskow betrachtete sie schweigend, während sie seine Visitenkarte studierte, dann gab er ihr Gelegenheit, die Armbanduhr zu bemerken, die so viel gekostet haben dürfte wie mehrere ihrer Monatsgehälter, und auch Mantel, Anzug und Schuhe.

Schließlich fragte er sie unvermittelt: »Halten Sie es tatsächlich für eine gute Idee, ausländische Investoren so zu behandeln? Monsieur Gilles wird nicht erfreut sein zu erfahren, dass Sie jemanden wegschicken, nur weil Sie sich vom Äußeren täuschen lassen. Sie finden mich zu jung, stimmt's?«

Die Frau schob sich die Brille auf der Nase zurecht. »Unsere Sorge sind nicht die Investoren, sondern die Journalisten, und Ihre Visitenkarte stammt aus irgendeinem billigen Automaten.«

Mit theatralischer Geste legte er sich die Hand aufs Herz. »Ich bin von Ihrer Beobachtungsgabe wirklich beeindruckt, und ich wäre Ihnen sehr verbunden, wenn Sie mir den besten Drucker von Marseille empfehlen könnten, aber ich schwöre Ihnen, ich bin kein Journalist.«

Das entlockte ihr ein leichtes Lächeln. »Die quälen uns seit über einem Jahr«, erklärte sie. »Ich habe Anweisung, die Identität Unbekannter zu prüfen, und ich mag meine Stelle nicht verlieren.«

Der Russe holte seinen Stift hervor und schrieb eine einzige Zeile auf einen Notizblock, den er vom Schreibtisch nahm. Er riss das Blatt ab und faltete es sorgfältig: »Geben Sie das Monsieur Gilles, und Sie werden sehen, er empfängt mich.«

Clothilde ging mit perfektem Arschwackeln los. Voller Bedauern dachte Aleksandr, dass die künftige Empfangssekretärin bei der *Dromos* längst nicht so eine Klasse haben dürfte. Clothildes Kollegin musterte ihn voll unverhohlenem Interesse. Sie hieß Isis, und aufgrund ihrer Gesichtszüge nahm er an, dass sie aus der Karibik stammte.

»Martiniquaise?«, fragte er.

»Meine Großeltern«, antwortete sie, ohne den Blick von ihm zu wenden.

Sie war ein paar Jahre jünger als die andere und ganz gewiss hübsch anzusehen, auch flirtete sie ihn eindeutig an, aber er war nicht an ihr interessiert. Er mochte Frauen mit milchweißem Teint, das hatte ihm auch an Inez sofort gefallen.

Absatzklappern kündigte die Rückkehr der schönen Clothilde an. »Bitte folgen Sie mir.«

Alles an Gilles Matheron deutete auf einen durchsetzungsfähigen, energischen, tatkräftigen Typen hin. Ein Anführer: Die Statur, das volle Gesicht, die fleischigen Lippen und seine ganze Art, sich zu bewegen und zu reden. Er drückte dem Russen die Hand und bat ihn Platz zu nehmen.

»Freut mich, Sie kennenzulernen, Monsieur Peskow«, sagte er mit einem Blick auf die Visitenkarte, »und schön, dass wir unsere Ersparnisse derselben Schweizer Bank anvertraut haben, wie Sie mir mitteilen. Nur weiß ich leider nicht, wie ich Ihnen behilflich sein kann, meine Sekretärin kündigt Sie als Investor an, und ich muss Ihnen sagen, mir ist nicht recht wohl dabei. Üblicherweise verhalten sich unsere Kunden anders.«

Aleksandr sah sich um. Abzeichen, Fotos von Baustellen, Zeitungsausschnitte mit Geistlichen und Politikern. Nichts weiter Interessantes.

»Ich habe Geld zu investieren, und Sie sind Bauunternehmer«, entgegnete er unbeeindruckt. »Wir haben beide Geld auf derselben Schweizer Bank, das wir den Steuerbehörden unserer Länder entzogen haben, und daher meine ich, wir könnten einander nützlich sein.«

Matheron begriff blitzartig. »Wie nützlich genau, Monsieur Peskow?«

»Sehr nützlich. Und nicht nur einmal ... Es sind alle Voraussetzungen für eine gewinnbringende Verbindung gegeben.«

»Tatsächlich?«

In dem Moment kam ein junger Mann herein, ungefähr in Aleksandrs Alter. Er war ganz offensichtlich nicht aus demselben Holz geschnitzt wie sein Vater, groß, dünn, mit bis auf die Schultern fallenden blonden Haaren und einem unanmutigen sensiblen Mund. Das musste er alles von seiner Mutter haben.

»Monsieur Peskow, mein Sohn Édouard.«

Schlaffer Händedruck, ausweichender Blick. Aleksandr war schon klar, mit welchem der beiden er Geschäfte machen würde.

»Lassen Sie uns doch zusammen zu Abend essen, ich lade Sie ein«, meinte Gilles. »Dann können wir in Ruhe reden. Jetzt bin ich leider verhindert, ich war auf Ihren Besuch nicht vorbereitet.«

»Stellen Sie ruhig Nachforschungen über mich an« – der Russe zeigte, dass er genau wusste, wie der Hase lief –, »das ist nur professionell. Sie gefallen mir, Monsieur Matheron.«

Das Restaurant war ein protziger Luxusschuppen, und die Gäste passten dazu. Offenbar ein Muss für alle in Marseille, die zählten. Wer von den Kellnern nicht ehrerbietig gegrüßt wurde oder an wessen Tisch der Sommelier verspätet erschien, der hatte noch einen weiten Weg vor sich.

Die Matherons hatten ihren Stammtisch mit Seeblick in einer Ecke. Sie kamen mit zehnminütiger Verspätung. Peskow hatte die Zeit genutzt, um die örtliche Fauna zu beobachten, und dazu am Mineralwasser genippt. Er begriff diese Stadt und ihre Bewohner nicht. Überhaupt war das Mediterrane Lichtjahre von seiner Denkweise entfernt. In Zürich mit seiner komplexen deutschschweizer Kultur würde er sich wohlfühlen. Alles wäre zwar auch nicht leicht, aber doch klar und begreiflich. Geometrisch. Marseille war wie Giuseppe. Verworren, spitzfindig, sonnenverwöhnt. In dem großen Speiseraum sprach alles im Flüsterton, dennoch war es so, als würden die Leute herumschreien wie auf dem Fischmarkt. Blickwechsel, Grimassen, Lächeln, alles transportierte Botschaften, die er nie würde entziffern können.

Bei der Gründung ihrer Gang hatten sie sich als erste Regel gegeben, nicht in die Welt des Verbrechens einzutreten, bevor sie nicht ihren Doktor hatten, mindestens drei Sprachen beherrschten und kreuz und quer durch die Welt gereist waren.

Die zweite Regel: Auf nicht hinlänglich bekanntem Terrain nichts Kriminelles anfangen. Diese Regel hatten sie schon gebrochen, brechen müssen, aber falsch war es dennoch. Dann konnte umso leichter etwas schiefgehen.

Gilles saß zu seiner Rechten, Édouard ihm gegenüber. Die ersten fünf Minuten vergingen mit Geplauder über Essen und Wein. Sie bestellten übertrieben viele Fischgerichte und Meeresfrüchte, dazu eine Flasche Côtes de Provence, um sich nicht von Marseille zu entfernen. Der Sohn kam dem Vater zuvor und sprach den Grund des Treffens als Erster an.

»Monsieur Peskow, möchten Sie in Neubauvorhaben oder in Umbaumaßnahmen investieren? Das sind hier bei uns nämlich zwei getrennte Märkte«, erklärte er so aufgesetzt erfahren, dass man es ihm gleich nicht abnahm. »Im Moment beispielsweise ziehen wir ein neues Viertel im Osten der Stadt hoch. Wohnungen für die Mittelklasse. Sie können zu extrem günstigen Konditionen so viele Einheiten kaufen, wie Sie wollen, und sie dann zum Marktpreis weiterveräußern.«

Aleksandr schob den Teller mit in Sud gedünsteten Seeanemonen zurück und tupfte sich mit der Serviette den Mund ab. Langsame, gemessene Bewegungen. Édouard quatschte weiter. Der Russe brachte ihn mit erhobener Hand zum Schweigen. »Mittelklasse? Die europäischen Regierungen plündern zurzeit die Ersparnisse der Mittelklasse, diese Wohnungen dürften weitgehend unverkäuflich bleiben.« Dann, zum Vater gewandt: »Ist das die Art Geschäfte, die Sie mir vorschlagen wollen? Sind Sie da sicher, verehrte Herren von Constructions Matheron – Père et Fils?«

»Vielleicht hat mein Sohn Sie auf dem falschen Fuß erwischt ...«

»Sie hätten ihn bremsen und sagen können: ›Lieber Édouard, hör auf, diesen Herrn zu verarschen, sonst geht er weg, und wir haben sein Geld so nötig.‹«

Gilles zuckte mit den Schultern: »Ich wollte Ihre Reaktion sehen. Nur falls Sie ein reiches Arschloch ohne viel Ahnung von der Immobilienbranche gewesen wären.«

»He, Papa, wie gehst du mit mir um!«, protestierte der Sohn. »Das ist mein Projekt!«

»Aber er ist nicht der passende Kunde dafür«, erklärte sein Vater. »Fahr ein bisschen spazieren, Édouard. Ich komme mit dem Taxi nach Hause.«

Blass sah sein Sohn sich um und erwog, wie viele Gäste bemerken würden, dass er bereits nach der ersten Vorspeise ging. Dann stand er auf.

»Ihr müsst mich entschuldigen, aber ich habe auf der Baustelle zu tun«, sagte er, für die Ohren der Umsitzenden bestimmt. Er nickte zum Abschied und ging.

»Sie haben sehr viel Geld, Monsieur Peskow. Das haben Sie sicher nicht unter der Matratze gefunden ...«

»Sagen wir, ich repräsentiere eine vermögende Gruppe von einflussreichen Personen aus meiner Heimat.«

»Mafia?«

»Nein. Wie Sie wissen dürften, wird Russland heute von verschiedenen ökonomisch-politischen Gruppierungen bestimmt. Eine davon wäre bereit, mit Ihnen ins Geschäft zu kommen.«

»Als Türöffner zum Immobiliengeschäft in Marseille braucht ihr mich aber eigentlich nicht.«

»Wir wollen mehr als das. Schade, dass die Bremond-Clique eine Erfindung der Staatsanwälte und Journalisten ist, uns könnte sie sehr nützlich sein.«

»Das ist für Sie ja wirklich bedauerlich, mich hätte es fast ins Gefängnis gebracht.«

»Zum Glück hatten Sie das nötige Kleingeld, um es nicht soweit kommen zu lassen.«

»Ich stelle schon wieder fest, dass Sie gut informiert sind.«

»Wir können das Schnüffeln nicht lassen ...«

Matheron senkte den Löffel in die eben aufgetragene Bouillabaisse und nutzte die entstehende Pause, um die Wendung, die das Gespräch genommen hatte, zu überdenken. »Sie sind aber nicht verkabelt?«

»Nein. Wenn Sie möchten, können wir gern auf die Toilette gehen und uns so vorsichtig abtasten, wie es die Scheu des ersten Rendezvous gebietet.«

Matheron schüttelte den Kopf, die Direktheit des Russen war ihm peinlich. »Ganz unverbindlich würde ich ja gern noch einiges über diese Geschäfte wissen. Das Essen ist noch lang, und andere gemeinsame Themen dürften wir kaum haben ...«

Aleksandr berichtete von den Plänen mit den unterseeischen Kabeln, dem slowenischen Holz und dem Abfallhandel. Gilles Matheron unterbrach ihn mit keinem Wort.

Schließlich sagte er: »Vielleicht kann ich Ihnen behilflich sein, Zugang zu Kreisen zu finden, die sich für jedes dieser Projekte interessieren. Freilich ist meine Hilfe eng mit meinen persönlichen Vorteilen verknüpft. Je besser mein Gewinn, desto intensiver meine Bemühungen dabei, Ihnen die Stadttore zu öffnen.«

»Gilt das auch für Ihre Freunde?«

»Selbstverständlich. Aber wir werden behutsam vorgehen.

Falls Sie nicht unseren Bedürfnissen entsprechen, ist die Sache erledigt.«

Leutnant Winogradowa wartete, bis der Mann in der Nähe der Kirche Notre-Dame de la Garde parkte, dann folgte sie ihm zu Fuß, das Gesicht vom Regenschirm geschützt. Er kaufte Zigaretten in einer Bar und nutzte die Gelegenheit für ein Gläschen. Die Russin spähte noch einmal nach verdächtigen Personen und betrat dann das Lokal, in dem sie auf dem Barhocker neben dem Mann Platz nahm. Er drehte sich nach ihr um und lächelte. Eine einsame Frau in einer Bar, das lohnte doch immer einen Versuch. Sie erwiderte das Lächeln.
»Hallo, Philip«, säuselte sie. »Schöne Grüße von Worilow.«

Der Mann zuckte zusammen und drehte sich ruckartig weg, um die Gesichter der Umsitzenden zu mustern.

»Ganz ruhig«, sagte Ulita, »ich habe schon kontrolliert.«

»Ich habe dich noch nie gesehen«, sagte der Mann.

»Von heute an werden wir öfter miteinander zu tun haben«, antwortete sie, weiter lächelnd. Im Gewimmel der Bar konnte man sie ohne Weiteres für zwei einander Unbekannte halten, die ins Gespräch gekommen waren.

»Ich dachte, ihr habt mich vergessen.«

»Dabei hast du regelmäßig Geld bekommen. Da musstest du doch davon ausgehen, dass wir dich irgendwann wieder besuchen.«

»Philip« war der Tarnname eines FSB-Informanten mit einem besonderen Draht zu den französischen Nachrichtendiensten, vor allem zum Inlandsgeheimdienst Direction Centrale du Renseignement Intérieur, DCRI, den er während seiner vieljährigen Arbeit als Analytiker für eine Zeitschrift über internationale Politik aufgebaut hatte. Sein Klarname lautete Nicolas Jadot, er ging ganz gut erhalten auf die sechzig zu, und ein dichter, gepflegter Schnurrbart hob sein Gesicht aus der Masse hervor.

»Ich freue mich, wieder zu Diensten sein zu können«, antwortete er pikiert. »Was soll ich tun?«

»Unseren Kollegen in Marseille Infos über eine hiesige Zelle der PKK zukommen lassen, die den bewaffneten Kampf in Kurdistan finanziell unterstützt«, erklärte die Russin.

»Die DCRI steckt die Leute ins Gefängnis, und die Regierung wird sich in den Medien beweihräuchern und ein bisschen an Beliebtheit zulegen«, kommentierte der Journalist.

Vor allem wird es sie ablenken, dachte Ulita, während sie einen USB-Stick in die Jackentasche des Mannes gleiten ließ.

Sie hielt den Mund dicht an sein Ohr: »Bis bald, Philip.«

Er nickte, während er den Duft seiner neuen Verbindungsoffizierin einsog.

Der Territorialkrieg hatte ein weiteres Opfer gefordert, das vierundzwanzigste in diesem Jahr. Die Leiche von Lou Duverneil, einem bekannten Gangster der alten Garde, lag im prasselnden Regen auf einer Straße des Viertels Castellane im sechsten Arrondissement. Duverneil hatte am Steuer seines Wagens gesessen, als ein Moped mit zwei Männern sich neben ihn setzte und der Hintere ihm zwei Kopfschüsse verpasste. Dann waren die Mörder im dichten Verkehr untergetaucht, der bei diesem Regenwetter noch chaotischer war als sonst.

Kommissarin Bourdet kannte Duverneil gut, sie wusste, dass er Armand Grisoni seit gemeinsamen Knastzeiten und dank etlicher Gefälligkeiten unter Verbrecherkollegen freundschaftlich verbunden war, und so erschien es ihr als eine Höflichkeitspflicht, Grisoni in seinem Lokal aufzusuchen, um ihm ihr Mitgefühl auszudrücken.

»Er ist jetzt aber beschäftigt«, beeilte sich der getreue Ange zu sagen.

B. B., der schon aufgefallen war, dass Marie-Cécile nicht an der Kasse saß, grinste verächtlich. »Und ich dachte, er ist wegen des Todes seines alten Freundes ganz verzweifelt. Vielleicht kann ein bisschen Gymnastik ihn ja trösten, was meinst du?«

»Ich weiß nicht, Kommissarin«, log er ohne große Überzeugung. »Aber falls Sie noch nicht zu Abend gegessen haben, unser Koch hat Zicklein im Ofen, das ist so gut wie damals bei meiner Mutter.«

»Dann folge ich deinem Rat, Ange.«

Grisonis Statthalter wollte sie schon der Fürsorge eines Kellners anheimgeben, da legte sie ihm die Hand auf die Schulter.

»Armand hat bekanntlich keine Kinder«, flüsterte sie. »Nachdem er allzu früh verwitwete, hat er nie wieder heiraten und den Stamm weiterführen wollen. Hast du dich nie gefragt warum?«

Der Mann schüttelte den Kopf. »Kommissarin, heute stellen Sie mir Fragen, die ich wirklich nicht beantworten kann.«

»Das solltest du dich aber selbst fragen, Ange, du bist der designierte Erbe. Armand hat dich aufgezogen wie seinen eigenen Sohn.«

»Fragen Sie ihn am besten selbst.«

»Nein, ich frage dich, denn wenn er einmal nicht mehr ist, werden die anderen Banden den Kuchen untereinander aufteilen wollen, und dann fließt Blut.«

»Wenn Armand uns verlässt, sind Sie schon eine Weile in Pension, Kommissarin«, sagte er und ging weg.

Zufrieden lächelnd folgte B. B. dem Kellner an einen Tisch. Sie war neugierig gewesen, wie der Mord an Duverneil hier aufgenommen wurde, und an der herrschenden Gelassenheit war unschwer zu erkennen, dass Grisoni höchstselbst die Hinrichtung angeordnet hatte. Sie musterte seine jüngeren Handlanger und fragte sich, ob einer davon der Killer war, allerdings wusste sie ja, dass Grisoni für diese Art von Jobs korsische Arbeitskräfte anheuerte, die mit der Fähre kamen und nach getaner Arbeit auch gleich wieder abfuhren.

Kurz darauf erschien der Boss und ließ sich am Tisch der Polizistin nieder.

»Was hältst du für seltsame Reden, dass mir der arme Ange ganz wirr im Kopf wird?« Er zerpflückte ein Stück Brot.

»Ich wollte nur sehen, ob du den armen Lou hast abschießen lassen.«

Grisoni nickte dem Kellner zu, der sofort herbeigeeilt kam, um die Bestellung aufzunehmen.

»Dein neuer Mann im Dreizehnten legt ja ganz schön los.«

»Er befolgt meine Befehle.«

»Und danke noch mal, dass du Babiche zurückgebracht hast.«

»War mir ein Vergnügen.«

»Wohl auch, Gogu Blaga eliminieren zu lassen.«

B. B. seufzte. »Lass diese Spielchen, Armand. Der Tote von heute früh ist mir scheißegal, das war dein Freund, nicht meiner.«

»Manchmal bist du wirklich seltsam, Kommissarin.«

»Das sind wir alle.«

Der alte Gangster erhob das Glas: »Na, dann trinken wir auf die Seltsamen ...«

Sie aßen ein paar Minuten schweigend, dann sprach Grisoni weiter: »Seit neuestem ist ein mexikanischer Bundesbeamter in der Stadt, ein hohes Tier aus der Antidrogeneinheit von Veracruz.«

»Offiziell kann das nicht sein, sonst wüsste ich es.«

»Ich glaube auch nicht, dass er große Lust hat, seinen Kollegen zu begegnen«, kicherte er vergnügt. »Er hat bei mir das Terrain sondieren wollen. Ihr Kartell droht den Krieg zu verlieren, und jetzt suchen sie einen Unterschlupf, um ihre Haut zu retten.«

»Was bietet er dir?«

»Einen Haufen Koks, um Zugang zum Hafen von Fos-sur-Mer zu erlangen, und noch mal so viel, um sich in der Stadt niederlassen zu dürfen«, antwortete er. »Er will nicht in Marseille dealen, um Bermudez nicht in die Quere zu kommen, der, so sagt er, der hiesige Brückenkopf des Golf-Kartells ist, sondern es geht ihm um den Handel in Italien.«

»Und, was hast du gesagt?«

»Ich wisse es zu schätzen, dass er um Erlaubnis fragt, da heutzutage sonst keiner mehr Respekt kennt und alle sich das Recht herausnehmen, ihre Scheiße ungefragt in meiner Stadt zu verbreiten, aber ich sei nicht interessiert, da wir das Koks von den Kolumbianern beziehen.«

»Mehr nicht?«

»Außerdem habe ich gesagt, wenn er andere Bosse anspricht und jemand sein Angebot interessant finden sollte, dann dürfte das den Territorialkrieg anheizen.«

»Lass mich raten«, unterbrach ihn die Kommissarin. »Statt auf dich zu hören, ist er zu Lou Duverneil gegangen, den du daraufhin hast umlegen lassen.«

»Als unmissverständliches Signal.«

»Bald wird auch Bermudez als Denkzettel herhalten müssen.«

»Wir werden die Mexikaner nicht mehr lange auf Distanz halten können, B. B., und die anderen Latinos ebenso wenig.«

»Wir versuchen es auch, und mit ganz guten Ergebnissen. Wenn du und die anderen Bosse ein Friedensabkommen schließen würdet, dann ließe sich es hier aushalten.«

»Ich wäre ja gern auch so optimistisch«, seufzte Grisoni, »aber das Problem sind die Baby-Gangs, die den Markt mit Heroin überschwemmen, und die Einzelunternehmer, die aus dem Boden sprießen wie Pilze.«

B. B. sah ihn verwundert an. »Was ist mit dir, Armand? Du lässt alte Freunde umlegen, und das macht dich pessimistisch?«

»Jetzt mal nicht übertreiben, Kommissarin.«

Sie wandte die Augen gen Himmel. »Überempfindlich ist er auch noch …« Dann wurde sie wieder ernst. »Mal abgesehen von dem Altherrengerede: Bermudez ist für mich ein prioritäres Ziel. Aber keine Sorge, mein Mann im Dreizehnten wird das Problem für uns lösen.«

In Wahrheit waren die Aktivitäten von Juan Santucho bereits sehr viel weiter gediehen, als die Kommissarin dachte, wenn auch aus anderen Motiven als ihren. Einerseits war Garrincha damit beschäftigt, seinen Kundenkreis auszubauen, andererseits beobachtete er den Mexikaner, denn er wollte ihn gründlich fertigmachen. Bermudez hatte ihn beschimpft, verspottet, als *pincho* bezeichnet, was in seinem Jargon Idiot bedeutete, Arschloch und Feigling, und darum würde er ihn gnadenlos bestrafen.

Er hatte Bruna ins *El Zócalo* geschickt, um Bermudez auszuspionieren. Beim Militär und im Dienst von Carlos Maidana hatte er gelernt, möglichst viel Informationen über den Feind zu sammeln, bevor er zuschlug.

Das Einzige, was ihn daran hinderte, die erlittene Demütigung sofort zu rächen, war Kommissarin Bourdet, deren Pläne mit Bermudez von seinen abwichen. Sie wollte den Mexikaner für zwanzig Jahre hinter Gitter bringen, Garrincha hingegen fand, die dadurch anfallenden Unkosten könne man dem Steuerzahler ersparen. Er würde sich ein Märchen einfallen lassen müssen, das ihm freie Hand ermöglichte.

FÜNF

Sunil hatte darauf bestanden, dass sie sich in Mailand in der Via Monte Napoleone trafen: »Es gibt zur Vorbereitung eines Geschäftstermins nichts Besseres als einen Shoppingtrip, danach ist man einfach in Siegerlaune«, so hatte er gesagt. »Außerdem ziehst du dich zu sportlich an, Giuseppe, du besitzt schließlich keine Automobilfabrik, sondern eine Klinik, und du, Aleksandr, siehst aus, als ob du ein Musterbuch von Armani gekauft hättest.«

Der Russe und der Neapolitaner hatten versucht, sich zu weigern, aber erfolglos, und Inez hatte Sunil mit Freuden unterstützt, auch wenn sie nicht nach Mailand mitkommen konnte.

Der Himmel war heiter, die Luft nicht zu frisch und die Straße voller Menschen beim Schaufensterbummel.

Die drei Freunde begaben sich zu einem bekannten Herrenschneider, bei dem Sunil verlangte, dass sich um jeden von ihnen ein eigener Angestellter kümmerte. Dann ließen sie sich eine neue Garderobe anmessen.

»Der Hosensaum müsste tiefer reichen, bis über die Schnürsenkel«, meinte Peskow.

»Nein, Signore, er sitzt jetzt schon zu tief, so treten Sie darauf und ruinieren ihn«, wandte der Schneider ein.

»Ich bestehe darauf!«

»Wenn ich könnte, würde ich das auch tun«, murmelte der Schneider.

Von dem kleinen Wortwechsel neugierig geworden, kam Banerjee in Jacke und Unterhosen an. »Der Fachmann hat recht«, ließ er verlauten. »Ich versuche dir seit Jahren beizubringen, wie man sich anzieht, aber du hängst immer noch an der alten Kreml-Mode.« Dann fiel sein Blick auf einige Stoffe, und er wandte sich an den Schneider: »Ich nehme sechs Hemden in diesem Farbton und noch mal sechs in Rosa. Aber ausschließlich mit Rundkragen und abgerundeten Spitzen! Nichts ist schlimmer als ein Inder mit Tabkragen oder Button-Down.«

»Da haben Sie wirklich recht, Signore«, meinte der Angestellte servil.

Aleksandr und Giuseppe wechselten einen Blick und mussten sich das Lachen verkneifen. Sunil trieb die Verkäufer in den Wahnsinn, aber am Ende gingen sie mit zahlreichen Taschen beladen davon und hatten beträchtliche Summen ausgegeben.

Der Inder zwang sie auch zum Schuhkauf, redete unaufhörlich von Mode und kommentierte die Hintern der jungen Frauen. Wieder im Hotel schlug er für die Zeit nach dem Abendessen ein wenig gesundes Vergnügen vor.

»Ich kenne einen Ort, wo die Mädchen unsere Gesellschaft und unser Geld zu schätzen wissen«, meinte Giuseppe Cruciani.

»Dein angeborener Sinn als Gastgeber gereicht dir zur Ehre.« Der Inder verneigte sich.

Die Vorstellung, den Abend in den Armen einer Hure zu beenden, reizte Aleksandr nicht über die Maßen. Auch der

Sex mit Ulita verursachte ihm allmählich schwere Probleme. Mit Inez war es ganz etwas anderes, aber er beschloss, seine Freunde nicht mit seinen Problemen zu behelligen, und heuchelte Begeisterung. Abgesehen davon war das für ihn der amüsanteste Tag seit langem.

Während des Mittagessens besprachen sie die geschäftlichen Einzelheiten, dann begaben sie sich zur im Umland gelegenen Klinik von Giuseppe, in der bereits zwei Herren zwischen vierzig und fünfzig Jahren auf sie warteten. Keine großen Vorstellungen, nur ein kurzer Händedruck – dass Giuseppe für sie bürgte, genügte vollauf.

»Wie bereits bei unseren früheren Gesprächen erläutert«, sagte er auf Englisch, »kann meine Klinik Organe liefern, zusammen mit Unterlagen, die ihre Eignung zur Transplantation belegen.« Dann deutete er auf seine beiden Freunde. »Diese Herren besorgen die Spender.«

»Lieferzeit?«, fragte einer der beiden Kunden.

»Ein Monat«, antwortete Sunil.

»Wer verantwortet die Entnahme?«

»Ein erfahrenes türkisches Team, das je nach Notwendigkeit anreist.«

»Haben Sie schon eine Vorstellung von den Kosten?«

Sunil reichte demjenigen, der näher bei ihm stand, ein Faltblatt: »Ich habe mir erlaubt, eine Übersicht anzufertigen.«

Die beiden rückten ihre Stühle zueinander und besprachen sich länger im Flüsterton. Mit dem Kugelschreiber veränderten sie einige Zahlen, schließlich wanderte das Faltblatt wieder in die Hand des Inders, der Rücksprache mit seinen Freunden hielt.

»Es tut mir leid, aber unsere Preise sind nicht verhandelbar. Wir wissen, dass sie absolut konkurrenzfähig sind«, sagte

Banerjee. »Sie gehen keinerlei Risiko ein. Den Organen wird eine Herkunft aus anderen italienischen Kliniken bescheinigt, und wir wissen, dass Sie über bemittelte Kunden verfügen.«

»Wir werden uns in wenigen Tagen bei Ihnen melden«, so lautete die Antwort, und die beiden Männer verschwanden ohne weitere Umstände.

»Glaubst du, sie beißen an?«, fragte der Inder Giuseppe.

»Sie sind ein bisschen sauer, weil sie gehofft hatten, hinter dem Rücken ihrer Partner fünf Prozent für sich abzuzweigen, aber ich bin sicher, dass sie auf uns zurückkommen. Wir bieten als Einzige auf dem hiesigen Markt falsche Papiere dieser Qualität an.«

»Sunil, glaubst du wirklich, ein Monat wird genügen?«, fragte Aleksandr.

»Ja. Wir werden in einem Städtchen bei Alang die ausgewählten Individuen unter Beobachtung halten, bis die entsprechende Bestellung eintrifft. Dann bringen wir sie per Schiff nach Ligurien, wo unser Giuseppe hier sie abholen und in seine schöne Klinik bringen lässt. Sie werden denken, es handele sich um einen medizinischen Check ...«

»Und wie lockt ihr sie her?«, fragte Peskow.

»Wir erzählen ihnen, dass sie in begüterten französischen und spanischen Familien Dienst tun werden. Damit es glaubwürdiger aussieht, werden mit Vorliebe frischverheiratete Paare oder Verlobte ›angestellt‹, er als Butler oder Chauffeur, sie als Kindermädchen. Die üblichen Märchen eben, die den armen Schluckern aus der dritten Welt so gefallen.«

Daraufhin führte Giuseppe sie durch seine Klinik. Beide waren angetan. Hochmoderne Ausstattung, gut ausgebildetes Personal und ein beträchtlicher Kundenkreis.

»Fünfundvierzig Prozent der Kunden schicken wir wieder weg, so gut sind wir ausgelastet. Sicherheit und Gesundheit über alles«, betonte der Neapolitaner stolz. »Wir wollen ja nicht, dass die Sache mit den Organen wegen eines dummen Zwischenfalls auffliegt.«

»Und über was für Material wird mein treuer Chirurg Kuzey Balta verfügen können?«, fragte Sunil.

Cruciani brachte sie ins Tiefgeschoss und öffnete eine gepanzerte Tür: »Hier ist ein vollständiger OP, offiziell noch nicht ganz fertig, in Wirklichkeit aber jederzeit einsatzbereit. Die Türken werden nachts arbeiten, da ist so gut wie kein Mensch hier, und ich kümmere mich selber um die Sicherheit. Ich bin schließlich der Chef, was?«

»Wie bist du nur auf die Idee gekommen, eine Klinik aufzumachen? Ich weiß noch, in Leeds hattest du ganz andere Pläne.«

»Das war auch nicht meine Idee, sondern die von Gaetano Bonaguidi, einem plastischen Chirurgen mit goldenen Händen, doch leider einem Hang zum Spiel. Ich habe ihn in einem Casino kennengelernt, und weil er mir sympathisch war, habe ich ihm mit gewissen Gläubigern geholfen, dafür hat er sich revanchiert. Er ist überzeugt, dass die Begegnung mit mir der Glückstreffer seines Lebens war, aber ich bin sicher, am Ende habe ich mehr Vorteile davon als er.«

Beim Abendessen trafen sie einen griechischen Geschäftemacher, einen gewissen Stephanos Panaritis. Banerjee kannte ihn von seinen Aktivitäten in Sachen Müllentsorgung. Dieser Panaritis, ein sympathischer kleiner Mann, interessierte sich für Holzfußböden, die er nach Spanien exportieren wollte. Er erwies sich als harter Knochen und feilschte, bis er einen für ihn ausgesprochen günstigen Preis erlangt hatte. Sunil hatte

Peskow nichts von der bevorstehenden Begegnung erzählt, um sich auf seine Kosten zu amüsieren.

»Der hat mich völlig fertiggemacht«, protestierte der Russe. »In Grund und Boden gequasselt hat der mich!«

»Nicht, dass du jetzt Erektionsprobleme bekommst«, neckte ihn Sunil. »Apropos, Giuseppe, wo gehen wir nachher hin?«

»Erst mal ein Glas trinken«, lautete die geheimnisvolle Antwort.

In der Bar war von blutjungen Mädchen nichts zu sehen, dafür aber von attraktiven Frauen jeden Alters. Die Männer wanderten meist einzeln herum, lächelten nach rechts und links und versuchten, ins Gespräch zu kommen. Ein angenehmes Ambiente und ausgezeichnete Getränke.

»Das sind aber keine Huren«, bemerkte Aleksandr.

»Sagen wir so, keine Professionellen«, erklärte Giuseppe. »Meist Angestellte und Haufrauen, die auf eine gewisse Lebensqualität nicht verzichten wollen, die sie vor der Krise genossen haben, und die sich hier etwas dazuverdienen. Dass sie nicht so erfahren sind, macht gerade Spaß.«

»Ah, die Krise, wie wunderbar!«, rief Banerjee und steuerte eine dünne Frau mit kleinem Busen, Kurzhaarfrisur und fein geschnittenem Gesicht an. »Waren Sie schon einmal in Indien?«, fragte er sie auf Englisch.

»Ich muss zugeben, nein«, antwortete sie etwas bemüht.

»Dann erlauben Sie doch, dass ich Sie zu einem Drink einlade und Ihnen etwas aus meiner wunderschönen Heimat erzähle.«

Aleksandr fand das Ambiente nach kurzer Zeit doch zu deprimierend, gab an, plötzliche Kopfschmerzen zu haben, und nahm ein Taxi ins Hotel. Dort zog er sich rasch um und stieg auf das Laufband im Fitnessraum.

Giuseppe lud eine Frau zu einem Drink ein, die sich als Angestellte bei der Lohnausgleichskasse erwies, getrennt lebend, Mutter zweier Kinder. Er wählte immer Frauen aus, die sich vor der Zukunft sorgten und von der Vergangenheit wie der Gegenwart enttäuscht waren. Sie zu vögeln diente ihm dazu, sie zu beobachten und sich vorzustellen, ob er sie den Rest seines Lebens neben sich haben wollte. Sein geheimer Traum bestand darin, eine solche Frau mittels eines von Mutter Kirche gesegneten Ehebundes aus einem unglücklichen und komplizierten Dasein zu befreien. Freilich würde das nicht genügen, die lange Liste seiner Sünden zu sühnen. Eher ging es ihm um ein ruhiges, auf Dankbarkeit basierendes Zusammenleben.

Das Problem war nur, er hatte noch nie eine getroffen, die so schön und im Bett so gut gewesen wäre, dass sie sein Geld verdient hätte. Er streckte die Hand aus und streichelte die Frau am Bein.

»Bitte, nur zu«, sagte sie, angeblich hieß sie Mia. »Du musst dich nur bald entscheiden, ich muss wieder zu Hause sein, bevor die Kinder aufwachen.«

Per GPS fand das Schlauchboot zu einem Strand nahe von Les-Saintes-Maries-de-la-Mer, wo es von Leutnant Winogradowa erwartet wurde. Zwei Männer und eine Frau stiegen aus, der Mann, der das Boot gesteuert hatte, half ihnen, ein paar schwere Koffer und Kisten an Land zu bringen und in den Lieferwagen zu laden, den Peskow mittlerweile angeschafft hatte.

Das Boot fuhr sofort wieder ab. Ulita hatte die Strecke mehrfach gecheckt und steuerte zielstrebig über kleinere Straßen nach Marseille. Erst dort hieß sie die Neuankömmlinge richtig willkommen. Sie tauschten Neuigkeiten und Scherze über die in Moskau gebliebenen Kollegen aus. Die Frau auf dem Beifahrersitz hieß Kalissa Mektina, die Männer auf der Rückbank Georgij Lawrow und Prokhor Etush. Alle drei waren erfahrene Einsatzkräfte des FSB; auch beim Überfall auf die Zentrale von Witali Saytsews *Organisatsia* hatten sie mitgewirkt. Worilow hatte sie wegen ihrer perfekten Französischkenntnisse und ihrer speziellen Ausbildung ausgewählt. Mit seinen vierunddreißig Jahren war Etush der Älteste. Bevor er sich dem Geheimdienst angeschlossen hatte, war er einer der Speznas-Kämpfer in Tschetschenien gewesen, die reinste Kampfmaschine. Georgij Lawrow, einunddreißig, war Experte in Internetspionage, und Kalissa, die Jüngste, in Verhörtechnik. Sonst wurden Veteranen eingesetzt, um den Widerstand der Gefangenen zu brechen, aber sie hatte eine besondere Gabe. Mairam Nasirowa, die Terroristin, auf die sie angesetzt waren, verdiente die beste Behandlung. In Saint-Barnabé angekommen, besichtigten sie rasch das mit Discountermöbeln spartanisch eingerichtete Haus und versammelten sich dann in der Küche zu einem ersten Briefing.

»Wir müssen äußerst umsichtig vorgehen. Marseille steht unter intensiver Beobachtung durch Polizei und verschiedene französische Geheimdienste. Ohne perfekte Tarnung wird unsere Mission keinen Erfolg haben«, erläuterte Ulita. »Die Nachbarn müssen glauben, dass in dieser Villa zwei Ehepaare leben. Wir werden uns hier im Viertel aufhalten, einkaufen, die Lokale besuchen, aber dennoch relativ zurückgezogen leben. Es darf auf keinen Fall der Eindruck entstehen, wir hätten etwas zu verbergen, auch weil eines unserer Ziele sich ganz in der Nähe befindet.«

»Und wenn wir gefragt werden, was wir in Frankreich machen?«

»Wir arbeiten für die *Dromos*, eine Gesellschaft, die unterseeische Kabel verlegt. Das heißt, wenn wir nicht im Einsatz unterwegs sind, haben wir den Tagesablauf von Angestellten zu beachten, morgens aus dem Haus und abends zurück.«

Etusch war es nicht wohl dabei.

»Ich habe noch nie mit einer Tarnexistenz gearbeitet.«

»Deine Kollegen auch nicht«, räumte Winogradowa ein.

»Zurzeit wirkt ihr genau wie das, was ihr seid, wie Angehörige einer Eliteeinheit. Ihr müsst ein Verhalten annehmen, das nicht so kämpferisch und autoritär wirkt. Beobachtet die Zivilisten – wie ziehen sie sich an, wie bewegen sie sich. Wenn ihr im Viertel unterwegs seid, vergesst nicht, dass ihr verheiratet seid. Macht euch mit der Stadt und ihrem Rhythmus vertraut. Ihr braucht ja nicht versuchen zu wirken wie Franzosen, aber ihr dürft keinerlei Verdacht erregen.«

Die drei Agenten wechselten ein paar Blicke. »Das deutet darauf hin, dass der Aufenthalt eher nicht von kurzer Dauer sein dürfte?« Kalissa bemühte sich um vorsichtige Worte.

»Eines kann ich mit Sicherheit sagen: Die Nasirowa gefangen zu nehmen und den transnistrischen Waffenhandel zu unterbinden, sind nur die ersten einer ganzen Reihe von Operationen, die der FSB in Frankreich plant«, erklärte Ulita. »Wie lange das Ganze dauert, ist unmöglich zu sagen.«

»Ich liebe Frankreich«, platzte Georgij heraus. »Und wenn Sie erlauben, Leutnant, möchte ich mich für die Gelegenheit bedanken, die Sie uns bieten. Auslandseinsätze sind gut für die Karriere.«

»Ohne Zweifel, aber ich habe nur mein Einverständnis gegeben, mehr nicht. Ausgewählt hat euch Worilow persönlich, und die gesamte Operation wird immer ihm direkt unterstehen.« Ulita machte eine Pause, um ihre Worte wirken zu lassen, dann löschte sie das Licht und warf ein Bild der Heiratsagentur »Irina« an die Wand. »Das ist die Operationsbasis der Transnistrier.« Die Gesichter von Dan Ghilascu, genannt Zub, und Natalia Balàn erschienen. »Die moldauischen Waffenhändler. Sie stehen in Kontakt mit Mairam Nasirowa und dem salafitischen Dschihadisten Mounir Danine. Wir müssen sie festsetzen und zur Kollaboration bewegen.«

»Das wird uns ein Vergnügen sein«, grinste Kalissa.

Spät am Nachmittag des nächsten Tages öffnete Aleksandr die schwere gepanzerte Tür am Geschäftssitz der *Dromos*. Er war bestens gelaunt. Matheron hatte ihn zu einem Ausflug mit seiner Jacht eingeladen, die im Vieux-Port vor Anker lag. Offensichtlich hatten der Bauunternehmer und seine Geschäftspartner die Bonität des russischen Investors für gut befunden. Er hatte sofort Sunil benachrichtigt, der aus London eingeflogen und in einem Luxushotel im Stadtzentrum untergekommen war.

Verblüfft erblickte er eine Frau in einem sehr französisch geschnittenen grünen Samtjäckchen, die im Eingang an einem Schreibtisch saß.

»Guten Tag, Monsieur Peskow, ich bin Ihre neue Sekretärin«, begrüßte sie ihn.

»Angenehm.«

»Madame erwartet Sie im Büro.«

Er blieb in der Tür stehen und betrachtete Ulita, die am Computer arbeitete und ihn hereinwinkte, ohne den Blick zu heben.

»Hübsche Sekretärin, Madame«, bemerkte er sarkastisch.

»Vor allem, wenn man bedenkt, dass ich nicht einmal ein Inserat aufgeben musste, um sie zu finden.«

Er spürte eine Bewegung in seinem Rücken und drehte sich um. Zwei Männer musterten ihn streng.

»FSB«, dachte er, da gab es keinen Zweifel.

»Du bist gehalten, den Anweisungen aller Anwesenden zu folgen«, beschied ihm Ulita mit unangenehmem Tonfall.

»Auch denen der Sekretärin?«

»Sie kennen dich, Sosim.« Ulita benutzte seinen Klarnamen. »Sie wissen, dass du ein Mafioso warst und jetzt versuchst, dich reinzuwaschen, indem du dem Vaterland dienst. Versuch also erst gar nicht, hier als dicker Investor oder als reiches Bürschchen aufzutreten, und respektiere die Hierarchie.«

»Zu Befehl, Leutnant Winogradowa«, sagte Peskow in jenem zweideutigen Tonfall, der seine Offizierin zur Weißglut brachte. Er machte auf dem Absatz kehrt, ging in sein Büro und schloss die Tür hinter sich. Als er seinen Tablet-Computer aus der Tasche nahm, zitterten ihm die Hände. Ulitas Botschaft war unmissverständlich gewesen.

Den FSB auszubooten wird nicht nur eine Notwendigkeit, sondern ein Vergnügen sein, dachte er.

Später in der Hotelbar klagte er Sunil sein Leid. Sein Freund saß schon vor seinem zweiten Pimm's.

»Ich kann die Schlampe nicht mehr ertragen.«

»Und ich habe dich noch beneidet, als sie in Leeds ankam«, seufzte Sunil. »Wie oft habe ich davon geträumt, diese Matratzenlöwin würde einen Parsi für den russischen Geheimdienst rekrutieren. Ich glaube kaum, dass es dort viele von uns gibt.«

Ein Lächeln zeichnete sich auf den Lippen des Russen ab.

»Du wärst gar nicht robust genug für eine Attacke von Leutnant Winogradowa.«

»Du unterschätzt mich. Ich wäre imstande, sie zu zähmen. Aber leider müssen wir ihre Laufbahn ruinieren.«

»Hast du schon eine Idee wie?«

»Die einzige realistischerweise praktikable. So viel Geld zusammenraffen, wie es geht, und dann verschwinden.«

»Spätestens nach ein paar Jahren würde sie mich auftreiben.«

Banerjee erhob den Zeigefinger. »Nein – nicht, wenn du vor der Flucht unsere Ulita und ihre sauberen Freunde dem französischen Geheimdienst auf einem Silbertablett servierst. In der Sekunde, in der sie verhaftet wird, verschwindest du im Nichts.«

»Du vergisst General Worilow.«

»Ich habe auch für ihn etwas«, entgegnete Sunil. »Ein schönes Dossier für die ihm feindlich gesonnene Presse. Dann bist du die letzte seiner Sorgen.«

»Für dich ist immer alles einfach.«

»Das ist die englische Erziehung. Einfach, schwierig ... In Wahrheit ist das Leben verdammt kompliziert, aber man geht alle Probleme stilvoll an, mein Lieber.« Er blickte auf die Uhr. »Ich würde ja noch ein Glas trinken, allerdings, denke ich, ist es wohl besser, jetzt zu essen und ins Bett zu gehen. Morgen früh machen wir unseren Bootsausflug mit den Matherons.«

Gilles empfing sie höchstpersönlich auf der Gangway der *Reine des Îles* – achtzig Fuß reiner Luxus aus glänzend lackiertem Mahagoni und Messing.

»Willkommen, Monsieur Peskow!« Er drückte ihm die

Hand, dann wandte er sich zu Sunil. »Sie müssen der Partner sein.«

Der Unternehmer gab den beiden Matrosen Order zum Ablegen, dann begleitete er seine Gäste in den Salon am Bug, wo sie von vier anderen Herren erwartet wurden, alle über fünfzig. Aleksandr bemerkte, dass Édouard nicht dabei war. Ein interessantes Detail: Der Vater vertraute seinem Sohn nicht voll und ganz.

Gilles machte sie miteinander bekannt. Die Clique war vollzählig versammelt: der ehrenwerte Herr Abgeordnete Pierrick Bremond, Doppelkinn und Fliege, Notar Jean-Pascal Tesseire, klein und gedrungen, mit üppigem flachsblondem Schopf, Fabrice Rampal, Direktor des Crédit Provençal, hager und scheinbar harmlos, wenn ihn nicht seine Raubvogelaugen verraten hätten, und schließlich Thierry Vidal, Eigentümer der Immobilienfirma Haxo, mit künstlicher Gesichtsbräune und den geröteten Nüstern des gewohnheitsmäßigen Koksers.

Die beiden Gäste wechselten einen raschen Blick. Inez hatte den richtigen Riecher gehabt, das waren die passenden Leute für ihre Geschäfte in Marseille. Ein Kellner brachte Champagner und Schnittchen. Diese Ganoven erwiesen sich als gut eingespielter Freundeskreis, genussfreudig, sympathisch.

Matheron ergriff das Wort und kam ohne Umschweife zum Punkt: »Ich habe meinen Freunden Ihr Angebot geschildert, und wir könnten bereit sein, es in Erwägung zu ziehen, aber zu unseren Bedingungen.«

»Die wären?«

»Wir dürfen keinen direkten Kontakt mehr zu Geld haben, weder zu privatem noch zu öffentlichem«, antwortete Bremond mit der Baritonstimme des abgebrühten Politprofis. »Wir sind zwar nicht ins Gefängnis gewandert, aber der Skandal hat uns gebrandmarkt. Allerdings verfügen wir immer noch über die Macht, Ihr Geld den Geschäften zuzuleiten, die sich wirklich lohnen. Wir werden im Hintergrund agieren, es wird zwischen uns keinerlei offizielle Verbindung geben, und Sie zahlen uns fünfundzwanzig Prozent.«

»Eine vollkommen marktunübliche Zahl«, entgegnete Sunil. »Wir halten zehn Prozent für mehr als genug.«

Peinlich berührtes Schweigen. Fabrice Rampal stand auf und nahm den Inder beim Arm. »Kommen Sie, ich zeige Ihnen, was Marseille zu bieten hat.«

In der Sonne war es ziemlich heiß, auch wehte der Nordwestwind nur schwach. Ein idealer Tag für einen Bootsausflug, doch war die *Reine des Îles* in Wirklichkeit nicht aufs offene Meer hinausgefahren, sondern kreuzte vor der Küste. Rampal deutete auf die Stadt: »Das ist Cap Pinède«, erläuterte er. »Auf dreihundert Hektar werden vierzehntausend neue Wohnungen, Geschäfte und Büros gebaut, im Wert von einer Milliarde Euro. Und achtzigtausend weitere in der übrigen Stadt...«

Gilles deutete woandershin. »Die Cité de la Savine. In einhundertfünfzig Wohnungen steht eine Asbestsanierung an, die Renovierungsarbeiten kommen noch dazu. Dasselbe in sechshundert Wohnungen an anderen Orten in der Stadt.«

»Außerdem hätten wir Kunden sowohl für Ihren Müllhandel als auch für das slowenische Holz, und wir können Ihnen Aufträge für die Verlegung unterseeischer Kabel vermitteln«, schaltete sich Rampal wieder ein. »Das ist unser Marseille.«

Bremond räusperte sich. »Jeder von uns ist ein Teil in dem Mechanismus, der die Tore zur Stadt öffnet. Politik, Finanzen,

Bausektor, Immobilienmarkt – und dazu unser Jean-Pascal, ein ganz hervorragender juristischer Kopf, der jeglichen notariellen Akt möglich macht und sämtliche Transaktionen und Vertragsentwürfe betreut. Wir stellen Ihnen unsere Erfahrung zur Verfügung, unseren Verstand, unser Kontaktnetz und unser persönliches Ansehen.«

Peskow sah Sunil an. Er war bereit, das Angebot anzunehmen, aber der Inder war immer für eine Überraschung gut: »Verehrte Herren, ich hege nicht den geringsten Zweifel, dass auf diesem herrlichen Schiff die besten Geschäftskontakte der gesamten Region versammelt sind, aber mehr als zwanzig Prozent werden Sie von uns nicht bekommen.«

Dem Russen stockte der Atem. Sie konnten es sich nicht leisten, den Kontakt mit der Bremond-Clique aufs Spiel zu setzen.

»Einverstanden!« Der Abgeordnete griff nach einer Champagnerflasche. »Jetzt wird erst einmal gegessen, und heute Abend feiern wir bei Xixi. Uns erwarten die besten Huren von ganz Marseille.«

Vorm Essen nahm Aleksandr Banerjee beiseite und machte ihm schwere Vorwürfe: »Wie konntest du nur? Wir können uns nicht erlauben, uns diese Leute zu Feinden zu machen!«

»Genauso wenig können wir uns erlauben, ihnen in den Arsch zu kriechen, sonst denken sie, sie müssen uns linken, weil sie uns für Idioten halten.«

Kommissarin Bourdet beobachtete die Bremond-Clique durch den großen Einwegspiegel. Xixi hatte sie benachrichtigt, und sie war sofort herbeigeeilt, auf der Jagd nach Indizien, einer falschen Regung, irgendeinem Hinweis, der sich für ihre Zwecke nutzen ließe.

»Die beiden da, hast du die schon mal gesehen?« Sie deutete auf Peskow und den Inder.

»Nein, nie«, antwortete die Kambodschanerin. »Der Weiße ist ein Russe, der andere kommt aus London.«

B. B. kicherte. »Das hast du wahrscheinlich von der Blonden, an der Vidal da rumfingert wie ein Krake.«

»Genau. Der kann den Mädchen gegenüber einfach nicht den Mund halten.«

»Statt ihn seinerzeit gerichtlich befragen zu lassen, hätte ich ihn hierherbringen sollen«, seufzte B. B. »Schau dir nur mal an, wie sich diese Arschlöcher amüsieren. Mach mir eine DVD mit der Aufnahme, Xixi. Und die Gläser von den feinen Herren brauche ich auch. Du weißt ja mittlerweile, worauf es ankommt.« Dann ging sie zur Tür.

»Möchtest du nicht noch bleiben?«, fragte Xixi. »Vanessa sagt, du hast dich mit ihr wohlgefühlt.«

»Das stimmt. Aber ich würde es nicht unter einem Dach mit diesen Mistkerlen aushalten. Ein anderes Mal.«

In Wahrheit hätte sie gern die Gesellschaft der jungen Frau genossen, doch Erfahrung und Intuition rieten ihr, die beiden neuen Freunde der Clique nicht aus den Augen zu verlieren. Ein Russe und ein Inder – ein merkwürdiges Paar, schon gar für diese sauberen Herrschaften.

Sie bezog draußen Stellung, Kippe im Mund und Johnny Hallyday als Hintergrundmusik, und rief ihre Männer an, die zwanzig Minuten später da waren. Dann planten sie die Beschattung.

Sie mussten mehrere Stunden warten. Erst kurz vor Morgengrauen kamen Bremond und seine Leute aus dem Bordell, grinsend und sich mit den Ellbogen anstoßend wie Soldaten auf Ausgang. Die beiden Ausländer benahmen sich angemessener, verabschiedeten sich wohlerzogen und nahmen ein Taxi, dem der alte Peugeot und der Lieferwagen folgten. Fünf Minuten später stieg der Inder vor einem Fünf-Sterne-Hotel aus. Tarpin und Delpech blieben ihm auf den Fersen. B.B. und Brainard kümmerten sich um den Russen, der in der Tür eines luxuriösen Apartmenthauses verschwand.

Die beiden Polizisten beobachteten die Fenster, um zu sehen, in welcher Wohnung Licht angemacht wurde.

»Und gleich das Penthouse«, bemerkte Brainard.

»Der andere ist auch nicht gerade bescheiden untergebracht«, fügte die Kommissarin hinzu. »Wer weiß, was Bremond & Co. diesmal im Schilde führen.«

»Die kommen sich unantastbar vor, Chef.«

»Tja, mit gutem Grund«, meinte B.B. bitter und ging beim Concierge klingeln, der wutentbrannt öffnete und sich erst angesichts der Polizeimarke und Brainards energischem Auftreten beruhigen wollte.

»Der Russe im Penthouse. Was können Sie mir über ihn sagen?«

»Er heißt Peskow und ist erst seit ein paar Tagen hier. Mehr weiß ich nicht.«

B.B. schnaubte verächtlich. »Dein Job ist eigens erfunden worden, damit du der Polizei die Details lieferst, die anderen nicht auffallen.«

Brainard legte noch eins drauf. »Hier sind wir im Handumdrehen fertig, auf dem Präsidium muss alles schriftlich festgehalten werden, und denk ja nicht, es beeindruckt uns, dass du den Millionären die Treppe putzt.«

Der Mann hob entnervt die Hände zum Zeichen seines Einlenkens. »Er ist mit einem Koffer gekommen, mehr hatte er nicht dabei. Um die Einrichtung hat sich eine Tante gekümmert, die den Lieferanten und Handwerkern Feuer unterm Arsch gemacht hat. Dreihundert Quadratmeter, aber er wohnt allein. Einmal hab ich eine Frau gesehen, Typ ganz große Klasse aus Osteuropa, ist abends gekommen und morgens gegangen.«

»Stets im Dienst, was?«

»Videokameras«, entgegnete der Mann verärgert.

»Wie bewegt er sich fort? Hat er ein Auto?«

Der Concierge schüttelte den Kopf. »Taxi«, verriet er noch, dann machte er die Tür zu.

Sie fuhren ins Hotel zurück, um die beiden anderen einzusammeln, dann gingen sie in eine Bar frühstücken, umgeben von Arbeitern und Maurern.

»Er heißt Sunil Banerjee.« Delpech schob der Kommissarin eine Kopie des Reisepasses hin, die sie betrachtete, ein Croissant kauend. »Ich habe in der Zentrale eine Anfrage gemacht, keine Vorstrafen, aber Millionen. Seiner Familie gehört eine Restaurantkette in Europa, ihm selbst eine Werft in Indien. Kurz, blütenreine Weste.«

B.B. knallte die Kaffeetasse auf den Tisch. »Einer, der ganz sauber ist, geht nicht mit der Bremond-Clique zu den Huren. Ich stelle mich wieder vor das Haus des Russen, ihr geht ins Präsidium und seht zu, was ihr über ihn herauskriegt. Danach geht ihr ins Dreizehnte und lasst euch von unseren Informanten erzählen, was der gute Juan Santucho so treibt.«

Sie zahlte und ging. Es war gute Sitte unter den Chefs alter Schule, dass sie für ihre Leute zahlten, auch wenn sie schlecht gelaunt waren.

Es war ein kalter, aber nicht feuchter Morgen. Zigarette und Johnny Hallyday, den Blick auf den Hauseingang gerichtet.

Kommissarin Bourdet war in Gedanken versunken. Sie hätte hier gar nicht stehen dürfen. Die Bedingung, unter der sie ihren Dienst wieder hatte antreten können, war unmissverständlich gewesen: Nie wieder Ermittlungen gegen den ehrenwerten Herrn Abgeordneten Bremond und seine Freunde. Nie wieder. Sie hatte das dankbar akzeptiert, denn ihr Dienstabzeichen war alles, was sie im Leben hatte. Sie war allein und würde allein bleiben bis zu dem Tag, an dem sie aus ihrer Wohnung aus- und ins Altenheim der Polizei einziehen würde. Es sei denn, sie jagte sich doch noch eine Kugel in den Kopf. Manchmal zog sie das in Erwägung. Das Alleinsein war grausam. Sie war versucht, nach dem Zündschlüssel zu greifen und den Motor zu starten, aber sie unterdrückte den Impuls. Sie würde es sich nie verzeihen, wenn sie eine Möglichkeit ungenutzt ließe, die Clique dranzukriegen. Das war sie ihrer Stadt schuldig, die es nicht verdiente, im Stich gelassen zu werden. Ihr Mobiltelefon klingelte. Brainard. »Der Russe ist ebenfalls sauber. Die Firma verlegt unterseeische Kabel. Bei den Papieren ist ein Empfehlungsschreiben seiner Botschaft, das ihn als Unternehmer ausweist.«

B.B. grübelte über diese Information nach. Vielleicht hatten die Schurken beschlossen, die Griffel von öffentlichen Geldern zu lassen und lieber zwei ausländische Gimpel in eine Falle zu locken. Möglich war das schon, es wäre ganz ihr Stil. So würde man ihnen politisch wie persönlich weniger nachweisen können. Ein Taxi hielt vor dem Haus des Russen, der kurz darauf herauskam. Sie folgte ihm bis zu einem weiteren herrschaftlichen Mietshaus im Stadtzentrum.

Die dortige Concierge war eine große Klatschtante und berichtete bereitwillig, dass neben dem Eigentümer vier Russen für die *Dromos* arbeiteten, zwei Männer und zwei Frauen.

»Kein einziger Franzose, finden Sie das vielleicht richtig?«, fragte sie empört.

»Da müsste die Regierung wirklich etwas unternehmen«, entgegnete die Bourdet ungerührt. »Bei der nächsten Wahl kriegen sie die Quittung ... Ist Ihnen irgendwas Ungewöhnliches am Verhalten der Russen aufgefallen?«

»Nein. Sie kommen und gehen öfter und essen immer im Bistrot an der Ecke. Eine von den Kellnerinnen sagt, sie haben einen Tisch fest reserviert. Die Firma zahlt.«

Die Kommissarin saß bereits an ihrem Tisch, als Ulita und Kalissa das Bistro betraten. Sie hatte dem Wirt nur diskret ihre Marke zeigen müssen, schon hatte sie freie Platzwahl. Sie war von Ulitas aggressiver Schönheit sehr beeindruckt.

Du bist mal ein Leckerbissen, dachte sie. »Schade, dass du ein anständiges Leben führst, sonst würde ich mein Gehalt mit dir durchbringen.«

Kurz darauf kam Peskow, setzte sich aber nicht zu seinen Angestellten, sondern aß am Tresen, in eine Wirtschaftszeitung vertieft. Es schien B.B., als hätte die Frau neben dem Leckerbissen ihn mit einem eher unfreundlichen Blick bedacht und er hätte daraufhin weggeschaut. Sie verstand zwar kein Wort, aber es war nur zu deutlich, dass Leckerbissen das Sagen hatte, und ihre weibliche Intuition sagte ihr mehr noch als der Bulleninstinkt, dass die beiden Frauen trotz ihrer Kleidung nicht das waren, was sie zu sein vorgaben.

Sie hatte ihr Leben lang Menschen daraufhin beobachtet, was bei ihnen nicht stimmte, und bei den beiden hier stimmte etwas ganz entschieden nicht. Sie musste sie allerdings längere Zeit beobachten, bis ihr aufging, was es war. Es lag an der Art und Weise, wie sie alles um sich herum im Auge behielten. Methodisch, professionell. Sie hielten die Situation unter Kontrolle. Sie machten das sehr gut, nur nicht gut genug, dass eine mit Bourdets Erfahrung es nicht doch am Ende bemerkt hätte. Peskow hingegen kümmerte sich nur um sich selbst, nichts ringsum schien sein Interesse zu wecken, nicht einmal die Brünette, die sich neben ihn gesetzt hatte und die entschieden hübscher war als die Hure, auf die bei Xixi seine Wahl gefallen war.

B.B. verließ das Lokal in der Überzeugung, dass diese Firma *Dromos* jedenfalls eine genauere Beobachtung lohnte. Aber sie fühlte sich nicht ganz auf der Höhe. Diese Frau hatte sie getroffen und verwirrt, wie es ihr schon lange nicht mehr passiert war. Sie setzte sich in ihren Peugeot und masturbierte, während Johnny Hallyday und Luther Allison »La guitare fait mal« sangen.

Die abendliche Beschattung wurde von ihren Männern übernommen. Die beiden Russinnen fuhren mit einem deutschen Kombi nach Saint-Barnabé und gingen dort in einem Supermarkt einkaufen. Beim Wegfahren verloren sie sie aus den Augen.

»Keine Ahnung, wie die das angestellt haben«, rechtfertigte sich Tarpin später.

»Die Macht der Gewohnheit«, brummte die Bourdet.

»Wie bitte, Chef?«

»Nichts, Baptiste, nichts«, antwortete sie. »Vergesst es, wir wissen ja, wo wir sie finden.«

Sie hatte keine Lust, lange zu erklären, dass die beiden Frauen verschwunden waren, weil es ihrer Gewohnheit entsprach, Techniken zur Vermeidung von Beschattung einzusetzen. Ihre Männer hätten sie für übergeschnappt erklärt, vielleicht auch zu Recht. Vielleicht führte ihre Intuition sie ja in die Irre, und sie reimte sich eine auf ausgedachten Indizien beruhende Geschichte zusammen. So etwas konnte auch den besten Bullen passieren; das Ergebnis war dann immer falsch. Sie hatte das einmal erlebt. Der Betreffende war grundlos ins Gefängnis gewandert. Um den Schlaf gebracht hatte sie das nicht, er war so oder so ein Verbrecher, aber stolz konnte sie darauf nicht gerade sein.

Die russischen Agenten in Marseille hatten bei ihrer Mission entschieden mehr Glück. Sie folgten dem Pärchen aus Transnistrien bis zu einem Apartmenthaus im Stadtviertel Palama. Der weiße Jaguar fuhr stets innerhalb der Geschwindigkeitsbegrenzung. Offenbar wollten die beiden Heiratsvermittler jegliches Aufsehen vermeiden, und sei es auch nur in Form eines Strafzettels. Dann wurde Prokhor Etush von Kalissa abgelöst und fuhr zurück in die Villa, wo Leutnant Winogradowa ihn zum Abendessen erwartete.

Kurz vor Mitternacht brach das Pärchen wieder auf und führte die Russen ins Industriegebiet Saint-Pierre. Kalissa hielt stetigen Telefonkontakt mit ihrer Vorgesetzten. »Sie fahren auf einen Parkplatz«, berichtete sie, »aber der ist so gut wie leer, wir können ihnen nicht darauf folgen.«

In diesem Moment fuhr ein LKW an dem Lieferwagen vorbei, auf dessen Seite die Aufschrift prangte: »Asarov Forwarding – Tiraspol«.

»Ich glaube, ihre Ware ist eingetroffen.«

»Wir kommen sofort«, sagte die Winogradowa.

Nach wenigen Minuten kam der Jaguar von dem Parkplatz gerollt, ihm hinterher der LKW. Sie bogen auf die Zufahrt zum Hafen ein, wo sie sich unter die Dutzende Fahrzeuge mischten, die von den Fähren aus dem Maghreb herunterkamen oder auf sie auffuhren.

Dennoch gelang es den Russen, Sichtkontakt zu bewahren

und Ulita und Prokor zu sich zu dirigieren. Sie sahen, wie der Jaguar der Transnistrier davonfuhr – offenbar hatten sie ihre Aufgabe erledigt. Georgij blieb am Steuer des Lieferwagens sitzen, die anderen drei verteilten sich und durchstreiften das Gelände zu Fuß.

Kalissa erkannte Mounir Danine, der sich auf einem Fahrstreifen zur Fähre nach Marokko dem LKW näherte und auf der Beifahrerseite einstieg. Die Gegend wimmelte von Polizisten und Zöllnern, deren einer jetzt an den Laster aus Tiraspol herantrat. Kalissa hatte den Eindruck, dass er mit dem Fahrer heftig debattierte.

»Sucht unsere Freundin«, gebot Leutnant Ulita, aber von der Nasirowa war keine Spur zu sehen. Vielleicht war sie bereits an Bord? Möglicherweise war sie auch in Marseille in ihrem Schlupfwinkel geblieben oder dem Salafisten bereits übers Meer vorausgefahren.

Diese Hypothesen konnten General Worilow nicht beruhigen, der gleich am nächsten Morgen befahl, den Druck auf die Hochzeitsagentur zu verstärken.

Winogradowa war nicht dieser Meinung. »Vielleicht sollten wir die Situation lieber nur beobachten. Früher oder später wird die Nasirova wieder auftauchen.«

»Die Zeit spielt aber nicht für uns«, sagte der Chef des FSB, »und wir wissen so gut wie nichts darüber, wie unsere Feinde agieren. Jetzt heißt es allmählich, ein paar Fragen zu stellen.«

»Ich bezweifle, dass sie wissen, wo sich die Tschetschenin versteckt.«

»Wahrscheinlich haben Sie sogar recht, Leutnant Winogradowa«, antwortete Worilow. »Ich habe lange über die Sache nachgedacht und bin zu dem Schluss gekommen, dass zwischen Nasirowa und Danine eine Liebesgeschichte läuft.

Falls dem so ist, finden wir sie in Rabat. Kümmern Sie sich so lange um die moldauischen Verräter.«

Es klang ganz wie ein Befehl, und das war es auch. Ulita folgerte daraus, dass Worilow von den Agenten in Marokko weitere Informationen erhalten hatte, hoffte aber, dass sie sich da irrte und sie selbst die tschetschenische Witwe in die Finger bekommen würde.

Sie versammelte ihre Gruppe im Besprechungsraum der *Dromos*. »Moskau befiehlt uns, gegen Ghilascu und die Balàn vorzugehen. Wir müssen sie festsetzen und gemäß dem dafür vorgesehenen Prozedere verhören.«

»Dann werden wir einen stillen Ort brauchen«, meinte Kalissa.

»Also nicht unser Wohnhaus«, sagte Etush. »Die Gegend ist zu ruhig und zu dicht bewohnt.«

»Bleibt noch die Hochzeitsagentur selbst«, überlegte Ulita. »Kurz vor Geschäftsschluss gehen wir rein und bleiben dann, bis wir fertig sind. Prokhor sorgt draußen dafür, dass wir ungestört bleiben.«

Sie beschlossen, in drei Tagen zuzuschlagen und bis dahin alle Zugangs- und Fluchtwege abzuklären.

SECHS

An diesem Morgen hätte die Bourdet sich gern weiter um die Russen gekümmert, musste aber im Dreizehnten nach dem Rechten sehen, denn ihre Männer hatten eher besorgniserregende Informationen erhalten. Sie wartete vor der Krippe von Rosarios Tochter und sah Rosario im Rückspiegel herankommen, jäh gealtert, schlampig gekleidet und mit einer dicken Backe. Die Kleine hatte erloschene Augen und hing ihr im Arm wie eine Puppe.

B. B. ließ das Fenster herunter: »Weißt du, wer ich bin?«
»Diese berühmte Polizistin, nehme ich an.«
»Ich habe mit dir zu reden. Bring Pilar weg, ich warte hier auf dich.«

Die Frau kehrte schlurfend zurück, setzte sich auf den Beifahrersitz und warf die Tür hinter sich zu. Die Kommissarin betätigte den Blinker und reihte sich in den Verkehr ein.

»Wie ich höre, vergnügen sich die Jungs mit dir«, sagte sie unverwandt, »und geben damit an, dich jeder ein paarmal täglich zu nageln. Muss lustig sein, von Cerdolito durchgevögelt zu werden.«

Rosarios Augen füllten sich mit Tränen. »Wenn meine Kleine nicht wäre, wäre ich schon aus dem Fenster gesprungen.«

»Soll ich mich um die Adoption kümmern? Für die Beerdigung kommt die Gemeinde auf.«

»Helfen Sie mir, bitte, ich würde alles tun.«

»Führe mich nicht in Versuchung, Süße«, entgegnete die Bourdet sarkastisch. »Erklär mir lieber etwas: Warum hat Juan dich zu diesen drei Idioten geschickt, wenn nicht als Spionin? Die quasseln vor dir doch weiter, oder?«

»Wenn Sie wollen, kann ich besser darauf achten und es Ihnen erzählen.«

»Danke bestens, aber es ist doch klar, dass Juan dich genau darum zu ihnen geschickt hat, damit du meine Informantin wirst, dabei brauche ich dich dafür nun wirklich nicht.« Sie hielt am Straßenrand. »Morgen früh steht Inspektor Brainard vor der Krippe und bringt euch beide an einen sicheren Ort.«

Rosario packte ihre Hand und küsste sie.

»Danke, danke ...«

»Hör bloß auf!« Sie stieß sie weg. »Ich mach das für Pilar, nicht für dich. Sie soll nicht in dieser Scheiße aufwachsen. Wenn du dich ordentlich benimmst, darfst du sie behalten, sonst kommt sie in Pflege. Ich weiß ehrlich gesagt nicht, was von beidem ich eher hoffen soll.«

Die junge Frau brach in Tränen aus und fasste sich an den Leib. »Ich glaube, ich bin schwanger. Wahrscheinlich von Bermudez.«

»Verdammte Scheiße«, murmelte B. B., drückte sich Rosario an die Brust und tröstete sie wie eine Mutter. »Arme Kleine. Warte auf morgen, dann wird alles besser, aber du musst mithelfen, ja? Ich lasse dich nicht allein.«

Für ihre geschäftlichen Besprechungen trafen sie sich jetzt immer in der Bar von Sunils Hotel. Heute früh war auch Giuseppe Cruciani dabei. »Die potentiellen Kunden haben akzeptiert«, berichtete er zufrieden. »In einem Monat erwarten sie die erste Lieferung. Wir werden zwei Spender brauchen.«

»Ich melde das gleich heute bei Surendra in Alang«, sagte Banerjee.

Giuseppe bat um Infos zum Stand der Dinge. Als der Russe ihm detailliert die Leute schilderte, mit denen sie sich zusammengetan hatten, konnte er seine Verblüffung nicht verbergen. »Aber wenn doch Aleksandr den FSB hintergehen und abtauchen will, wo bleiben dann die in die Immobilien investierten Mittel?«

»Wir dürften sie hinterher abziehen können, es ist jedoch nicht ausgeschlossen, dass zumindest ein Teil verloren geht«, gab der Inder zu. »Hängt alles davon ab, wie viel Unruhe es gibt.«

»Tatsächlich müssen wir möglichst viel in den anderen Sektoren unterbringen«, warf Aleksandr ein, »und bei Matheron eine gewisse Zurückhaltung walten lassen.«

Sunil tat sich Rohrzucker in den Tee. »Wir können uns über unsere Kontaktmänner hier vor Ort nicht beklagen. Sie haben uns mit einer ganzen Reihe Kunden zusammengebracht. Noch ein paar Tage, und das Geld fängt an zu fließen.«

Cruciani wollte noch Einzelheiten des Organhandels besprechen und dann sofort nach Italien zurückkehren.

»Wo denkst du hin!«, rief Sunil lautstark aus. »Du kannst doch nicht aus Marseille wegfahren, ohne Xixi deine Aufwartung gemacht zu haben! Der besten Bordellwirtin Frankreichs!«

»Mann, Sunil, was erschreckst du mich!«, platzte Giuseppe heraus. »Das ganze Geschrei nur, um zu den Huren zu gehen.«

Der Inder drückte ihm den Zeigefinger auf die Brust. »Entschuldige die Offenheit, aber es ist unabdingbar, dass du einen erstklassigen Service kennenlernst, damit du deine Freunde nicht mehr zu solchen unfähigen Weibern schleppst wie neulich in Mailand. Du hattest noch Glück mit deinem Kopfweh«, sagte er zu Peskow. »Ich hab ein paar Stunden mit einer zubringen müssen, die immer wieder erzählt hat, dass sie es nur wegen des Geldes tut. Am Ende musste ich mir sogar noch etwas über ihren arbeitslosen Gatten anhören. So was von trist!«

»Gut.« Cruciani ergab sich. »Dann werde ich heute Abend versuchen, etwas zu lernen.«

»Auf mich müsst ihr nicht zählen, das sage ich gleich«, warnte Aleksandr sie.

»Wie, schon wieder Kopfweh?«, neckte ihn der Italiener.

»Unser Aleksandr hat eine krankhafte Beziehung zum Laufband in einem gewissen Sportstudio«, scherzte Sunil. »Das kann ihn nach der Erfahrung mit der Matratzenlöwin als einziges noch befriedigen.«

Der Russe verabschiedete sich und ging. Ihm war klar, dass sie die nächsten Stunden über ihn weiterwitzeln würden.

Am nächsten Morgen blickte Kommissarin Bourdet nachdenklich auf ein für die Abnahme von Fingerabdrücken bepudertes Glas in einer Plastiktüte. Besorgt fragten sich ihre Männer, was ihr wohl durch den Kopf ging. Xixi hatte ihr das Glas geliefert, zusammen mit Fotos von Sunil und Giuseppe.

B. B. wusste immer weniger, was sie denken sollte. Jetzt kam auch noch ein Ex-Mafioso ins Spiel, der mit der Polizei zusammengearbeitet hatte. Ein indischer Millionär, ein von der Botschaft geförderter Russe und ein Italiener mit so einer

Vergangenheit als Partner der Bremond-Clique. Was war davon zu halten?

Leider aber gingen die Ereignisse im Dreizehnten vor. Sie hatte Rosario und Pilar in einem Frauenhaus in Tolosa untergebracht.

»Was soll ich tun? Soll ich es behalten?«, hatte Rosario sie gefragt und ängstlich das Kreuz befingert, das sie um den Hals trug.

»Was du tun sollst, kann ich dir nicht sagen, aber was ich tun würde, das schon. Ein Kind von Bermudez würde ich nicht haben wollen, nicht für alles Gold der Welt. Pilar muss vergessen, die kann neue Probleme nicht gebrauchen.«

Esteban Garrincha, genannt Juan Santucho, war ein Mistkerl, dass er sie seinen drei Handlangern wie eine Puppe überlassen hatte. Und jetzt zettelte er auch noch einen Krieg gegen Bermudez an, indem er ihm sein Terrain streitig machte. Das entsprach nicht dem Plan der Kommissarin, nach dem sie unter den Mexikanern aufräumen wollte, und es wurde höchste Zeit, mal ein Wörtchen mit ihrem Schützling zu reden.

»Schafft mir den Idioten her«, gebot sie.

Hand in Hand ging Garrincha mit Bruna spazieren, als der Lieferwagen der Inspektoren neben ihnen hielt und Tarpin die Schiebetür öffnete. »Santucho, komm mit!«

»Lasst ihn in Ruhe, er hat nichts getan«, kreischte Bruna, die schon ziemlich zugedröhnt war.

»Schnauze, Schlampe«, herrschte Brainard sie an.

Sie drehte sich zu Esteban um: »Hörst du, wie der mit mir spricht?«

»Schlampe!«, wiederholte der Inspektor.

Esteban umarmte sie. »Ich komme schnell zurück, mach dir

keine Sorgen«, schnurrte er ihr ins Ohr und stieg ein. Sie plazierten ihn zwischen Tarpin und Brainard, die ihm beide die Ellbogen in die Rippen schoben.

»He, was ist denn los? Ich arbeite doch für euch!«

Da verpasste ihm Brainard einen Stoß, dass ihm der Atem wegblieb.

»Wissen wir, aber wir müssen ein bisschen Theater machen, und so sammeln wir Scheißkerle wie dich eben von der Straße auf.«

Der Paraguayer hatte zu viel erlebt, um Widerstand zu leisten. Er musste einfach den Mund halten, stillsitzen und warten, bis die Chefin kam, was bereits ein paar Minuten später der Fall war.

»Na, Santucho, wie ich höre, gehst du eigenmächtig vor!« Sie zündete sich eine Zigarette an.

»Ich habe nur den Verkaufsbereich vergrößert, mehr nicht.«

»Und wenn Bermudez wütend wird, greift der Territorialkrieg auf die Latinos über.«

»Das wird nicht passieren, Madame. Demnächst weiß ich, wo er seinen Stoff versteckt, und dann ist er fällig.«

»Ich entscheide hier, wer fällig ist und wann. Hast du vergessen, wer ich bin?«, fragte sie drohend.

»Nein, nein, Sie sind Gott.«

»Und Gott befiehlt dir, in deinem Viertel zu bleiben. Wenn du Bermudez' Lager ausfindig gemacht hast, kommst du erst zu mir.«

Sie schnipste mit den Fingern, und der Lieferwagen hielt an.

»Raus mit dir!«

Garrincha zögerte kurz. »Ich hab da so Gerüchte gehört«, sagte er vorsichtig.

»Nichts, was ich nicht weiß«, behauptete sie.

»Es scheint, dass noch mehr Mexikaner nach Marseille gekommen sind.«

»Jeden Tag kommen welche.«

»Aber das sind eingefleischte Feinde von Bermudez und seinen Leuten.«

»Dann sieh zu, dass du seinen Platz einnimmst, sonst tu ich sie dahin und du landest im Knast«, lachte B. B.

Brainard gab ihm einen Stoß, dass er aus dem Wagen purzelte, der mit quietschenden Reifen davonfuhr.

Die Passanten blickten entsetzt auf das Schauspiel, aber Esteban lächelte, stand auf und klopfte sich die Kleidung ab: »Keine Sorge, das war nur mein Schwager«, verkündete er fröhlich. »Scheißlaune, aber sonst ein feiner Kerl.«

Er hätte im Taxi zurückfahren können, ging aber lieber zu Fuß, um sich die Wut abzulaufen. Diese Polizistin hielt sich für Gott, doch sie hatte noch nicht begriffen, mit wem sie es zu tun hatte. Garrincha hatte Bermudez bereits so weit ausspioniert, dass er die Struktur seiner Organisation überblickte. Vor allem hatte er herausgefunden, wo er Koks und *mota* lagerte, einen regelrechten Berg davon, der für ganz Südfrankreich genügt hätte. Regelmäßig kam Nachschub aus Mexiko, die hatten dort so viel, dass sie nicht wussten wohin damit, aber dieser Idiot brachte es nicht fertig, die Verteilungswege auszubauen, und so häufte der Stoff sich in Marseille an. In ein paar Tagen würde er ihm gehören, und der große Xavier Bermudez würde ein paar Rechnungen zu begleichen haben. Der Bourdet würde er erklären, die Konkurrenz hätte Bermudez verjagt oder erschossen, und sie würde ihm glauben müssen. Im Grunde hätte sie ja das von ihr gewünschte Ergebnis erreicht. Und er ebenso. Dank der Riesenmenge Stoff würde er den Handel ausbauen können und sich dabei des Netzes von Straßenhändlern bedienen, die Bermudez selig gedient hatten. Don Santucho, so würde er sich nennen lassen.

Er hob den Blick zu den Häusern, die den Boulevard säumten. Marseille war schon eine schwierige Stadt, nicht leicht zu begreifen, nicht leicht zu bewohnen. Am Ende würde auch einer wie Don Santucho eine Garbe aus einer Kalaschnikow abbekommen oder im Knast landen, es war fast unmöglich, auf ein anderes Schicksal zu hoffen. Doch er würde sich nicht zum x-ten Male verarschen lassen, er hatte sich von dem Loserdasein verabschiedet. Ein Jahr lang sparen, dann ein Schiff nach Südamerika. Buenos Aires oder Caracas. Mit ein paar Millionen Euro dürfte er eine Weile auskommen, genug Zeit, sich gründlich umzusehen. Nicht unbedingt in Verbrecherkreisen. Vielleicht als privater Security-Service? Warum nicht?

Zur Mittagszeit wurden im *El Zócalo* Schnellgerichte serviert. Müllmänner, Klempner, Maurer und Angestellte aus kleinen Läden, kein besonders gutes Publikum. Bruna hatte sich passend angezogen, saß am Tresen, aß Salat, trank Bier und verfolgte Bermudez' Hin und Her. Seit einer Weile schon war der Mexikaner im Warenlager verschwunden, und sie hoffte, dass er allmählich mal herauskam, sonst musste sie auch noch Nachtisch bestellen. Doch da kam er schon, einen Bierkasten vor sich hertragend. Die letzte Bestätigung, dass das Drogenlager sich tatsächlich im Restaurant befand. Jetzt hatte Bruna es ein Dutzend Mal aufgesucht. Anfangs hatte sie im Lokal Platz genommen, wenn Xavier ihrem Juan die wöchentliche Lieferung übergab. Immer dieselben Bewegungen. Der Mexikaner passte gut auf, aber die einmal als sicher erkannte

Methode hatte sich allzu sehr eingeschliffen. Im Bierkasten waren die Drogen versteckt, in versiegelten Zucker- und Kaffeepäckchen, die im Supermarkt eines Einkaufszentrums mit dem Trick der vertauschten Einkaufswagen übergeben wurden. So konnte man ungestört operieren, im Schutz der Anonymität eines öffentlichen Ortes und dank der Kooperation einer Kassiererin und eines Türstehers. Ein etwas umständliches Verfahren, das jedoch unschöne Überraschungen im heikelsten Moment zu vermeiden half, bei der Übergabe von Geld und Ware nämlich, wenn eine der beiden Seiten möglicherweise eine Pistole zog und den anderen beraubte.

Bermudez ging zur Tür hinaus, und Bruna beendete ihren Salat. Draußen wurde er schon von Garrincha erwartet, der gut durch den Integralhelm getarnt auf dem Motorroller saß. Garrincha verfolgte den unauffälligen Lieferwagen des Mexikaners in unverdächtigem Abstand, denn auch die Strecke war ihm mittlerweile vertraut.

Im Einkaufszentrum heftete er sich dann Pablo Bermudez an die Fersen, der seinen Wagen mit einem Hondurenser tauschte. Dieser betrieb einen diskreten Drogenhandel in Vitrolles.

»Bermudez ist wirklich ein Idiot«, dozierte Garrincha später vor seinen versammelten Leuten, »dass er den Stoff im Restaurant lagert. So einen kaputtzumachen gebietet doch schon die Ehre des anständigen Drogenhändlers, oder?«

Pablo, Juan und Cerdolito waren mies gelaunt, weil Rosario mit der Kleinen verschwunden war.

»Na, dann sucht euch eine andere«, hatte ihr Boss nur gebellt, »oder drei andere! Mittlerweile habt ihr einen Ruf, und an Geld fehlt es nicht.«

»Rosario war in Ordnung«, murrte der große Idiot mit seiner metallischen Stimme, von der man Gänsehaut bekommen konnte.

Esteban beobachtete, wie Pablos Blick etwas zu lange auf Bruna ruhte, und begriff, wer das Ziel der Wünsche seiner Männer war. Von klein auf hatten sie alles zusammen gemacht, und sich die Frau zu teilen, war für sie kein Problem, im Gegenteil. In Ciudad del Este wäre das nicht gegangen, aber hier, im Dreizehnten Arrondissement von Marseille, wunderte sich niemand über gewisse Perversitäten.

Er nickte unmerklich, als er den Blick seines Stellvertreters kreuzte. Bruna hatte zwar nichts mit dieser Nullnummer von Rosario gemein, sie hatte Charakter und wusste sich Respekt zu verschaffen, vor allem gegenüber den Jungs, doch um an genug Koks zu kommen, würde sie sich erniedrigen bis ganz unten, das war absehbar, und ihren Stolz hinunterschlucken, ohne es zu zeigen.

Aber erst einmal musste er Bermudez erledigen und dann eine Nachfolgerin finden. Ein Boss muss es immer schön warm im Bett haben, das hatte er von Carlos Maidana gelernt.

»So, jetzt werden wir das Lager von Bermudez ausräumen, von diesem Loser!«, verkündete Garrincha.

»Ich will auch mitkommen«, sagte Bruna.

»Du willst eine richtige harte Braut werden, was?« Der Paraguayer gab ihr einen Klaps auf die Wange.

»Wann?«, fragte Pablo, der stets praktisch dachte.

»Morgen früh.«

»Ist es nachts nicht besser?«

»Nein, gefährlicher«, antwortete Esteban. »Das *El Zócalo* liegt direkt zwischen zwei Nachtlokalen, die abends aufmachen. Wenn früh die Köche kommen, gehen wir rein und warten auf Bermudez, um ihm guten Morgen zu sagen.« Er deutete auf José. »Du bleibst draußen und passt auf, dass nicht irgendwelche Kumpel von dem Mexikaner kommen oder die Bullen. Wenn du schießen musst, kein Problem, leg um, wen du willst, Hauptsache, wir haben genug Zeit rauszukommen.«

»Am besten, ich hätte eine Kalasch, die Serben verkaufen die für einen Tausender.«

»Drei Pistolen, das muss dir reichen. Wenn nicht, dann sind wir von Anfang an verloren.«

Esteban war dagegen, seine Leute mit Langfeuerwaffen auszurüsten, er wollte den anderen Banden gegenüber den Eindruck vermeiden, er hätte Expansionsabsichten. Außerdem wurde in Marseille ohnehin schon zu viel geschossen.

Bruna und Pablo statteten dem Lokal einen letzten Besuch zur Erkundung ab und mischten sich unter das spätabendliche Publikum. Tequila, Mezcal und mexikanische Folkloremusik.

Bermudez in seiner Tijuana-Tracht ahnte nichts Böses. Er kümmerte sich um die Kasse und verschacherte Drogen.

Marseille erwachte mit der Nachricht, dass ein Kommando der DCRI im Laufe der Nacht sechs Kurden festgenommen hatte, die man beschuldigte, die terroristischen Aktivitäten der PKK zu finanzieren. Ein Erfolg, den sich die nach Beliebtheit gierende Regierung auf die Fahnen schrieb. Einzelheiten würden während einer der üblichen pompösen Pressekonferenzen bekanntgegeben und dann in lokalen und landesweiten Zeitungen und TV-Sendern verbreitet.

»Wir schlagen heute Abend zu«, verkündete Leutnant Winogradowa, in der Sicherheit, dass nichts, was während ihrer Operation vorfallen würde, ein solches Medienecho bekäme, im Gegenteil, die offiziellen Stellen würden alles tun, um so etwas mit dem Mantel des Schweigens zuzudecken. Kein Staat posaunt es gern heraus, wenn seine Souveränität verletzt wird.

Peskow hörte im Sportstudio im Radio von den Kurden und vergaß sie sofort wieder.

B. B. verbuchte die Nachricht unter »Scheißdreck«.

Garrincha bekam sie überhaupt nicht mit, er hätte auch nicht gewusst, wo sich Kurdistan befindet, außerdem hatte er an diesem Morgen anderes zu tun.

Bevor sie im *El Zócalo* als Köche anfingen, hatten Hernán und Valentín im Waffen- und Kokainhandel gearbeitet und sich lange in den heimischen Gefängnissen aufgehalten. Auch die Putzfrau, Concepción, genannt Concha, war keine Heilige, und keiner der drei war sonderlich beeindruckt angesichts der auf sie gerichteten Pistolen.

Die Frau beschränkte sich auf die Mitteilung, der Chef komme später, und die beiden Männer blickten die Angreifer so ausdruckslos an wie eine Wand.

Nur Garrincha war sich bewusst, wie gefährlich sie sein konnten. Er vergeudete nur so viel Atem, wie es brauchte, um sicherzugehen, dass er sich nicht geirrt hatte. »Wo ist der Stoff?«, fragte er auf Spanisch.

Keine Antwort. »Dreht euch zur Wand!«, befahl er.

Die Köche und Concha drehten sich langsam um. Gott weiß, was ihnen durch den Kopf ging. Arschlöcher, genau wie ihr Chef. Esteban verlor die Geduld und gab seinen beiden Männern ein Zeichen abzudrücken.

Pablo und Cerdolito steckten die Pistolenläufe in mit Schaumstoff gefüllte Plastikflaschen und schossen. Die provisorischen Schalldämpfer gingen dabei hinüber, erfüllten aber ihren Zweck. Seit er von den Schüssen in dem Fahrstuhl betäubt worden war, hütete Esteban sich vor Detonationen.

Valentín röchelte noch, und Bruna musste sich die Hände mit Blut beflecken. »Lohnt sich nicht, noch eine Kugel an den zu vergeuden.«

Sie griff nach einem Metzgermesser und trat neben den Mann, ungewiss, wo sie zustechen sollte.

»*Puta*«, schnaubte der Mexikaner.

Beleidigt stach sie ihm ins Herz. Cerdolito bezog Wachposten an der Tür, Esteban und Pablo stürzten ins Lager auf der Suche nach der Ware.

Alles, was im Restaurant benötigt wurde, war säuberlich in Regale geschichtet. Nach einem Blick auf die Bierkästen ging Garrincha zur Tür der Kühlkammer, die eine halbe Wand einnahm. Nichts als Hühner und Ochsenviertel.

»Irgendwo muss die Scheiße doch sein«, dachte er laut nach. »Räumt alles aus!«

Cerdolito wurde schließlich per Zufall fündig. Er bugsierte mit so viel Krafteinsatz eine Kiste mit Tomatenkonserven vom Regal, dass das Brett und die dahinterliegende Wandverkleidung sich verschoben. Jetzt musste man nur noch kurz an der Gipskartonplatte ziehen, und eine kleine Nische kam zum Vorschein, ein gesäuberter ehemaliger Kamin. Der Geruch des Kokains, gemischt mit dem der *mota*, war ekelerregend stark.

»Sieht aus, wie wenn im Fernsehen eine Ladung gezeigt wird, die die Bullen auf einem Schiff beschlagnahmen«, staunte Pablo ungläubig. »So viel auf einem Haufen kriegt man sonst nicht zu sehen.«

»Da könnt ihr sehen, was wahres Profitum ist«, sagte Garrincha. »Bermudez ist und bleibt zwar ein Arschloch, aber Hut ab.«

Während der Stunde, bis der Mexikaner kam, räumte die Bande das Lager aus und machte die Ware zum Transport fertig. Als Bermudez eintrat, hatte er auf einmal eine Pistole im Nacken. Cerdolito verpasste ihm einen Stoß und schob ihn in die Küche, wo Pablo ihn durchsuchte. Er war sauber. Sein Handy zerbarst unter Brunas Absatz.

Auch er war nicht besonders beeindruckt von den Pistolen und widmete den Leichen nur einen zerstreuten Blick. Diese Mexikaner waren wirklich harte Kerle.

»Du begehst einen schweren Fehler, Juan Santucho.«

Der Paraguayer äffte ihn nach: »Einen schweren Fehler, blablabla. Du bist ein toter Mann, blablabla.«

Bruna lachte laut los, gefolgt von Cerdolito. Nur Pablo blieb ernst und schaute drein wie ein wahrer Vizeboss.

Bermudez sah Garrincha weiter starr in die Augen. »Denkst du, ich bin allein? Dass niemand hinter mir steht? Denkst du im Ernst, die lassen dich am Leben oder diese drei Hungerleider können dich schützen?«

Garrincha seufzte. »Du stellst viele Fragen, Xavier.«

»Ich versuche dich zur Vernunft zu bringen.«

»Fang bei dir selbst an.«

»Ich sage dir nicht, wo der Stoff ist.«

Heimtückisch lächelnd gab Esteban Bermudez ein Zeichen, ihm zu folgen. »Wir können ja spielen: Kalt ... warm ... heiß ... Wär doch lustig, oder?«

Als der Mexikaner sah, dass das Versteck ausgeräumt war, wurde er blass und sank auf die Knie. »Die werden denken, ich war das«, stotterte er, »und meine ganze Familie umbringen.«

Garrincha packte sein Kinn und kam seinem Ohr ganz nah, damit die anderen nicht hörten, was er sagte: »Du hast gedacht, dein Schwanz ist länger als meiner, und hast meine Frau gevögelt. In Wahrheit hab ich dich gefickt. Denk dran in der Hölle, *hijo de puta:* Ich heiße Esteban Garrincha.« Dann schlang er ihm einen Strick um den Hals, stemmte ihm das Knie zwischen die Schulterblätter und zog mit aller Kraft an.

Bermudez strampelte etwas, wehrte sich aber nicht weiter. Sein Tod konnte seine Lieben retten. Leider irrte er sich bei dieser Überlegung. Garrincha plante, seine Leiche verschwinden zu lassen, damit seine Hintermänner dachten, er sei mit dem Lagerbestand geflohen.

Bruna war ein wenig enttäuscht. Vielleicht hatte sie sich von ihrem ersten wirklichen Gewaltverbrechen stärkere Empfindungen versprochen. »Du hast kein Geld von ihm verlangt.«

»Weil keines da ist. Die Regel ist, das Geld getrennt von der Ware aufzuheben.«

Sie zuckte mit den Schultern, und er befahl Cerdolito und Pablo, die Leiche in ein Stück Tuch zu schlagen und im Kofferraum zu verstauen. Dann legte er den Stetson, Bermudez' ganzen Stolz, in den Kamin, bevor er alles wieder davorschob.

Nachdem sie den Stoff verladen hatten, legten sie Feuer und fuhren gemächlich davon. In Garrinchas Hirn brodelte es, unter anderem von Zahlen. Ein Gramm Koks kostete in Marseille gegenwärtig zwischen vierzig und sechzig Euro, und er besaß jetzt Hunderte Kilo. Wenn er den Stoff verschnitt, ohne dabei zu übertreiben, und günstig verkaufte, würde ihm das ein Vermögen einbringen. Schade, dass er teilen musste. Wirklich schade ...

Bermudez' Leiche landete auf dem Meeresgrund, sein Sarg war der Kofferraum eines Wagens. Den anderen Wagen ließen sie einfach in der Nähe der Metrostation Baille stehen.

Die Drogen hingegen wurden fein ordentlich im Schrank von Brunas alter Wohnung verstaut. Niemand kannte sie, sie lag fern des Dreizehnten Arrondissements, sie konnte wirklich als sicheres Versteck gelten. Jetzt musste Esteban eine bessere Unterkunft finden. Wo und wie, darüber hatte er sich noch keine Gedanken gemacht, aus Aberglauben.

Er schickte seine Männer los, sie sollten dealen und die Jungs anstellen, die bislang für Bermudez gearbeitet hatten. Ferien gab es in diesem Job keine, nur die erzwungenen, wenn man im Gefängnis saß, außerdem war es gut, sich blicken zu lassen, nachdem man ein paar mexikanische Kollegen kaltgemacht hatte.

Jetzt hatten Bruna und er sich gründlich Entspannung verdient. Sie hatte schon ein paar Lines gezogen, er hingegen streute sich etwas von dem Pulver auf die Eichel. Er wollte vögeln bis zur Bewusstlosigkeit.

»Zeig mir die Schmetterlinge«, sagte er voller Vorfreude auf ihre Hinterbacken.

Sie drehte sich um und zog das Tischchen mit den bereits fertig vorbereiteten Lines ans Bett. Es war doch besser, sie in Reichweite zu haben. Dabei, danach ... Dieser Südamerikaner war der Fang ihres Lebens. Sie musste allerdings noch herausfinden, wie sie sich beizeiten geschickt davonmachen konnte. Freilich war das nicht das Milieu, in dem man einen Kündigungsbrief schreiben konnte, aber sie würde sich schon etwas einfallen lassen. Das würde sie sogar müssen, denn dieser Juan war gefährlich. Sie hatte sich den Bauch gehalten vor Lachen, als er Rosario zur Hure des Fußvolks degradiert hatte, bald aber war ihr klar geworden, dass sich Santucho auf diese Weise der Frauen entledigte, an denen er nicht mehr interessiert war.

Sie spürte, wie er sich in ihr austobte, hörte ihn keuchen, die Hände an ihrem Hintern, und sie machte sich auf eine längere Nummer gefasst, denn mit all dem Koks auf dem Schwanz würde er irgendwann vor Erschöpfung umfallen, aber nicht kommen.

Félix Barret, ihr Kontaktmann bei der OCRTIS, informierte Kommissarin Bourdet über das Gemetzel im *El Zócalo*.

»Sind Sie sicher, dass sie umgebracht wurden?«, fragte sie.

»Erschossen und erstochen. Das Feuer wurde erst im Nachhinein gelegt.«

»Ich komme.«

»B. B.?«

»Was ist?«

»Es war vereinbart, die Latinos aus dem Territorialkrieg herauszuhalten.«

»Es gibt sicher eine Erklärung. Ich habe hier alles im Griff.«

Am Tatort angelangt, holte sie Gummistiefel aus dem Kofferraum. Sie hatte sie immer dabei, denn Leichen und Drogen befanden sich häufig an für Stöckelschuhe ungeeigneten Orten. Dann bückte sie sich unter dem Absperrband durch. Ein schmieriges Gemisch aus Asche und Löschwasser bedeckte den Boden. Die Leichen lehnten in der Küche an einer Wand.

Der Gerichtsmediziner hatte eine erste Leichenschau bereits beendet und zog sich gerade die Latexhandschuhe aus.

Er kam Bourdets Fragen zuvor: »Eine Frau, zwei Männer, rund fünfundvierzig Jahre alt. Schüsse Kaliber 9.45 von hinten, einer ist mit dem Messer erledigt worden. Genaueres kann ich nach der Autopsie sagen.«

Sie dankte ihm und reckte den Hals, um die Leichen im Schein der Lampen zu sehen. Dann suchte sie den Kollegen, der sie benachrichtigt hatte. Er stand draußen und telefonierte mit dem Staatsanwalt. Sie zündete sich eine Zigarette an, um die Wartezeit zu überbrücken, warf sie aber fort. Der Gestank des Brandes war noch zu durchdringend.

»Es fehlt Bermudez, der Inhaber und Statthalter des Golf-Kartells in Marseille«, sagte B. B.

»Stimmt. Er ist nirgends zu finden.«

Zur Sicherheit rief sie Brainard an, der ihr bestätigte, dass der Mexikaner nicht aufgetaucht war.

»Wir nutzen das, um den Fall sofort abzuschließen«, sagte sie zu Barret. »Wir erheben Anklage gegen ihn wegen Brandstiftung und Totschlags und verbreiten den üblichen Fahndungsaufruf.«

Der Drogenfahnder deutete auf das Lokal. »Glaubst du wirklich, dass er das war?«

»Nein.« B. B. schüttelte den Kopf. »Aber die Geschichte wird die Presse zufriedenstellen und daher auch die großen Tiere.«

»Und was hast du vor?«

»Herausfinden, wer es war.«

Doch das wusste sie schon. Wieder nahm sie Kontakt zu ihren Männern auf.

»Wir haben einen von Bermudez' Laufburschen hopsgenommen«, berichtete Tarpin. »Ihnen wurde schon mitgeteilt, dass sie jetzt für Santucho arbeiten, das heißt, für *Don* Santucho. Er war es, Chef, gar kein Zweifel.«

Die Kommissarin hatte durchaus keine gute Laune. So einen Zirkus konnte sie nicht gebrauchen. Stattdessen hätte sie ihre Zeit jetzt viel lieber auf die Russen verwendet und um der Bremond-Clique weiter nachzuforschen. Sie verabredete ein nächtliches Treffen mit dem selbsternannten Don Santucho.

Während sie ein paar Stunden später auf einem Parkplatz in der Nähe des Dreizehnten auf ihn wartete, kam sie zu dem Schluss, dass der Paraguayer zu eigenständig war, um nur den getreuen Diener zu spielen. Sie musste sich darauf gefasst machen, dass er versuchen würde, sie zu betrügen. Abgesehen davon war er ihr nützlich und hatte schon unverhoffte Ergebnisse gebracht, denn den Mexikanern das Handwerk zu legen, war eines ihrer Ziele im Kampf gegen die Latino-Dealer. Freilich konnte sie nicht dulden, dass Santucho sie regelrecht eliminierte. Diese Leute waren vielmehr dazu bestimmt, in den Zellen des Gefängnisses Les Baumettes zu landen. Eine Bewegung im Seitenspiegel fiel ihr auf. Er kam zu Fuß. B. B. war noch zu keiner Entscheidung gekommen. Dieses eine Mal würde sie improvisieren.

Garrincha öffnete die Beifahrertür des alten Peugeot. »Guten Abend, Madame«, sagte er zurückhaltend, als er drinnen saß.

»Ich weiß, dass du das warst«, sagte sie ihm auf den Kopf zu, »und wenn du versuchst, mir Märchen zu erzählen von wegen Bermudez ist mit dem Geld und dem Stoff abgehauen, dann gebe ich dich meinen Männern für eine Sonderbehandlung.«

Esteban hütete sich, etwas zu entgegnen. Die Bourdet stellte den Ton lauter. Johnny Hallyday zupfte die ersten Töne von »La Douceur de vivre«. Die Kommissarin hörte das Stück ganz, den Blick starr nach vorn gerichtet, die Hände am Lenkrad.

Danach erst sagte sie leise, aber drohend: »Wenn du Bermudez' Stoff in Umlauf bringst, schneiden seine Hintermänner dich mit der Kettensäge in kleine Stücke, und du sollst noch nicht sterben, Juan. Ich behalte dich im Auge. Ein einziger

Krümel mexikanische *mota*, und ich ziehe dich eigenhändig aus dem Verkehr.«

Don Santucho langte nach dem Zigarettenpäckchen auf dem Armaturenbrett und zündete sich eine an. Er rauchte gern die Zigaretten der Kommissarin, dann fühlte er sich nicht restlos von der Macht erdrückt, die sie über ihn hatte. Er genoss den ersten Zug und nutzte ihn zu der Überlegung, dass es sich lohnen konnte so zu tun, als würde er mit offenen Karten spielen, da die Bourdet ohnehin alles begriffen hatte.

»Es sind zwanzig Kilo Koks und ebenso viel *mota*«, log er. »Lassen wir ruhig ein bisschen Zeit vergehen, aber ab dem Tag, wo ich das in den Handel bringe, bin ich die Nummer eins, und so kontrollieren Sie die Latinos komplett.«

Jetzt lag der Ball bei B. B.: »Dann will ich für dieses Mal nichts sagen, nur eines: keine Toten mehr! Und du wartest ab, bis ich dir sage, dass du den Stoff verkaufen darfst.«

Der Dealer glitt hinaus. Der Kommissarin war es, als wäre sie eine Ratte losgeworden.

Dieser Santucho beleidigte fortwährend ihre Intelligenz. Er würde nicht gehorchen, das war ihr klar, und ebenso, dass er nicht ins Gefängnis wandern würde. Im Gegenteil, er würde singen wie ein Vögelchen und sie mit in den Abgrund ziehen.

»Dein Pech, Arschloch!« Sie schlug auf das Lenkrad.

Manche Nächte gehen nie zu Ende. Ärzte in der Notaufnahme wissen das und Bullen auch. Man denkt, es ist geschafft, aber dann passiert etwas, und man muss sich weiter abstrampeln wie wahnsinnig.

Genau das dachte B. B., als sie Ange aus einem Auto steigen sah. Sie hatte gerade den Code zur Öffnung ihrer Haustür eingegeben, jetzt griff sie schnell in der Handtasche nach ihrer Pistole.

»Was machst du denn hier um diese Tageszeit?«

»Armand möchte mit Ihnen sprechen.«

Sie ließ die Waffe los und nahm stattdessen ihre Zigaretten hervor. »Das Restaurant ist doch geschlossen, außerdem entscheide ich selbst, wann ich ihn treffen will.«

»Armand ist nicht im Restaurant. Er sagt, ich soll Sie bitten, eine Ausnahme zu machen. Es ist wichtig.«

»Was ist passiert, Ange?«

Das Gesicht des Korsen blieb unbewegt. Das würde sein Boss selbst schildern.

Die Bourdet seufzte. »Ist gut. Ich komme.«

Sie brauchten rund zwanzig Minuten bis nach Saint-Barnabé. Trotz der späten Stunde war die Stadt alles andere als leer, das war Marseille selten. Dieser seltsame November war feucht, aber nicht kalt, und die Menschen waren rastlos. Vielleicht mochten manche darum nicht schlafen gehen.

Sie hielten vor einem halb heruntergelassenen Rollgitter, das von zwei Handlangern Grisonis in Regenmänteln bewacht wurde. Die Kommissarin brauchte nicht viel Phantasie, um sich vorzustellen, was dahinter wartete. Ange ging voran. Während sie sich unter dem Gitter hindurchbückte, las B.B. das Geschäftsschild der Heiratsagentur.

Vielleicht sollte ich mir auch eine Russin zur Gesellschaft besorgen, dachte sie.

Drinnen standen weitere Männer, mit Gewehren und Pumpguns bewaffnet, die so taten, als würden sie ihre Anwesenheit nicht bemerken. Sie tat es ihnen gleich und ließ den Blick durch den Raum wandern. Der Eingang war mit Fotos von jungen Frauen und Hochzeitszeremonien tapeziert. Alles war durcheinandergeworfen, Tische und Stühle, der Boden lag voller Papiere, Akten, Kundenkarteikarten.

Sie folgte Ange nach hinten in einen größeren Raum, in dem Armand mit zwei Bewaffneten sprach. Ein Tisch war wieder hingestellt worden, darauf ein aufgeklappter Laptop. Die Kommissarin bemerkte Spritzer von Blut und Erbrochenem auf dem Boden und an den Wänden.

»Was ist hier passiert?«, fragte sie.

Grisoni drehte sich müde lächelnd zu ihr um. »Danke, dass du gekommen bist.«

»Du hast mir nicht geantwortet«, knurrte sie. »Ich dürfte gar nicht hier sein mit lauter bewaffneten Vorbestraften.«

Armand deutete auf den Computerbildschirm, auf dem ein verschwommenes Standbild zu sehen war.

»Ich bitte dich nur, dir dieses Video anzusehen.«

Ange brachte eilfertig einen Stuhl herbei und bat Kommissarin Bourdet Platz zu nehmen.

Sie schüttelte den Kopf. »Ich sehe mir überhaupt nichts an, solange du mir nicht erklärst, was du verdammt noch mal in einer Heiratsagentur zu suchen hast, in der es jemandem ziemlich dreckig ergangen ist.«

»Die Räume gehören mir«, erklärte Grisoni, »ich hatte sie an zwei Moldawier vermietet, die einen Waffengroßhandel betreiben. Sie haben die Ware auf dem Landweg bis hierher gebracht und sie dann in den Maghreb verschifft. Für mein Stillhalten und dafür, dass sie den Hafen benutzen durften, haben sie üppig gezahlt.«

»Bist du wahnsinnig, Armand? Diese Waffen landen in den Händen von blindwütigen Islamisten. Wenn du nicht aufpasst, kriegt dich unser Geheimdienst in die Finger, und ich kann dir sagen, die haben hässliche Gewohnheiten …«

Der alte Gangster verzog die Lippen. »Im Gegenteil, ausgerechnet der Auslandsgeheimdienst hat mir die Mieter vermittelt. Die haben wohl ihre ganz eigenen Methoden, die Interessen des Vaterlandes zu wahren.«

»Dann wende dich an den Geheimdienst. Ich will von diesen Geschichten nichts wissen.«

»Die haben mich ja informiert, was passiert ist«, erklärte Armand. »Für die hat das hier nie stattgefunden, die Geschichte muss ich ganz allein schultern, denn wie gesagt, Eigentümer der Räume bin ich.«

»Ich hätte dich für klüger gehalten, Armand.«

Er breitete die Arme aus. »Ich dachte, mit Deckung durch unseren Geheimdienst habe ich meinen Arsch in Sicherheit.«

»Woher stammt das Video?«

»Eine gut versteckte Kamera ... Keine Sorge, B. B., jetzt ist sie aus.«

Er stellte den Film an. In Schwarz-Weiß war zu sehen, wie Natalia Balàn und Dan Ghilascu rückwärts in den Raum kamen, von zwei Frauen und einem Mann mit schallgedämpften Pistolen getrieben.

Die Bourdet griff nach der Maus und klickte auf Pause.

»Was ist los?«, fragte Armand.

»Warum ist das ohne Ton?«, fragte sie, aber das war nur eine Ausrede. In Wahrheit war sie von einer Welle widerstreitender Gefühle ergriffen worden, als sie die beiden Russinnen von der *Dromos* wiedererkannte, und sie brauchte einen Moment, um sich zu fassen.

»Die Wanzen hatten sie sofort entdeckt«, antwortete Ange. »Die waren so was von vorsichtig. Doch die Kamera war einfach zu gut versteckt.«

Instinktiv hob die Kommissarin den Blick in die Richtung,

in der sich die Kamera befinden musste, konnte aber nichts erkennen.

Das Video zeigte ein Verhör nach allen Regeln der Kunst. Folterszenen. Leckerbissens Komplizin war eine mit grausamer Phantasie begabte Sadistin, und die Kommissarin war dem Himmel dankbar, dass ihr der Ton erspart blieb.

»So geht es eine ganze Weile weiter«, sagte Grisoni und zog den Cursor an eine Stelle gegen Ende des Films.

Jetzt lag Ghilascu nackt am Boden, tot, voller Wunden und Verbrennungen. Die Frau, ebenfalls nackt, lebte noch, sie kniete blutend vor der Russin, die sie bei den Haaren gepackt hatte und ihr das Gesicht streichelte, als wollte sie sie beruhigen.

»Aha, sie hat gesungen«, kommentierte die Bourdet.

Dann trat Leckerbissen an sie heran, setzte Natalia Balàn den Schalldämpfer auf die Stirn und drückte ab. Der Hinterkopf der Frau explodierte, und sie sackte zusammen. Der Mann brachte zwei Planen, in die sie die Leichen wickelten. Die Russen bewegten sich gewandt und sicher, durchsuchten den Raum noch einige Minuten und verließen ihn dann.

»Und was willst du jetzt von mir?«, fragte die Bourdet.

»Du bist die Einzige, die mir helfen kann, sie zu finden. Falls sie noch in Marseille sind.«

»Damit du sie beseitigen kannst.«

»Natürlich. Diese Sache verlangt nach einem Generalreinemachen, sonst ist zu unkalkulierbar, was aus ihr noch werden könnte.«

Die Kommissarin gönnte sich noch eine Zigarette. »Und wenn du die Schuldigen nicht bestrafst, werden die Freunde von deinen Mietern sauer und richten die Waffen, die sie verkaufen, gegen dich.«

»Das ist auch eine Möglichkeit«, gab Grisoni zu. »Du siehst ja, B. B., ich muss sie unbedingt finden.«

Die gesehenen Bilder hatten B. B. erschüttert, aufgewühlt, angewidert, aber nicht so sehr, dass sie Armand verraten hätte, wer die Russen waren und wo sie sich aufhielten. Erst musste sie herausbekommen, was sie mit diesem Unternehmer namens Aleksandr Peskow zu tun hatten und mit dessen Verbindung zur Bremond-Clique. Dem alten Gangster in dieser Sache zu helfen bedeutete, nicht nur die Karriere aufs Spiel zu setzen, sondern Gefängnis zu riskieren, und das lohnte sich nur, wenn sich ihr gleichzeitig die Möglichkeit bot, ihre offene Rechnung mit dem Abgeordneten und seinen sauberen Freunden zu begleichen.

»Und?« Armand wollte eine Entscheidung hören.

B. B. seufzte. »Wenn sie noch in der Stadt sind, werde ich sie finden, aber der Auslandsgeheimdienst darf auf keinen Fall erfahren, dass ich Bescheid weiß.«

Grisoni nahm die DVD aus dem Laufwerk und hielt sie ihr hin.

»Danke, B. B.«

Als die Kommissarin in ihren Wagen stieg, war es fast halb sieben Uhr morgens. Sie fuhr in ein Nachbarviertel zu einer Bar, in der die Huren nach der auf der Straße verbrachten Nacht zu frühstücken pflegten. Rund ein Dutzend von ihnen saß an den Tischen, umgeben von Tassen, Croissants, Handtaschen und übereinandergelegten Mänteln. Ermattete Gesichtszüge, verschmierte Schminke, zerwühlte Frisuren, Geruch nach Menschen, Schweiß und billigem Parfüm, darunter der süßliche Duft der Feuchtkondome und der herbe des Tabaks. Einige von ihnen kannten die Kommissarin, waren aber zu müde, um zu lächeln.

Als B. B. sich an den Tresen setzte und einen Espresso bestellte, fiel ihr Blick auf eine Neue, die mit dem Strohhalm Milchkaffee trank. Sie war jung und schien aus Osteuropa zu stammen. Sie winkte sie zu sich. Die junge Frau stand widerwillig auf und kam zu ihr geschlurft.

»Was hast du jetzt vor?«, fragte die Bourdet.

»Schlafen gehen«, lautete die Antwort in unsicherem Französisch.

»Wir könnten zusammen schlafen.«

Die junge Frau wusste nicht recht. Sie drehte sich nach zwei Männern um, die sie von einem Tisch nahe beim Ausgang beobachteten, ein dünner Eleganter und ein Dicker mit Lederjacke. Wie aus dem Handbuch: der Lude und sein Gorilla. Der Zuhälter gab seinem Handlanger einen Ellbogenstoß, und der Dicke stand auf.

»Was bist du denn für eine?«, fragte er die Bourdet in provokantem Tonfall. »Sozialarbeiterin? Heilsarmee? Eine Fotzenschleckerin mit Überstunden?«

Die Frauen mussten laut lachen. Der Mann drehte sich um und erkannte an ihren warnenden Gesten, dass er eine Polizistin nervte.

»Scheiße, Entschuldigung, aber du wirkst wie meine Tante«, sagte er.

»Verpiss dich, Idiot«, zischte die Bourdet. »Siehst du nicht, dass ich mit der Dame rede?«

Der Mann gehorchte und ließ sie allein.

»Ich würde dich gern mitnehmen«, sagte B. B. sanft. »Wenn du allerdings etwas anderes vorhast oder nicht magst, muss es nicht sein.«

Die junge Frau zuckte mit den Schultern, und B. B. beschloss, es sein zu lassen.

»Du hast früher mal besser gewusst, was für Kätzchen zusammenpassen«, rief eine mit tizianroten Haaren, stand auf und verpasste sich selbst einen Klaps auf den Hintern. »Was willst du denn mit so einem Hühnchen, das wer weiß wo herkommt?«

Sie kannte sie. Ninette hieß sie und war um die vierzig Jahre alt.

»Ich dachte wohl, gewisse lokale Schönheiten sind auch nicht mehr das, was sie mal waren«, entgegnete die Bourdet lächelnd.

»Was denn, was denn? Ich bin frisch wie eine Rose!«, sagte die Rothaarige, was einen Heiterkeitsausbruch bei ihren Kolleginnen bewirkte.

Sie griff nach ihrer Handtasche und ihrem Mantel und kam auf die Polizistin zu.

»Solange du mich nicht in irgendein Drecksloch mitschleppst«, sagte sie. »Ich habe die ganze Nacht durchgearbeitet.«

»Ist meine Wohnung recht?«

Sie schliefen Arm in Arm ein und wachten frühnachmittags auf. Eine Kleinigkeit zu essen, dann etwas Sex, langsam und ruhig. Ninette bestand darauf. Später ein langes Bad, Geplauder, dann und wann ein Lachen.

B. B. rief ihr ein Taxi und zahlte wie stets doppelt. Als sie ihr Handy wieder anmachte und ihre Männer zum Pizzaessen einlud, hatte sie bereits einen genauen Plan im Kopf. »Pizza« war ihr Codewort für eine illegale Aktion, eine, die ins Gefängnis führen konnte. Jedem stand frei, daran teilzunehmen oder nicht, allerdings war keiner ihrer Inspektoren je ferngeblieben, und sie war sicher, dass das diesmal auch nicht der Fall sein würde.

Sie trafen sich im *Chez Maria* am Boulevard Leccia. Rasch und präzise schilderte Kommissarin Bourdet ihr Vorhaben. Adrien Brainard grinste voller Vorfreude, und die beiden anderen taten es ihm gleich.

»Diesmal klappt es, Chef!«, sagte Baptiste Tarpin und goss sich einen großzügigen Schluck Rotwein ein.

»Wir kriegen sie an den Eiern«, meinte Gérard Delpech.

»Mag sein. Freuen wir uns nicht zu früh«, mahnte die Kommissarin. »Ich habe die Zeitungen gelesen. Die Geschichte mit den terrorverdächtigen Kurden hat dem Mord an den Mexikanern die Aufmerksamkeit gestohlen.«

»Stimmt, diesmal regt sich niemand über den Territorialkrieg auf«, bestätigte Tarpin. »Außerdem, drei illegale Mexikaner, wen interessieren die schon?«

SIEBEN

Mairam Nasirowa hatte Angst. Sie hatte gemeint, an die beständige Anspannung des Lebens im Untergrund gewöhnt zu sein, aber in Marseille hatte sie sich noch keinen Augenblick sicher fühlen können. Und jetzt, da die Transnistrier sich nicht mehr meldeten, war sie mit größter Wahrscheinlichkeit in Gefahr.

Ihr Überlebenstrieb, der sie dazu gebracht hatte, erst aus Grosny zu fliehen, dann aus Moskau, drängte sie dazu, auf ein Schiff nach Marokko zu gehen, und die Angst trieb sie, ihr Versteck zu verlassen und nie wieder hierher zurückzukehren. Mounir Danine hatte ihr geschworen, das Viertel werde von einem salafitischen Solidaritätsnetz kontrolliert, das ihre Sicherheit garantiere, doch das war nur Gerede, um sie zu beruhigen. Bei dieser Operation war sie nur eine bestimmte Zeitlang von Nutzen. Nach den Waffen sollten zwölf junge Männer aus Tschetschenien kommen, um erst ausgebildet und dann in eine der zahlreichen Konfliktzonen rings um das Mittelmeer geschickt zu werden; sie hingegen würde wieder eine einfache Frau sein und fertig. Das war der Preis, den sie zur Rettung ihres Volkes zu zahlen hatte. Ghilascu und Natalia Balàn teilten zwar ihren Hass auf die russischen Invasoren, hatten sich aber fürstlich bezahlen lassen. Bis jetzt waren sie immer pünktlich gewesen. Wieder versuchte Mairam es unter einer Telefonnummer, die dieser Operation vorbehalten war, aber es läutete ins Leere, bis die Voicebox sich anschaltete.

Der Plan sah vor, dass die tschetschenischen Guerilleros mit zwei Kleinbussen eines rumänischen Reiseunternehmens – eines der vielen, die Emigranten durch Europa kutschierten – aus dem moldauischen Galaţi kommen würden. Ein Stop in Italien, einer in Marseille. Die Transnistrier hatten noch per Telefon mitgeteilt, Mairams »Nichte« sei unterwegs, seitdem hatte sie nichts mehr gehört.

Für die Nasirowa war das der letzte Auftrag im Ausland, danach sollte sie nach Tschetschenien zurückkehren. Sie war immer mehr davon überzeugt, dass der Widerstand andere Strategien finden musste, doch sie hatte große Schwierigkeiten, Gehör zu finden. Die Witwen waren nach allgemeiner Auffassung zum Martyrium bestimmt, weniger dazu, politische Führung zu übernehmen.

Sie beschloss, in einem der Lokale des Viertels, die noch spät geöffnet hatten, etwas essen zu gehen. Sie musste einfach aus der erstickenden Enge dieser Einzimmerwohnung hinaus. Sie betrachtete sich im Spiegel, fuhr sich mit ihrem Finger, der so fein war wie der einer Pianistin, über die Falten, die das vom Schicksal gebeutelte Leben hinterlassen hatte, und dachte: Ich sehe aus wie eine alte Frau. Dann bedeckte sie ihren Kopf mit einem Hijab.

Kaum war sie aus der Tür, sprang sie der Nordwestwind an, doch so kräftig er auch war, kalt war er nicht. Ein seltsamer Herbst, der eher warm blieb, auch in Grosny. Jeden Tag verfolgte sie den Wetterbericht, und an diesem Abend waren es dort nur drei Grad weniger als in Marseille.

Wie oft hatte man ihr nicht gesagt, sie solle nicht zu nah an den Autos gehen, und wie oft hatte sie es nicht selbst anderen Widerständlern eingeschärft. Unvermittelt glitt die Seitentür eines Lieferwagens auf, kräftige Arme packten sie, zogen sie nach innen und drückten sie auf den metallenen Boden. Sie spürte noch den Stich einer Nadel im Hals, dann war sie schon narkotisiert. Wenige Sekunden später, und der Wagen fuhr weiter.

Ulita konnte kaum glauben, dass es ihnen gelungen war, die Nasirowa festzusetzen. Freilich, allzu schwer war es nicht gewesen, das Stadtviertel und schließlich auch das Haus herauszufinden, in dem sie sich versteckte. Dank der Elektronikkünste des Agenten Georgij Lawrow waren den Computern und Handys, die sie den toten Transnistriern abgenommen hatten, deren Geheimnisse bald entrissen. Als Natalia Balàn zugab, dass sie per Telefon Kontakt hielten, wollte die Winogradowa das erst nicht glauben, es war doch kaum möglich, dass sie ein so unsicheres Kommunikationsmittel verwendeten. Es gab bessere Technologien, und an Geld fehlte es den beiden Idioten nicht. Kalissa aber versicherte ihr, dass es die Wahrheit sei. Ihr Opfer war unter den Schmerzen zusammengebrochen und log nicht mehr.

Ulita benachrichtige General Worilow von der Gefangennahme der Tschetschenin. Ihr Vorgesetzter war angesichts schlechter Wahlergebnisse, die die Macht des Premiers schwächten, seit Tagen ungenießbar gewesen, doch jetzt fand er seine gute Laune wieder. Er befahl die sofortige Überstellung von Mairam Nasirowa nach Russland, was die Winogradowa bereits vorausschauend vorbereitet hatte.

Nach dem Telefonat widmete der General sich wieder den politischen Protesten auf den Plätzen seiner Hauptstadt. Die

Demonstranten skandierten »Russland, Russland« und hielten Plakate mit dem Bild des falschen Politikers hoch.

Ulita lenkte den Lieferwagen zu demselben Strand bei Les Saintes-Maries-de-la-Mer, an dem die drei Agenten gelandet waren. Ein paar Stunden später kam ein Schlauchboot und nahm die Terroristin an Bord. Sie würde in der Kabine eines angeblichen Fischtrawlers auf dem Heimweg wieder zu sich kommen. In Russland dann würde man sie in einem Geheimgefängnis in aller Ruhe befragen und schließlich als Trophäe der Öffentlichkeit präsentieren.

Ulita war außer sich vor Freude. Die Beförderung zum Kapitän stand unmittelbar bevor, und der Erfolg machte sie hier in Marseille unentbehrlich. Sie beschloss, sich eine Belohnung zu gönnen, und ließ sich auf der Fahrt nach Saint-Barnabé an einem Taxistand absetzen. Ein schläfriger Taxifahrer kutschierte sie zu Aleksandr Peskow, der zwar lieber weitergeschlafen hätte, sich aber dem unerbittlichen Drängen von Leutnant Winogradowa ergeben musste.

Inspektor Delpech, der das Haus beschattete, weckte die Bourdet auf.

»Die Russin ist gekommen, Chef. Was soll ich tun?«

»Fahr nach Haus und leg dich hin, Gérard«, antwortete B. B. und langte nach dem Zigarettenpäckchen.

Sie sog den Rauch gierig ein. Auch sie war glücklich: Leckerbissen war noch in der Stadt.

Brainard machte am nächsten Tag die erste Schicht vor dem Büro der *Dromos*, danach übernahm Tarpin. Die Bourdet aß gerade in der Brasserie zu Mittag, als die beiden Russinnen kamen, begleitet von zwei Landsmännern. Einen kannte sie von dem Video aus der Heiratsagentur. Unauffällig fotografierte sie das Quartett mit dem Handy. Für ihren Zweck war die Qualität mehr als ausreichend. Das Dessert ließ sie aus; sie würde es bei Armand nehmen.

»Müde siehst du aus«, bemerkte dieser, als sie in seinem Restaurant ankam. Er kaute gerade an einem Mundvoll Bourride.

»Wenn ich zu wenig Schlaf kriege, fallen die Falten und das Alter eben mehr auf.«

»Hast du für mich gearbeitet?«

Sie verzog den Mund zu einer bitteren Grimasse. »Wie es aussieht, nicht nur für dich, sondern auch für Frankreich und die Republik. Ich habe sie gefunden.«

»Das ging ja schnell.«

»Ich bin eben die Beste.« Sie zeigte ihm die Bilder aus der Brasserie. »Aber wir verfahren nach meiner Methode.«

Der Gangster trank einen Schluck Weißwein. »Was heißt das, B. B.?«

»Das heißt, dass ich auch meine Absichten in der Sache habe und die einzelnen Schritte sorgfältig abgestimmt werden müssen.«

Armand konnte ein Lächeln nicht unterdrücken. »Eine konzertierte Aktion mit der Polizei?«

»Mehr oder weniger«, antwortete sie, von der Heiterkeit angesteckt.

Der Kellner brachte ein Glas Sauternes und einen kleinen Teller mit Keksen aus der preisgekrönten Konditorei Four des Navettes. Die Bourdet nahm einen und tunkte ihn genüsslich in den Wein.

»Deine Tischsitten auch wieder«, tadelte Grisoni sie scherzend. »Unmöglich.«

»Du hast genauso wenig Ahnung wie alle anderen, die sich

in Marseille als Feinschmecker aufführen. An jeder Ecke trifft man einen, der einem Essen und Trinken beibringen will.«

»Ich bin Korse«, entgegnete er stolz. »Wir haben den guten Geschmack im Blut.«

»Apropos Blut …«, meinte B. B. ernst. »Sag Ange, er soll die Russen bloß nicht unterschätzen, sonst kannst du auf ein paar Beerdigungen gehen.«

»Danke für die Fürsorge. Ich werde es so angehen, dass keiner von meinen Leuten zu Schaden kommt.«

Sie blickte ihn verblüfft an. »Für manche Sachen bist du nicht mehr im passenden Alter. Wie lange hattest du schon keine *tabanca* mehr in der Hand?«

Sie verwendete absichtlich den türkischen Slangausdruck für Pistole, um ihn an den letzten Mord zu erinnern, den er in eigener Person verübt hatte. Ein gewisser Ebru Korkmaz hatte seine Grenzen überschritten. Kommissarin Bourdet höchstselbst hatte ermittelt, aber nichts finden können. Dabei war sie sicher, dass es Grisoni gewesen war.

»Nagt das immer noch an dir?«

»Nein. Ich wollte nur klarmachen, dass Zeit vergangen ist. Eines Tages wachst du auf und stellst fest, du bist nicht mehr derselbe wie früher. Das ist alles.«

»Ich bin der Boss. Es ist meine Aufgabe.«

Die Polizistin erhob resigniert die Hände. »Hauptsache, ich muss mir keine Sorgen machen.«

»Ich mir aber auch nicht«, entgegnete der Gangster. »Ich bin ja schon neugierig, was für ›eigene Absichten‹ du hast.«

B. B. kräuselte die Lippen. »Manches fragt man eine Dame nicht.«

Grisoni nickte nachdenklich. Er konnte es nicht leiden, wenn andere vor ihm Geheimnisse hatten. »Wann und wo?«

Die Kommissarin schrieb eine Adresse auf die Serviette, in einer ausgreifenden, entschlossenen Handschrift, ähnlich der eines Richters in früheren Zeiten, wenn er die Höchststrafe verhängte.

»Übermorgen früh. Bei Geschäftsöffnung«, beschied sie kurz. »Ich gebe dir Bescheid.«

»Du machst es mir nicht leicht.«

»Ich habe für dich schon das Unmögliche getan, Armand.«

Die Russen fuhren mit einem PKW vom Büro weg, und wie immer hängten sie die Polizisten ab. Unmöglich herauszufinden, wo sie wohnten und die Nacht verbrachten. B.B. war schon daran gewöhnt, dass sie sich nicht verfolgen ließen, aber nicht darum hatte sie Grisoni die Adresse der *Dromos* gegeben, sondern sie wollte noch genug Zeit haben, ihr eigentliches Ziel zu beobachten: Aleksandr Peskow. Wenn sie mehr Leute zur Verfügung gehabt hätte, hätte sie auch gern diesen Inder beschattet, Mister Banerjee, doch sie musste sich mit dem begnügen, was ging.

Sie bestellte Juan Santucho zu einem Treffen. Der Dealer kam mit einem brandneuen schwarzen Ford Mustang angefahren, stieg aus und schritt auf den alten Peugeot zu mit der Miene dessen, der das Leben begriffen hat.

»Die Karre da kostet fünfzigtausend«, bemerkte die Kommissarin.

»Hat mich gar nichts gekostet«, entgegnete der Mann. »Ist mit Bermudez' Koks bezahlt.«

»Bist du lebensmüde?«, platzte die Bourdet heraus. »Du willst wohl unbedingt, dass die Mexikaner dir auf die Spur kommen.«

»Die sitzen gemütlich zu Hause, die haben derart viel Koks,

dass es sie nicht weiter interessiert, wer es sich unter den Nagel gerissen hat.«

Die Polizistin atmete tief durch. Am liebsten hätte sie ihm mit dem Pistolenknauf die Nase zu Matsch geschlagen. Stattdessen musste sie sich damit begnügen, schweigend eine Zigarette zu rauchen, als ob neben ihr niemand säße.

Garrincha störte das nicht weiter. Er konzentrierte sich auf die Hintern der Passantinnen und gab jedem eine Note.

»Ich habe eine Aufgabe für dich«, sagte B. B. unvermittelt, und in den fünf darauffolgenden Minuten erläuterte sie ihm detailliert, worin diese bestand.

»Ich weiß nicht recht, Madame«, murrte Esteban.

»Hast du etwas nicht verstanden?«

»Nein. Aber ich begreife nicht, warum ausgerechnet ich das übernehmen soll. Es klingt gefährlich, und ich glaube, wenn etwas schiefgeht, kriege ich allein die gesammelte Scheiße ab.«

Kurz zuckten wütende Blitze in den Augen der Kommissarin, die das Lenkrad fester packte. »Du würdest heute eigentlich in Les Baumettes deine zwanzig Jahre absitzen«, erinnerte sie ihn. »Du tust besser, was ich dir sage, ›Don‹ Juan.«

»Ja, Madame.«

»Und jetzt verschwinde.«

Der Dealer blieb sitzen. »Ich habe über etwas nachgedacht und wollte das mit Ihnen besprechen.«

»Worum geht es?«

»Um *la chasse au dragon* ...«

B. B. erstarrte. »Drachenjagd«, das war der Slangbegriff für das Inhalieren von Heroin. Etwas Alufolie, ein bisschen Pulver und ein Feuerzeug.

»Und?«

»Das kommt wieder in Mode, und das Zeug kommt bei uns in ordentlichen Mengen auf den Markt.« Er wurde lebhafter. »Kostenpunkt um die achtzig Euro pro Gramm, und ...«

Santucho brachte den Satz nicht zu Ende. Diesmal hatte die Kommissarin die Geduld verloren und ihm den Lauf der Pistole an die Schläfe gesetzt.

»Warum denn gleich so aufgeregt?«, fragte Juan.

Statt einer Antwort spannte sie den Hahn der Pistole. Das Klicken tönte laut im Inneren des Wagens. »Wir haben in Marseille sechstausend aktenkundige Junkies, und ich will keinen einzigen mehr, hörst du«, knurrte sie gereizt. »Wenn ich erfahre, dass du auch nur ein Tütchen Heroin verkaufst, jage ich dir eine Kugel in deinen Scheißkopf.«

Garrincha glitt aus dem Wagen. Madame war verrückt. Sie begriff nichts und hatte keinerlei Unternehmergeist. Heroin war die Zukunft. Die Leute waren immer ärmer und hoffnungsloser, und *la chasse au dragon* vertrieb alle bösen Gedanken. Er zuckte mit den Schultern. Sein Plan, wie er Marseille adieu sagen konnte, stand bereits fest. Lieber wäre er in Ruhe im Dreizehnten Arrondissement geblieben, als den Auftrag der Bourdet zu erfüllen. Er hatte ihr versuchsweise vorgeschlagen, seine Jungs könnten sich darum kümmern, aber nichts zu machen.

»Du hast schon gezeigt, dass du für so etwas der Beste bist«, hatte sie nur gesagt.

Das stimmte schon, doch Garrincha ahnte, dass sie ihn hier für eine außergewöhnliche illegale Aktion benutzte, die Lichtjahre vom Drogenhandel entfernt war.

Er startete den kraftvollen, gehorsamen Motor des Mustang. Was für ein Wagen! Er beschloss, sich ein wenig mit der Suche nach einer neuen Frau die Zeit zu vertreiben. Kürzlich hatte er sich in einem Salon am Boulevard Michelet eine Maniküre gegönnt, und eine Naturblonde hatte ihm die ganze Zeit schöne Augen gemacht. Ihre langen weizengelben Haare würden herrlich wirken, fließend auf dem schwarzen Leder der Sitze ausgebreitet.

»Du bist ja der reinste Poet«, beglückwünschte er sich selbst.

Aleksandr Peskow stieg ins Taxi, dessen Fahrer er zerstreut begrüßte. Er war müde, nachdem er am Vortag lange mit Sunil am Projekt der unterseeischen Kabel gearbeitet hatte. Es hatte sich bestätigt, dass das nicht nur eine hervorragende Tarnung bot, sondern dazu eine beeindruckende Gewinnspanne, so beeindruckend, dass Aleksandr irgendwann fragte, ob es überhaupt die Mühe lohne, die Sache mit dem Organhandel weiter zu verfolgen.

Aber das hatte sein Freund kategorisch abgelehnt. »Wir haben das doch gründlich geprüft und festgestellt, dass das Tempo, in dem sich Geld machen lässt, der Maßstab ist, ob eine Aktion sich lohnt. Die Klinik entspricht den Parametern voll und ganz. Jedenfalls jetzt. Und wenn es Zeit wird aufzuhören, dann geht das im Handumdrehen.«

Das stimmte. Wenn eine illegale Aktivität nicht mehr lohnte, kam es darauf an, dass man sie rasch beenden und die Verluste gering halten konnte. Dromos: altgriechisch für »Wettlauf«. Das Verbrechen war nur ein gutes Geschäft, solange es mit dem von den ökonomischen Bedingungen gegebenen Tempo mithielt. Angebot und Nachfrage, Kosteneinsatz und Ertrag. Ganz das Gegenteil des organisierten Verbrechens sonst, das viel zu lange brauchte, um zu reagieren, wenn eine Aktivität nicht mehr lohnte, und viel Geld und Personal dabei verlor. Das Beharren der Mafia auf streng hierarchischen Strukturen sorgte dafür, Urteils- und Handlungsvermögen gefährlich zu blockieren. Ein Staat im Staate sein zu wollen, brachte Vorteile im Hinblick auf Macht, aber wirtschaftliche Nachteile. Die bösen Buben aus Leeds hingegen waren nur an Geld interessiert.

Das war jedoch nicht die ganze Wahrheit. Ihr Ehrgeiz bestand darin, schneller zu sein als alle anderen, berauscht davon, sich der Herausforderung zu stellen. Darum hatten sie den Pub mit diesem Namen als Stammkneipe für ihre täglichen Treffen gewählt. Und dort hatte Inez zum ersten Mal den Namen »Dromos Gang« erwogen.

»Was hast du gesagt?«, hatten die anderen gefragt.

»Wir werden uns die ›Dromos Gang‹ nennen«, sagte sie entschlossen.

In Erinnerungen versunken, unterdrückte der Russe ein Gähnen. Das aufdringliche Parfüm des Fahrers störte ihn auf, gerade im passenden Moment, um zu bemerken, dass der falsch fuhr.

»Monsieur, Sie haben vergessen, an der Ampel abzubiegen«, erinnerte er ihn freundlich.

Der Mann blickte ihn im Rückspiegel an. »Hier entlang ist es näher.«

»Nein«, sagte Aleksandr. »Das hier ist genau die entgegengesetzte Richtung.«

Der Fahrer hielt am Straßenrand. Er drehte sich zu seinem Passagier um und verpasste ihm einen Stromschlag aus dem Taser. Einmal, zweimal, dreimal, bis Peskow zwischen Vorder- und Rücksitz zusammenbrach.

Der Fahrer überblickte die Straße. Niemand hatte etwas bemerkt. Um diese Morgenstunde arbeitete Marseille und hatte anderes zu tun, als ein Taxi zu beobachten. Garrincha setzte den Blinker und fädelte sich in den Verkehr ein. Er hatte recht gehabt mit seinem Verdacht, dass der Typ, den er für die Bourdet entführen sollte, nichts mit Drogen zu tun hatte. Mit Dealern hatte er in Maidanas Diensten genügend zu tun gehabt, auch mit solchen, denen man ihr Metier nicht ansah, aber der hier war keiner davon.

An einer roten Ampel drehte er sich noch einmal nach ihm um und verpasste ihm zur Sicherheit erneut eine Ladung. Der Mann zuckte kaum.

Die Fahrt zu der stillgelegten Konservenfabrik, die Kommissarin Bourdet für Verhöre nutzte, dauerte nur wenig länger als eine Viertelstunde. Das verrostete Rollgitter war gerade so weit hochgezogen, dass ein PKW darunter hindurchpasste. Garrincha steuerte das Taxi, das Brainard ihm mitten in der Nacht gegeben hatte, hinein.

»Das Kennzeichen ist sauber«, hatte der Inspektor gesagt, »du brauchst keine Angst zu haben, dass dich jemand anhält.«

Die Bourdet tauchte aus dem Zwielicht auf, Zigarette im Mundwinkel, die Pistole an der Hand baumelnd. »Ist er wach?«

»Leider nicht.« Esteban lud ihn sich auf die Schultern.

»Zieh ihn aus und binde ihn auf den Stuhl«, befahl sie.

Garrincha tat es mit raschen, effizienten Bewegungen. Keine drei Minuten, und der Russe war zum Verhör bereit.

»Mit Kapuze?«

»Nein, er soll mich sehen, wenn er aufwacht«, antwortete sie. »Aber du geh so lange raus, eine rauchen. Ich möchte mit unserem neuen Freund allein sein.«

Wenn der dich sieht, kriegt er einen Schlag, dachte Juan böse, während er ins Freie ging.

Die Kommissarin nahm eine leere Dose vom Boden und füllte sie an einem Wasserhahn, der Gott weiß wie lange nicht mehr benutzt worden war, mit rostigem Wasser. Sie schüttete es dem Gefangenen ins Gesicht, und er kam langsam wieder zu Bewusstsein.

Als er bemerkte, dass er nackt und gefesselt war, fing er an zu zappeln.

»Wer bist du, verdammte Scheiße?«, schrie er.

B.B. verpasste ihm eine Ohrfeige. »Eine Dame bin ich, Aleksandr, benimm dich gefälligst.«

Als der Russe seinen Namen hörte, versuchte er, sich zu beruhigen. »Wer sind Sie?«

»Schon besser.« Die Kommissarin nahm einen Stuhl und stellte ihn vor Peskow. »Sieh mich an! Ich trage Kleidung für nicht mehr als dreihundert Euro und bin keine Russin. Wer bin ich?«

»Polizei, Geheimdienst ...«

»Polizei. Brigade Anti-Criminalité, um genau zu sein.«

»Und warum bin ich dann nicht in einem Kommissariat, sondern nackt an einen Stuhl gefesselt? Nachdem man mich betäubt und entführt hat?«

»Tu nicht so empört!«, entgegnete sie lauter als vorher, nahm ein paar Fotos aus der Tasche und hielt sie ihm hin. Das erste zeigte Leutnant Winogradowa. »Die da kennst du gut, schließlich fickst du sie. Ich nenne sie Leckerbissen, ich würde sie mir auch gern genehmigen.«

»Sie heißt Ida, Ida Schudrick, sie ist Dolmetscherin ...«

»Die in ihrer Freizeit Transnistrier foltert und umbringt.«

Die Bourdet präsentierte ihm Bilder der entsprechenden Szenen in der Heiratsagentur und ließ sie eines nach dem anderen zu Boden fallen.

»Davon weiß ich nichts.« Peskow sah ihr gerade in die Augen.

»Und das soll ich dir glauben?«

»Hören Sie, ich bin Wirtschaftsexperte!« Jetzt wurde auch er lauter. »Ich bin nur für das Geld zuständig.«

»Darum machst du also Geschäfte mit Bremond.«

Der Russe war intelligent genug, sofort die wahren Absichten der Beamtin zu erkennen: »Ihnen geht es um Bremond, was?«

»Und um Matheron, Rampal, Vidal und Tesseire, die neuen Gesichter der Korruption, diejenigen, wegen denen das Fundament dieser Stadt fault«, seufzte B. B. Mit der Schuhspitze berührte sie eine Großaufnahme von Ulita. »Sie hier wird schon sehr bald nicht mehr unter uns sein«, erklärte sie.

»Was soll das heißen?«

»Das soll heißen, dass sie Armand Grisoni auf die Zehen getreten hat, dem einzigen echten Boss von Marseille. Gewisse Dinge regelt der mit der Pistole. Deine schöne Ida wird zusammen mit ihren Leuten sterben. Und du, wie willst du enden?« Die Bourdet holte ihr Handy aus der Manteltasche. »Ich würde gern einen Tisch für zwei reservieren«, sagte sie zu Grisoni, dann legte sie auf. »So, das war das Todesurteil.«

Peskow fror, nicht nur wegen des Wassers auf der nackten Haut.

»Was genau wollen Sie von mir?«

»Beweise, um die Bremond-Clique hinter Gitter zu bringen.«

»Und im Tausch dafür?«

»Bleibst du am Leben.«

»Das reicht nicht. Ich will hier als freier Mann rausgehen, nicht mehr und nicht weniger.«

B. B. lachte laut auf. »Du bist ein Würstchen und sitzt in der Scheiße, und da bist du immer noch arrogant? Warte ein paar Stunden, und du bist glücklich, wenn du mir die Hand lecken darfst.« Sie drehte sich zum Eingang um. »Juan!«

Der Gerufene eilte herbei. »Ja?«

»Kümmere dich um den Knaben hier, zeige ihm, wie gut du bei der paraguayischen Armee das Folterhandwerk gelernt hast. In drei Stunden bin ich zurück.« Sie bückte sich und sammelte die Fotos ein.

»Bitte, wir können doch ganz sicher eine Lösung finden«, stammelte Aleksandr entsetzt. »Gewalt ist nicht nötig. Wir müssen eine Vereinbarung aushandeln.«

»Ich brauche nicht zu verhandeln, ich bekomme alles, was ich will, wenn die Schmerzen dich kleingekriegt haben«, erklärte sie kalt und durchsuchte seine Taschen nach seinem Handy. »Hab ich mir's doch gedacht«, knurrte sie, als sie das Verzeichnis der getätigten Anrufe leer fand. Sie schlug Aleksandr mit der flachen Hand auf die Stirn. »Du hältst dich wohl für sehr schlau, du Scheißrusse«, zischte sie. Dann drehte sie sich zum Gehen um. »Jetzt kassiere ich deinen Kumpan, Mister Banerjee«, log sie, um seinen seelischen Widerstand weiter zu zermürben.

Garrincha schlug mit den Armen aus. »So ist sie nun mal. Mieser Charakter.« Er nahm Peskows Armbanduhr. »Was dagegen, wenn ich die behalte?«

Der Gefangene antwortete nicht, sondern beschränkte sich darauf, ihn zu mustern. Die Polizistin hatte ihn als erfahrenen Folterknecht aus der paraguayischen Armee beschrieben. Falls das stimmte, war er kein Polizist, sondern ein Söldner oder sonst jemand, der jedenfalls nicht aus Pflichtbewusstsein handelte.

Garrincha regulierte das Armband und legte sich die Uhr um. Dann untersuchte er das Portemonnaie und entnahm ihm das wenige Bargeld – was der Russe wiederum für aufschlussreich hielt.

»Scheiße, hast du viele Kreditkarten!«, staunte der Paraguayer. Daraufhin befühlte er fachmännisch den Stoff von Peskows Anzug. »Den nehm ich auch, muss man nur einen Zentimeter weiter machen, dann passt er mir wie ein Handschuh.«

Peskow atmete tief durch. »Bist du eigentlich auch so dämlich wie die Kommissarin?«

Garrincha schaute ihn verblüfft an. »Du kannst wohl nicht erwarten, dass ich dich zum Schreien bringe?«

»Ich kann es nicht erwarten, mit dir ein Geschäft zu machen.«

»Versuch gar nicht erst, mir Geld anzubieten, die Lesbe hat mich an den Eiern, ich kann nichts tun.«

»Das will ich auch nicht versuchen, denn sie traut dir nicht und wartet draußen, bereit mich zu verfolgen.«

»Was soll das sein, russischer Humor?«, fragte Garrincha verächtlich.

»Einfache Logik, mehr nicht. An ihrer Stelle würde ich genauso verfahren.«

Santucho drückte ihm den Finger auf die Brust. »Wenn du mir hier Scheiße erzählst, schiebe ich dir den Taser schön langsam in den Arsch.«

»Geh doch nachschauen«, sagte der Russe, »und dann reden wir über das Geschäftliche.«

Juan ging hinaus, um kurz darauf mit tiefrotem Gesicht zurückzukommen. Er zündete sich eine Zigarette an. »Du hattest recht«, gab er leise zu. »Draußen stehen ihre drei Schießhunde und haben den Eingang im Blick.«

Peskow atmete erleichtert auf. »Was hatte ich gesagt? Willst du mir jetzt zuhören?«

Der andere setzte sich mit verschränkten Armen hin. »Die Schlampe hält sich wohl für schlauer als Esteban Garrincha!«, zischte er.

»Ich biete dir einhunderttausend Euro«, sagte der Russe. »Du machst einen Anruf und teilst der Person, die abnimmt, den Ort mit, an den das Geld geliefert werden soll. Sobald du es hast, leihst du mir dein Handy für eine Minute.«

»Und wo ist der Haken?«

»Es gibt keinen. Ich weiß nicht, wo ich hier bin, ich kann keinerlei Informationen geben, um dich zu linken. Du behältst alle Fäden in der Hand.«

Garrincha legte den Kopf schräg und musterte seinen Gefangenen. »Was bist du eigentlich für einer?«

»Ich bin einer, der kluge Leute reicher macht.«

»Und was will die Frau von dir?«

»Ich soll ihr helfen, ein paar hiesige Politiker, Banker und Bauunternehmer hinter Gitter zu bringen. Alles Leute, die nützlich und sehr, sehr dankbar sein können.«

Einhunderttausend Euro. Die Drogen, die Garrincha besaß, hatten einen Marktwert von vier Millionen, doch so, wie die Dinge sich entwickelten, wäre das schon einmal bequem verdientes Geld. Diese Schlampe von Kommissarin hatte vorausgesetzt, dass es dem Russen gelingen würde, ihn zu bestechen, folglich musste sie für diesen Fall auch geplant haben, ihn fertigzumachen. Der Russe hingegen versprach ihm Kontakt zu Leuten, die wirklich zählten.

»Ist gut. Aber du bleibst hier.«

»Eine Minute. Mehr brauche ich nicht, eine Minute.«

Der Paraguayer nahm sein Handy. »Wie ist die Nummer?«

Grisonis Bande kam mit einem Umzugswagen der Firma »Déménagements Gémenos«. Die Männer trugen graue Overalls und Schirmmützen, die den oberen Teil ihrer Gesichter verbargen. Sie sahen aus wie Komparsen in einem Film aus den Fünfziger Jahren. Armand betrat den Eingangsflur des Hauses, gefolgt von Ange und den anderen Männern. Die vier letzten schoben große Kisten auf Laufrädern. Die Concierge erkannte den alten Mafiaboss und verkroch sich in ihren Räumen, nachdem sie rasch das Schild mit »Bin gleich zurück« hingehängt hatte. Die Idee, die Polizei zu rufen, streifte sie nicht einmal von ferne.

Grisoni nahm den Aufzug und stellte sich schön deutlich unter die Videokamera, die den Eingang zur *Dromos* bewachte. Er zog einen Bleistiftstummel hinter dem Ohr hervor, leckte ihn an und notierte etwas auf dem Block, den er unter dem Arm getragen hatte. Er wartete, bis seine Männer alle bei ihm waren; sie hielten sich abseits des Blickbereichs der Kamera. Dann drückte er auf die Klingel, nahm die Mütze ab und kratzte sich am Kopf, so dass jeder, der ihn seit seiner Ankunft beobachtet hatte, sicher sein konnte, dass es sich bei ihm tatsächlich um einen harmlosen alten Lieferanten handelte.

»Sie wünschen?«, fragte eine weibliche Stimme in der Gegensprechanlage.

Armand ging mit dem Mund nahe heran. »Ich habe eine Lieferung für Monsieur Peskow.«

»Was für eine Lieferung?«

»Woher soll ich das wissen?«, fragte er mit gespielter Empörung. »Ich liefere, und fertig.«

»In Ordnung, entschuldigen Sie.« Der Summer ertönte.

Grisoni nahm seine schallgedämpfte 45er hervor, während

er die schwere, gepanzerte Tür aufdrückte. Drinnen saß als Empfangsdame lächelnd, elegant und sehr weiblich die Frau, die die beiden Transnistrier gefoltert hatte. Der falsche Lieferant hob den Arm und schoss.

Flop, flop, flop. In den Oberkörper getroffen, sackte Kalissa zu Boden und riss in der Bewegung das Telefon mit. Sie konnte noch etwas auf Russisch rufen, dann verpasste Grisoni ihr eine Kugel direkt unter dem linken Auge. Unterdessen waren seine Männer in die Räume eingedrungen und eröffneten das Feuer. Beide, Angreifer wie Überfallene, benutzten halbautomatische Waffen. Die Russen hielten auf die Korsen, solange ihre Munition reichte. Ein Magazin pro Kopf. Nie hätten sie gedacht, dass es in den Geschäftsräumen eine Schießerei dieses Ausmaßes geben würde. Es gelang ihnen, zwei der Angreifer zu verletzen, dann waren sie erledigt. Der Ex-Spetsnaz Prokhor versuchte noch mit einem Papierschneider einen verzweifelten Angriff, ging aber unter einem Dutzend Treffer zu Boden. Schließlich war Georgij an der Reihe, trotz seiner hilflosen Geste, als Zeichen der Aufgabe die Hände zu heben. Als Letzte wurde Ulita erledigt. Sie hatte Treffer an den Beinen und in der Leber davongetragen. Noch im Todeskampf versuchte sie, Ange an der Kehle zu treffen, der ihr den Schalldämpfer zwischen die Zähne zwang und abdrückte.

Die Leichen wurden in den Kisten abtransportiert, die beiden Verwundeten gestützt. Den einen hatte es sehr schwer getroffen, und Grisoni hatte Erfahrung genug, um zu wissen, dass keiner der inoffiziell praktizierenden Ärzte ihm das Leben würde retten können.

Ange zog die Tür hinter sich zu, nachdem er die Aufnahmen des raffiniert gemachten Überwachungssystems zerstört hatte. Zurück blieben Blutspritzer, Kugeln überall und ein Teppich von Patronenhülsen. Das Kaliber war das Autogramm des alten Gangsters. Der französische Geheimdienst sollte wissen, wer da aufgeräumt hatte, das war ihm wichtig.

Zurück im Restaurant traf er die Bourdet, die auf ihn wartete. Neben ihr saß Marie-Cécile, mit rotgeweinten Augen, ein Taschentuch zerknüllend.

»Die Kleine hat sich solche Sorgen um dich gemacht«, sagte die Kommissarin zur Begrüßung. »Heute Nacht bedient sie dich wie einen Kaiser.«

»Und du, B. B., hast du dir auch Sorgen gemacht?«

»Ich? Wieso denn das?« Sie zog sich ihren hellgrünen Mantel an.

Draußen blickte sie in den klaren Himmel. Dreizehn Grad plus, und sie wusste nicht mehr, was sie anziehen sollte. Sie stieg in ihren Peugeot und fuhr Richtung zu Hause. Sie wäre zwar gern noch ein wenig spazieren gefahren, wollte aber die Geständnisse des Russen hören, während ihre Materialsammlung zur Bremond-Clique vor ihr lag.

Sie freute sich für Armand, beneidete ihn aber auch ein wenig um die aufrichtige Sorge, die Marie-Cécile um ihn empfunden hatte. Kurz verfluchte sie das Schicksal, das sie zum Alleinsein verdammt hatte, dann konzentrierte sie sich wieder auf Peskow. Sie war sicher gewesen, dass es ihm gelingen würde, diesen Angeber von Esteban Garrincha alias Juan Santucho zu bestechen und zu fliehen, von ihren Inspektoren gefolgt. Sie hätte zu gern gewusst, wo er sich versteckt und zu wem er Kontakt aufgenommen hätte. Brainard, Delpech und Tarpin hätten ihn später immer noch in aller Ruhe wieder festnehmen können.

Doch weit gefehlt, ihre Männer hatten sie telefonisch informiert, dass Peskow und »Don« Santucho sich nicht von der Stelle bewegt hatten. Offensichtlich hatte der Dealer durchgehalten und endlich begriffen, dass sie seine einzige Göttin war, oder aber das Vergnügen, Schmerzen zu bereiten, war größer gewesen als die Geldgier. Na, das würde sie bald erfahren. Ihr Plan war einfach und effizient. Geständnis des Russen, Prüfung der Beweise und dann Abfassung einer neuen Ermittlungsakte gegen den Herrn Abgeordneten und seine Freunde, die sie zugleich bei der Staatsanwaltschaft einreichen und den Chefredakteuren einiger überregionaler Tageszeitungen zuspielen würde. Unmöglich, den Skandal zu vermeiden. Ihre Oberen in Marseille würden die offene Misstrauensbekundung nicht gern sehen, aber B. B. mochte nicht riskieren, ein weiteres Mal ausgehebelt zu werden.

Bruna, Garrinchas Gespielin, hatte ihren schönen Hintern auf den Hocker einer angesagten Bar im Vieux-Port verfrachtet, die vor allem von amerikanischen Touristen besucht wurde. Sie nippte an einem Gin Tonic und behielt das Lokal dank der großen Wandspiegel im Auge. Angespannt und besorgt wie noch nie in seinem Leben, kam Sunil herein, in der Hand ein Mobiltelefon als Erkennungszeichen. Bruna winkte ihm, und er kam zu ihr.

»Hast du das Geld?«

Der Inder öffnete seinen Mantel. Aus der Innentasche ragte ein gelber Umschlag. Die junge Frau nahm ihn heraus, öffnete ihn und schaute hinein. »Stimmt das auch?«

»Du wirst das jetzt nicht erst zählen wollen!«, stöhnte Banerjee.

Bruna zuckte mit den Schultern und trank noch einen Schluck.

»Mach schon!«, zischte Sunil.

Bruna rief Santucho an. »Alles klar.«

Sunil riss ihr das Telefon aus der Hand. »Ja, sie hat das Geld. Jetzt lass mich mit meinem Freund sprechen.«

Am anderen Ende hielt Garrincha dem Russen das Telefon ans Ohr. »Das Geschäft ist perfekt.«

Peskow vertat keine Zeit mit Begrüßungsformalitäten, sondern nutzte die Minute, die er hatte, um Banerjee alle für die Rettung nötigen Informationen zu geben.

»Nur die Ruhe, ich kriege das alles geregelt«, sagte sein Freund abschließend, aber da war das Gespräch schon unterbrochen.

Der Inder war zutiefst verwirrt. So etwas durfte ihnen einfach nicht passieren, ihnen, hochrangigen Vertretern des Dienstleistungssektors für das organisierte Verbrechen. Zum ersten Mal war er gezwungen, sich wie ein gesuchter Krimineller zu bewegen, da eine Polizistin ihn gefangen nehmen und nackt auf einen Stuhl binden wollte wie den armen Sosim.

Bremond befand sich in einer Sitzung mit der Regionalführung der Partei. Seine Sekretärin ließ sich nicht erweichen, also sprang Sunil in ein Taxi und raste zu Matheron. Dort verlor er keine Zeit mit den Sekretärinnen, die sich ihm beide, Clothilde und Isis, in den Weg zu stellen versuchten, und drang in Gilles' Büro ein, in dem gerade eine Besprechung mit einigen Kunden stattfand. Neben dem Junior, Édouard Matheron, saßen vier weitere Personen um den großen runden, mit Planzeichnungen und Modellen bedeckten Tisch.

»Was ist los?«, fragte der Alte.

»Bernadette Bourdet«, sagte der Inder nur.

Matheron wurde blass. »Alle raus«, gebot er leise, »sofort!« Als sie allein waren, fragte er Sunil: »Also?«

»Sie hat Aleksandr Peskow gefangen genommen und verhört ihn gerade mit illegalen Methoden, um ein vollständiges Geständnis über die Geschäfte der Bremond-Clique zu erhalten, wie sie sie nennt.«

»Scheiße!«

»Ich muss mit einem gewissen Armand Grisoni reden. Sofort.«

»Was hat der Boss der Marseiller Mafia damit zu tun?«, fragte Matheron entsetzt.

»Er scheint der Einzige zu sein, der das alles zurechtbiegen kann.«

Gilles hängte sich ans Telefon und überwand die Weigerungen von Bremonds Sekretärin mit einer Flut Schimpfwörter. Danach benachrichtigte er Rampal, Vidal und Tesseire.

Er setzte sich den Hut auf: »Hoffentlich ist es noch nicht zu spät.«

Kommissarin Bourdet trat in die übelriechende Halle der früheren Konservenfabrik, einen dicken Aktenordner unterm Arm. Eben hatte sie die Pläne geändert und ihre Männer angewiesen, den Inder nicht nur zu beschatten, sondern einzukassieren und dem Russen als Gesellschaft zur Seite zu stellen. Garrincha saß rauchend auf seinem Stuhl, Peskow jedoch, zwar immer noch nackt und gefesselt, zeigte keinerlei Spur der Behandlung, die er in der Zwischenzeit erfahren haben musste. Kältestarr war er, mehr nicht. Aber er war Russe, da musste er an noch viel strengere Temperaturen gewöhnt sein.

»Don« Juan stand auf. »Er ist bereit zu singen«, verkündete er, aber es klang wenig überzeugend.

»Und wie hast du ihn dazu gebracht? Mit der Kraft der Gedanken? Du hast ihn überhaupt nicht angerührt.«

»Das war nicht nötig, ich habe ihm einfach ein paar Sachen geschildert, die ich mit ihm machen würde, und schon wollte er kooperieren.«

Die Polizistin setzte sich hin, starrte Peskow an und zückte ein digitales Diktiergerät. »Ich höre.«

Noch als Sosim Katajew hatte er gelernt, äußerst geschickt zu lügen. Wer das eingefleischte Misstrauen der Mitglieder der *Organisatsia* austricksen wollte, brauchte Vorbereitung und Konzentration. Nichts durfte dem Zufall überlassen bleiben, weder Blick noch Haltung noch Wortwahl. Und die Lügen mussten immer auf einem Fundament aus nachprüfbaren Wahrheiten beruhen.

Wäre B. B. das Vorleben ihres Gefangenen bekannt gewesen, so hätte sie ihm mit anderen Ohren zugehört. Stattdessen ging sie nach ein paar Minuten in die Falle und lauschte gebannt der Geschichte, die er sich eigens für sie ausgedacht hatte.

Sie beschloss, dass Garrincha im Moment nicht mehr vonnöten war, und schickte ihn ohne Umstände weg: »Du kannst gehen. Ich melde mich.«

Aleksandr redete über wirtschaftliche Verflechtungen, Korruption und Recycling, aber nichts von dem, was er erzählte, erinnerte auch nur von ferne an die tatsächlichen Interessen, die er mit der Bremond-Clique teilte. Sein Trick bestand vor allem darin, unablässig die Existenz von schriftlichen Beweisen zu beschwören.

»Geschafft«, dachte die Kommissarin immer wieder. »Die bringe ich alle hinter Gitter.«

Irgendwann redete er nicht mehr weiter.

»Was ist los?«, fragte die Polizistin.

»Mir ist kalt und ich habe eine trockene Kehle.«

»Dann halt dich ran, dass du fertig wirst.« Sie ärgerte sich über die Unterbrechung, der Russe sollte ihr den Tag weiterhin verschönern.

Peskow schnaubte. »Sie begreifen nichts. Ich verpfeife hier nicht die Namen irgendeiner Räuberbande, sondern erläutere Ihnen ein komplexes System von Wirtschaftskriminalität.«

»Na gut.« Die Bourdet nahm seinen Mantel und legte ihn ihm um die Schultern. »Jetzt rede weiter. Etwas zu trinken besorgen wir später.«

Der Russe redete langsamer und schilderte ihr in den folgenden vierzig Minuten einen komplexen, wenn auch rein der Phantasie entsprungenen Geldfluss von einer auf Gibraltar sitzenden Gesellschaft zu einer Bank auf den britischen Jungferninseln.

Irgendwann klingelte das Handy der Kommissarin, die verwundert auf das Display sah.

»Was ist los, Armand?«

»Nichts ist los, ich mache gerade mit ein paar Freunden einen Spaziergang an der Plage des Catalans«, antwortete er.

»Nicht das beste Wetter für einen Spaziergang«, meinte sie misstrauisch.

»Ach, es ist sehr angenehm. So einen milden November hatten wir schon lange nicht mehr.«

B.B. rutschte unruhig auf dem Stuhl hin und her. Was ging hier nur vor?

»Wenn das hier nur ein Höflichkeitsanruf ist, muss ich ihn leider jetzt unterbrechen, ich habe zu tun. Vielleicht schaue ich heute Abend vorbei oder morgen.«

Jetzt klang Grisoni gleich weniger angelegentlich. »Das hier ist ein Höflichkeitsanruf bei einer alten Freundin, um sie an einer Dummheit zu hindern.«

»Worauf spielst du an?«

»Lass deinen Gast besser gehen.«

»Das kommt nicht infrage.«

»Habe ich dir noch nie erzählt, dass ich schon immer ein großer Förderer der Kandidaturen unseres lieben Pierrick bin?«

Schlagartig brach ihre Welt zusammen. Die knallharte Kommissarin der Brigade Anti-Criminalité war auf einmal nur noch eine vom Leben enttäuschte Frau.

»Tu mir das nicht an«, flehte sie.

»Die Sache ist gelaufen, B.B. Und niemand hat Konsequenzen daraus zu befürchten, auch nicht du.«

Grisoni drückte das Gespräch weg.

Ihr stiegen die Tränen in die Augen, und sie suchte in ihrer Handtasche nach einem Papiertaschentuch. Dann riss sie sich zusammen und zündete sich eine Zigarette an, die allerdings scheußlich schmeckte. Als sie sich wieder dazu imstande fühlte, begegnete sie dem Blick des Russen. Der war kalt, unbeteiligt, ohne eine Spur der Angst, die er bis eben noch gezeigt hatte.

Die Bourdet nahm das Aufnahmegerät.

»Du hast mir nichts erzählt als einen Haufen Scheiße, stimmt's?«

»Stimmt.«

»Ich habe zwei Fehler begangen«, stellte B.B. verbittert fest. »Dich zu unterschätzen und Garrincha zu beteiligen.«

Das waren in Wirklichkeit die kleineren Fehler gewesen, dachte Aleksandr. Der entscheidende Fehler hatte darin bestanden, nicht sofort auch Banerjee zu kassieren. Aber er hütete sich wohl, das laut zu sagen.

Die Kommissarin konnte wieder klar denken und ahnte,

wie Aleksandr seine Geschäftspartner hatte warnen können.

»›Don‹ Juan hat dich sein Telefon benutzen lassen.«

»Das ist doch jetzt egal«, entgegnete Peskow ungeduldig.

»Binde mich los und lass mich gehen, du hässliche Kröte.«

Da verlor B.B. die Beherrschung. Sie griff in ihre Manteltasche nach einem Pfefferspray, packte Peskow bei den Haaren und sprühte ihm in Augen, Nase, Mund, bis die Dose leer war.

Der Russe schrie, bis er das Bewusstsein verlor.

Grisoni legte Sunil den Arm um die Schultern. »Die Sache mit den unterseeischen Kabeln klingt ja interessant, aber ich gehöre einer Generation an, die nicht so viel mit Technologie anfangen kann, ich halte mich lieber an Immobilien.«

Gilles Matheron ergriff das Wort: »Mister Banerjee und Monsieur Peskow investieren eine beträchtliche Summe am Cap Pinède.«

Armand lächelte sein Haifischlächeln. »Beträchtlich? Soll heißen?«

Der Inder stellte eine rasche Berechnung an. »Rund sechzig Millionen Euro.«

»Ich erwarte jeden Moment die Bestätigung des Geldeingangs«, erklärte Rampal, der Banker.

Grisoni nickte, beeindruckt von der genannten Zahl. »Ich übernehme eure Anteile«, erklärte er ungerührt, »und den Rest ebenso, auf diese Weise bleibt das alles schön ein Geschäft unter Leuten aus der Stadt. Wir haben die Fremden, die von sonst wo herkommen und sich als große Nummern aufspielen, so langsam satt. Was, Pierrick?«

Bremond nickte, wechselte aber verstohlen Blicke mit seinen Kumpanen. Sie freuten sich durchaus nicht über den neuen Partner. Der Inder und der Russe waren entschieden vertrauenswürdiger. Sie brachten Geld mit, Grisoni wollte kassieren. Die allgemeine Enttäuschung entging dem alten Gangster nicht.

»Ich hab euren Arsch gerettet, Leute.«

»Dass die Schlampe es tatsächlich noch einmal versucht!«, rief Thierry Vidal aus.

»Das war das letzte Mal, dass du Kommissarin Bourdet in meiner Anwesenheit beleidigst!« Es bereitete dem Gangster sichtlich Vergnügen, ihn vor aller Augen zu demütigen. Dann wandte er sich an den Abgeordneten. »Sie wird euch nicht mehr belästigen, ich verspreche es.«

»Wir verlassen die Stadt jedenfalls, der Fokus unseres Interesses verlagert sich von Marseille weg«, erklärte Sunil, um selbstsicher zu erscheinen. Aber niemand achtete weiter auf ihn. Im raschen Gang der Geschäfte waren er und der Russe bereits zu einer flüchtigen Erinnerung geworden.

Rund zwanzig Minuten später fuhr Sunil mit Matherons Chauffeur in der Gegend des Chemin du Littoral umher, auf der Suche nach Sosim, der nach der Auskunft des grässlichen Typen, der das organisierte Verbrechen von Marseille unter sich hatte, hier irgendwo ausgesetzt worden war.

Da sah er ihn schon ein Stück entfernt. Er ging wie ein Betrunkener, wischte sich immer wieder das Gesicht mit einem Taschentuch; das Hemd hing ihm aus der Hose und die Krawatte aus einer Tasche.

»Da ist er!«, rief er, sprang aus dem Wagen und umarmte ihn. »Mein Freund ...«

Aleksandr schwankte. »Ich brauche einen Arzt, Sunil.« Dann verlor er das Bewusstsein.

Die Bourdet beobachtete die Szene aus ihrem Peugeot. Johnny Hallyday sang »Ma gueule«. Sie sah dem fortfahrenden Wagen hinterher. Das Bewusstsein der Niederlage wurde unerträglich. Sie rief Ninette an. »Wie viel willst du?«

»Du klingst, als hättest du keinen guten Tag gehabt.«

»Einen Scheißtag, schlimmer geht's nicht.«

»Ich bin auch nicht gut drauf. Wenn ich mich aufraffen und zu dir kommen soll, kostet das extra.«

»Macht nichts. Ich erwarte dich bei mir zu Hause.«

Langsam wich das Zwielicht der Dämmerung der Dunkelheit. Kein Windhauch ging, der dichte, feine Regen fiel schnurgerade auf das glatte Meer. Die *Reine des Îles* fuhr volle Kraft voraus Richtung ligurische Küste.

Peskow stand von dem Sofa auf, auf dem er ruhte, und goss sich einen Schluck Cognac ein. »So wenig ich sonst trinke und schon gar nicht um diese Tageszeit, heute könnte ich Matherons Vorräte wegsaufen ...«

»Das war ja auch kein alltägliches Erlebnis«, sagte Sunil. »Mein Gott, was hast du mir für einen Schrecken eingejagt!«

Der Russe leerte sein Glas. »Ungeheuer sind das«, brummte er. »Alle, egal, ob Polizisten oder Kriminelle. Gewalt gehört zu ihrem Leben, ihrem Alltag. Anders kann es nicht sein.«

Er ließ sich wieder auf das Sofa fallen, erschüttert von der Aussicht, dass er diese grässlichen Stunden, in denen er nackt an einen Stuhl gefesselt und darauf gefasst war, gefoltert zu werden, sein Leben lang nicht vergessen würde.

»Zum Glück hat dieser Folterknecht sich bestechen lassen«, sagte Banerjee.

»Dieser Neandertaler.«

»Seine Chefin war nicht besser. Aber trotzdem, der Südamerikaner verdient ein Denkmal. Wenn er nicht mitgespielt hätte, hättest du jetzt keine Fingernägel mehr, und diese fürchterliche Kommissarin würde mit dir spielen wie mit einer Marionette.«

Peskow erschauderte. »Wie viel haben wir verloren?«

»Fast alles. Grisoni hat ganz schön zugelangt, und Bremond und seine Leute konnten nicht anders, als sich zu fügen. Sich mit diesem Korsen arrangieren zu müssen, war in ihren Plänen nicht vorgesehen.«

»Was für ein Typ ist dieser Grisoni?«

Sunil zuckte mit den Schultern. »Der klassische Scheiß-Pate. So einer wie Saytsew oder wie die Freunde meines Vaters. Aufgeblasen, ignorant, gerissen ... Er hat mir versprochen, das Gerücht in Umlauf zu setzen, du seist ebenfalls eliminiert worden.«

»Schon wieder mal ... Dass General Worilow das schluckt, ist nicht garantiert«, meinte der Russe. »Ich muss Ulitas verfrühten Abgang unbedingt dazu nutzen, mir eine neue Identität zuzulegen, diesmal endgültig.«

»Jetzt, da wir den FSB los sind, können wir uns in aller Ruhe dem Geschäft widmen. Wir sind Genies in der Kunst, Geld zu machen, du wirst sehen, wir kommen in Rekordzeit wieder auf die Füße. Sorge du jetzt erst mal dafür, unsichtbar zu bleiben.«

»Und du, was machst du?«

»Als Erstes schaue ich, dass es dir in Giuseppes Klinik an nichts fehlt, dann kehre ich nach Alang zurück und kümmere mich ums Geschäft. Abfälle, Schiffe und Ersatzteile für reiche Europäer.«

Aleksandr umarmte seinen Freund. »Danke!«, flüsterte er gerührt.

»He, jetzt küss mich bloß nicht auf den Mund à la Breschnew«, witzelte der Inder. »Bei euch Russen kann man nie wissen ...«

Aleksandr ließ ihn los. »Danke!«, sagte er noch einmal.

»Keine Ursache. Die Bad Boys von Leeds helfen sich doch immer.«

Peskow nickte und versank in Gedanken.

Sunil konnte nicht still bleiben. »Na, träumst du von deiner Süßen?«

»Wen meinst du?«

»Na, Inez. Deine große Liebe. Das Mädchen, das mich und Giuseppe um den Verstand gebracht und sich dann aus unerfindlichen Gründen für dich entschieden hat.«

Peskow war verblüfft. »Seit wann wisst ihr das?«

»Schon immer.«

»Ich wollte es eigentlich gar nicht verschweigen, aber ...«

Mit einem Wink machte ihm Banerjee klar, dass er sich nicht zu rechtfertigen brauchte.

»Du bist Russe, sie ist Schweizerin. Da ist so eine an sich blödsinnige Verschwiegenheit den besten Freunden gegenüber nicht verwunderlich.«

»Mit neuer Identität könnte ich nach Zürich ziehen, oder?«

»Ich halte das für keine gute Idee, da wird Worilow dich zuallererst suchen.«

Aleksandr nickte. »Das stimmt, ich muss mir etwas anderes einfallen lassen.«

Einige Stunden später ließ die Besatzung ein kleines Schlauchboot zu Wasser, das die beiden Passagiere zu einem Strand in der Nähe von Varazze brachte, an dem Giuseppe Cruciani sie schon erwartete.

»Warum könnt ihr denn nicht mit dem Zug kommen?«, rief

er, als er sie umarmte und mit Küssen bedeckte. »Ich hab mir die Eier abgefroren an diesem Scheißstrand. Ans Meer geht man nur im Sommer!«

Der Neapolitaner zog sie in seine Witzelei hinein, und die gesamte Fahrt bis zur Klinik lachten sie und neckten sich gegenseitig. Das Hauptthema war natürlich Aleksandrs »heimliche« Liebe zu Inez. In Wirklichkeit war Giuseppe gar nicht so sehr zum Scherzen aufgelegt, aber seine Freunde mussten die Anspannung loswerden. Außerdem stand Aleksandr ein äußerst heikles Erlebnis bevor, und er sollte nicht dazu kommen, sich allzu sehr zu ängstigen.

Trotz der späten Stunde wartete der Arzt im Behandlungszimmer auf sie.

»Hier, das ist mein Freund Gaetano Bonaguidi«, sagte Cruciani zu Peskow. »Er ist der Beste, den es gibt. Und der Vertrauenswürdigste.«

»Und der Teuerste«, lächelte der Chirurg.

Giuseppe ging hinaus und zog die Tür hinter sich zu.

Der Russe betrachtete die Diplome und Fotos an der Wand. Bonaguidi hatte bei den renommiertesten plastischen Chirurgen der USA gelernt.

Der Arzt nahm Aleksandrs Kinn und musterte sein Gesicht. »Perfekte Proportionen, ich bezweifle, dass ich etwas ästhetisch ähnlich Perfektes hinbekomme«, erklärte er. »Sie riskieren, hinterher weniger attraktiv zu sein, genau das Gegenteil von dem, wofür meine Patienten sonst zu mir kommen.«

»Machen Sie sich keine Sorgen. Ich möchte ein Autoverkäufergesicht, verstehen Sie, was ich meine?«

Bruna bewegte sich unruhig im Schlaf. Sie hatte sich mit Schlafmitteln vollgestopft. Trotzdem war ihr, als würde irgendein Idiot an die Tür klopfen. Sie machte ein Auge auf und schielte zu Juan hinüber. Er schlief tief, hatte sich die Ohren gestöpselt, nicht mal Kanonendonner würde ihn wecken. Ein Blick auf die Uhr: Viertel nach sechs morgens. Das konnten nur die Bullen sein, doch dann dachte sie, niemand, auch nicht die Polizei, wusste, wo ihre alte Wohnung lag. Schwankend stand sie auf, suchte ein paar Sekunden lang ihre Hausschuhe, verzichtete letztlich aber darauf, zog sich auch nichts weiter über. Diese Affen hörten nicht auf zu klopfen. Wer auch immer das war, musste sich mit ihrem zweihundert Euro teuren Babydoll begnügen.

Das Kommissarin Bourdet aber gerade zu schätzen wusste. »Du bist eine echte Schönheit, Bruna«, meinte sie bewundernd. »Wo ist Santucho?«

»Vielleicht gar nicht hier.«

B. B. verpasste ihr eine Ohrfeige. »Ich habe gefragt, wo er ist!«

»Er schläft.«

Die Kommissarin ging den Korridor hinunter und suchte das Schlafzimmer. Sie setzte sich auf den Rand des Bettes und machte die Nachttischlampe an, bevor sie Garrincha heftig schüttelte. Er schrak hoch, stinkwütend. Tausendmal hatte er Bruna gesagt, er wolle ganz, ganz sanft geweckt werden. Als er die Polizistin erkannte, zuckte er zusammen.

»Guten Morgen, Madame«, stotterte er mit trockenem Mund. »Ich hatte nicht mit Ihrem Besuch gerechnet.«

»Vor allem nicht hier, was? Du hast gedacht, du kannst dein Liebesnest vor mir verborgen halten?« Sie stieß ihn mit den Fingerspitzen vor die Stirn. »Du hast den Unterschied zwischen den Dorfpolizisten bei dir zu Hause und denen in Marseille immer noch nicht begriffen, was?«

»Was kann ich für Sie tun?«, fragte er fügsam.

»Heute bin ich mit einer Frage aufgewacht, die ich mir einfach nicht beantworten kann, und vielleicht kannst du mir helfen.«

»Wenn ich kann, sehr gern.«

»Woher konnten die Freunde des Russen wissen, dass er, sagen wir, mein Gast war? Hast du eine Idee?«

»Nein. Ich weiß nicht mal, was das für Leute sind.«

»Weißt du, Juan, ich bin hergekommen, denn je länger ich darüber nachdenke, je stärker bin ich davon überzeugt, dass du mich hintergangen hast. Eine andere Erklärung kann es nicht geben. Ich habe dir schon gesagt, ich bin dein einziger Gott, und seinen Gott belügt man nicht. Willst du mir vielleicht endlich die Wahrheit sagen?«

»Ich habe ihn einen einzigen Anruf machen lassen«, gab der Paraguayer zu. »Eine Minute, länger nicht.«

»Mit wem hat er telefoniert?«

»Mit einem Inder.«

»Und was hat er gesagt?«

»Ich weiß nicht«, log er, »ich habe nicht zugehört.«

B. B. seufzte. »Du hast einen Riesenmist gebaut, Juan, und diesmal kann ich dir nicht verzeihen. Diesmal schicke ich dich zur Hölle.«

Sie stand auf und ging aus dem Schlafzimmer, von Garrinchas Schreien gefolgt: »Sie können mich doch nicht für einen Scheißanruf in den Knast schicken, ich arbeite für Sie, ich mache das wieder gut. Ich mache sämtliche Banden platt, die hier dealen, und serviere Ihnen das Dreizehnte auf einem Silbertablett!«

Die Kommissarin packte Bruna beim Arm und zerrte sie in die Küche. »Mach Kaffee, Hübsche.«

Sie öffnete die Wohnungstür und ließ Delpech, Brainard und Tarpin herein. »Ihr seid dran.«

Die drei Inspektoren stürzten ins Schlafzimmer, wo Garrincha gerade in die Hose stieg. Er wurde blass: »Scheiße, was denn noch?«

Delpech kicherte hämisch, nahm ein zweimal gefaltetes Schreiben aus der Tasche, faltete es auseinander und wedelte ihm damit vor der Nase herum. »Weißt du, was das ist?«

»Nein.«

»Das ist ein Ausweisungsbescheid. Hier steht, dass der paraguayische Bürger Esteban Garrincha mit dem nächsten Flieger das Land verlässt.«

Diese Nachricht traf ihn mit der Gewalt eines Blitzschlags. Er verlor die Beherrschung und verwandelte sich in ein waidwundes Tier. Wild schreiend warf er sich den drei Polizisten entgegen, die ihn nicht mit den Tasern ruhigstellten, sondern mit bleikugelgefüllten Lederbeuteln niederschlugen. Er hatte es gewagt, sich gegen ihre Kommissarin aufzulehnen, dafür musste er büßen.

»Sie bringen ihn um!«, rief Bruna.

»Nein. Sie geben ihm nur eine Lektion«, antwortete die Bourdet trocken. »Und danach bist du an der Reihe.«

»Ich hab doch nichts getan«, stotterte sie entsetzt.

»Ich weiß alles. Juan war mein Vertrauensmann. Aber jetzt hat er einen schweren Fehler begangen, und wir bringen ihn vor den Ermittlungsrichter, dem er als Erstes den Mord an den Mexikanern gestehen wird«, log sie kaltschnäuzig. »Er wird euch alle mit reinreißen. Ich bin ihm allerdings auch etwas schuldig: Er hat mir jede Menge Infos geliefert.«

Die junge Frau verstummte und sackte auf einen Stuhl. Die Kommissarin stellte einen Espresso vor sie.

»Natürlich würde ich einer Hübschen wie dir viel lieber einen Gefallen tun.«

Bruna blickte auf. »Können Sie mich wirklich retten, oder verarschen Sie mich nur?«

»Ich kann alles tun, was ich will, es kommt nur darauf an, was du mir bietest.«

»Was genau wollen Sie?«

Die Bourdet wühlte in ihrer Handtasche und förderte ihr Diktiergerät zutage: »Die Wahrheit.«

In dem Augenblick schleiften die drei Inspektoren den ohnmächtigen Garrincha an der Küchentür vorbei. B.B. gebot ihnen mit einem Wink Einhalt, damit Bruna genau sehen konnte, wie sie ihn zugerichtet hatten.

»Bei diesem Wettlauf gewinnt, wer die flinkere Zunge hat.«

Und Bruna gestand in ihrem Entsetzen alles. Auch, was sie gar nicht hätte zu sagen brauchen, wie den Messerstich in die Brust des mexikanischen Kochs. Sie zeigte der Kommissarin das Versteck, wo Santucho Bermudez' Stoff verwahrte, und aus einer Schublade zog sie die hunderttausend Euro, die Banerjee ihr gegeben hatte. Am Ende hatte sie alles ausgespuckt und wollte nur noch eine Dosis Koks. Sie flehte die Kommissarin an, die jedoch den Kopf schüttelte: »Zeit für den Entzug, Süße.«

Die Bourdet rief Félix Barret an, ihren Kollegen von der Drogenfahndung.

»Ich habe hier eine verwickelte Sache. Wenn du sie so anpackst, wie ich dir sage, bringst du den Schatz der Mexikaner nach Hause und dazu die Verantwortlichen für das Gemetzel im *El Zócalo*.«

Eine halbe Stunde später war Barret an Ort und Stelle.

»Du scheinst ganz schön in der Tinte zu sitzen, dass du mir

ein Geschenk machst, für das ich befördert werde«, sagte er lächelnd.

B. B. bot ihm eine Zigarette an.»Du musst den Zauberkünstler spielen. Und dabei aufpassen, dass nicht das falsche Kaninchen aus dem Zylinderhut hüpft.«

Félix deutete auf Bruna, die eine Zigarette rauchte, als wäre es die letzte vor der Hinrichtung.»Und die da?«

»Darf ich bekanntmachen: Bruna, deine Zeugin.« Sie überreichte ihm das Diktiergerät. Dann nahm sie Mantel und Handtasche und ging zu der jungen Frau hinüber.»Das da ist der Bulle, der deinen Arsch retten kann, Hübsche. Tu, was er dir sagt, und vielleicht kommst du mit zehn Jahren davon.«

»Zehn Jahre?«, kreischte Bruna hysterisch.»Wie denn, ich habe doch gesungen! Ihr müsst mich gehen lassen!«

Die Polizisten wechselten einen Blick und konnten kaum das Lachen unterdrücken.»Da siehst du mal, was diese amerikanischen Serien für einen Schaden anrichten!«, rief Barret.»Wenn du heutzutage irgendein Arschloch festnimmst, nennt es dich ›Detective‹, dann bietet es einen ›Deal‹ an und nennt den Richter ›Euer Ehren‹.«

»Du solltest dafür sorgen, dass die Gewerkschaft dagegen protestiert«, neckte ihn die Bourdet.»Das ist wirklich eine unhaltbare Situation.«

Zwei Polizisten in Uniform holten Garrincha an der Passagierbrücke ab. Sein Gesicht war geschwollen, seine Lippen an zwei Stellen aufgeplatzt, sein ganzer Anblick hatte die Mitpassagiere den Flug über von ihm ferngehalten. Widerstandslos ließ er sich Handschellen anlegen und schlurfte resigniert und Gebete murmelnd zum Ausgang. In Wahrheit war das Verstellung. Als einer der beiden Beamten den Wagen öffnete, um ihn einsteigen zu lassen, versuchte er zu fliehen, was ihm aber nichts als ein paar Fausthiebe einbrachte. Er beschwerte sich nicht weiter, sondern verfluchte nur sein Schicksal und die Bourdet. Als der Wagen den Weg zum Büro seines früheren Chefs einschlug, protestierte er nicht, sondern blickte nur durchs Fenster auf Ciudad del Este. Jetzt in tiefer Nacht war die Stadt noch schöner, und jedes Detail weckte bei ihm Erinnerungen.

Nachdem sie ihn hatten aussteigen lassen, reckte er den Rücken, um selbstsicher zu wirken. Während er an dem Raum vorüberkam, in dem wie früher die Geldzählmaschinen ratterten, erkannten die Buchhalter ihn wieder und winkten ihm ironisch zu.

Carlos Maidana saß hinter dem Schreibtisch und plauderte mit Neto, seinem neuen Stellvertreter. Bis zu Garrinchas Verrat hatte Neto zum Fußvolk gehört. Sein einziges Talent war Treue. Das genügte zurzeit, um Karriere zu machen.

Die Polizisten befreiten Esteban von den Handschellen. Der Boss nahm einen Umschlag vom Tisch und warf ihn dem Näherstehenden zu.

»*Muchas gracias*, Don Carlos.«

Maidana entließ die Bullen mit einem ungeduldigen Winken und wandte seine Aufmerksamkeit dem Neuankömmling zu.

»In Frankreich hast du offenbar gelernt, dich zu kleiden wie eine Schwuchtel, Esteban. Hier könnte ich mit deinem Arsch viel Geld verdienen, es ist wirklich zu schade, dass ich dich unseren chinesischen Freunden ausliefern muss.«

Garrincha unterdrückte einen Aufschrei. »Bitte, nur das nicht. Im Namen der alten Zeiten. Lass mir von Neto eine Kugel in den Kopf verpassen, aber nicht die Chinesen.«

Carlos spielte den Verwunderten. »Warum denn? Die Triaden sind doch bekannt für ihr Zartgefühl. Keine Sorge, Esteban, es wird ganz schnell gehen, du wirst nicht lange leiden.« Er versuchte ernst zu bleiben, lachte dann aber schenkelklopfend los. Neto lächelte nur schmal. Er hätte den Verräter gern persönlich liquidiert und war nicht sicher, dass es korrekt war, ihn an die Chinesen auszuliefern.

Unvermittelt wurde der Boss wieder ernst. »Ich habe gestaunt, dass sie dich in Europa aufgetrieben haben, ich hätte nicht gedacht, dass dein Grips genügt, so weit zu kommen.«

Maidanas Mercedes hielt unter einer Straßenbrücke am nördlichen Stadtrand. Die Chinesen waren mit zwei Geländewagen bereits da und rauchten, an die Karosserien gelehnt. Garrincha zählte rund ein Dutzend. Angeführt wurden sie von Nianzu, dem Chauffeur und Bodyguard des verstorbenen Freddie Lau. Er würde ihn foltern. Dem Gerücht nach konnte ein erfahrener Chinese einen dabei durchaus mehrere Tage lang am Leben halten. Esteban biss sich so heftig auf die Lippen, dass sie stark zu bluten anfingen.

Neto zerrte ihn aus dem Wagen. »Viel Spaß!«, zischte er und gab ihm einen Stoß.

Mit langsamen, aber nicht unsicheren Schritten ging Garrincha auf den Anführer des Empfangskomitees zu. Einen Meter vor ihm blieb er stehen und fing an zu tänzeln wie ein Fußballspieler beim Dribbeln.

»Ah, der große Garrincha!«, schrie er, so laut er konnte. »Da dribbelt er am Mittelstürmer vorbei, weicht einer gemeinen Blutgrätsche aus, nutzt eine Lücke in der Abwehr ...«

Die Chinesen amüsierten sich über die Darbietung des Todeskandidaten und feuerten ihn an.

»Da ist der große Garrincha vorm Tor, allein mit dem Torwart ...«, schrie der Angreifer.

Er holte mit dem rechten Fuß aus und zerquetschte Nianzu, der sofort ohnmächtig wurde, mit einem gewaltigen Tritt die Hoden. Instinktiv feuerten die anderen Chinesen ihre Magazine auf ihn leer, dann traktierten sie seine Leiche mit Fußtritten. Zu spät. Garrincha hatte sie ein weiteres Mal übertölpelt.

Im Dunst war das Schild des Hotels nur verschwommen zu erkennen. Brainard, Delpech und Tarpin plauderten in ihrem warmen Lieferwagen. Im Hintergrund der übliche französische Hiphop. Unweit saß Kommissarin Bourdet rauchend in ihrem alten Peugeot und hörte den üblichen Johnny Hallyday. Ein Taxi hielt vor der Absteige, ihm entstieg der übliche Südamerikaner, den Darm voller Kokspäckchen. Eine kleine Reisetasche in der Hand ging er sich misstrauisch umblickend zum Eingang.

B. B. nahm das Funkgerät zur Hand.

»Jetzt!«, befahl sie.

Ihre Männer sprangen aus dem Lieferwagen. Pistolen, Taser, Handschellen. Dann eine Fahrt zur Konservenfabrik.

Der »Territorialkrieg« dauerte an. Drei Jungs aus dem Vierzehnten Arrondissement waren erschossen worden. Ihre Mörder hatten den Wagen angezündet, in dem sie saßen, nur mittels DNS-Analyse konnte ihre Identität geklärt werden. Neunzehn Jahre waren sie alt. Am Tag zuvor war nach kurzem Todeskampf ein Polizist gestorben, der einen Raubüberfall auf einen Supermarkt hatte vereiteln wollen und dabei mit einer Kalaschnikow niedergeschossen wurde. Die Regierung kündigte den Ankauf von einhundertfünfzig weiteren

Pumpguns an. Die Bullen wollten ihre Haut so teuer wie möglich verkaufen. B.B. ihrerseits würde bis zum Erreichen des Pensionsalters mit ihren eigenen Methoden weiterkämpfen. Das war sie ihrer Heimatstadt schuldig.

VIER MONATE SPÄTER

»Parkinson Court Café, Parkinson Building, University of Leeds.« Ausgesprochen wortkarg für Sunils Verhältnisse. Nur Datum, Uhrzeit und Anfahrt hatte er noch hinzugefügt.

Inez Theiler hatte keine weiteren Fragen gestellt, sondern landete am angegebenen Tag auf dem Flughafen von Manchester, fuhr mit dem Taxi zum Busbahnhof und bestieg den M34 nach Leeds. Jetzt saß sie da und wärmte sich die Hände an einer Tasse heißer Milch. Seit ihren Tagen als Studentin in dieser Bibliothek hatte sie so etwas nicht mehr getrunken. Sie mochte sie stark gesüßt. Die Wärme gab ihr ein Gefühl von Sicherheit.

Seit dem Misserfolg von Marseille hatte die kleine Bande von Kindern aus gutem Hause sich bemüht, wieder auf die Beine zu kommen. Banerjee hatte unermüdlich versucht, neue Geschäfte aufzutun und aus Frankreich auszulagern, das nun verbranntes Gelände war. Giuseppe und Inez hatten ihn dabei nach Kräften zu unterstützen versucht, doch den Schatz der *Organisatsia* hatten sie eingesetzt, um Sosims Freiheit zu erkaufen, und das Geschäft mit dem Holz aus Tschernobyl hatten sie dem FSB überlassen müssen. General Worilow war schnell und effizient. Sie hatten ihn unterschätzt.

Inez war froh gewesen, dass Ulita ausgeschaltet war. Was

heißt froh – sie war überglücklich. Diese Frau hatte Sosim wie einen Dildo benutzt, wann immer sie wollte, während sie selbst um ein paar Momente des Zusammenseins hatte betteln müssen.

Banerjee hatte ihr versprochen, dass ihr schöner Russe in Sicherheit war und es ihm gut ging. Dann hatte er sie geneckt, weil sie ihre Beziehung geheim zu halten versucht hatten. Inez war rot geworden und hatte das Thema gewechselt. Sie war nicht mehr so sicher, dass sie weiterhin einen Traum lieben wollte. Sie brauchte eine normale Liebe, eine, die im Alltag ihren Platz hatte.

Überhaupt fühlte sie sich schwach und untauglich, wenn sie an diese Dinge dachte. Sie waren so weit entfernt von allem, was ihr Idealbild von der Dromos Gang verkörperte, dass es ihr vorkam, als würde sie ihre Freunde verraten. Und in der Tat, mit Sosim Schluss zu machen würde bedeuten, aus der Bande auszutreten und deren Auflösung zu erklären.

Vielleicht war das sogar das Beste, und niemand würde darunter leiden. Sie waren ja alle schon reich. Sunil hatte ihr berichtet, wie es in Marseille schiefgelaufen war. Sosim war gefangen genommen und beinahe gefoltert worden. Sie, die sich für die Speerspitze des modernen Verbrechens hielten, waren tief gefallen, tiefer ging es nicht.

Als plötzlich ein Fremder ihr gegenüber Platz nahm, erschrak sie, obwohl sein müdes Lächeln sie wohl beruhigen sollte.

»Guten Tag, mein Name ist Kevin Finnerty«, stellte er sich vor. »Ich bin Amerikaner. Aus Boston, um genau zu sein.«

Sie erkannte ihn nur an seiner Stimme und den Händen. »Mein Gott, Sosim, was hast du getan?«, flüsterte sie, die Hand vor den Mund geschlagen.

»Ich bin Kevin Finnerty«, wiederholte er mit brechender Stimme. Er hatte drei große Operationen und eine lange, schmerzhafte Genesung hinter sich, während derer er sich immer wieder gefragt hatte, wie Inez auf seine Verwandlung reagieren würde. Als er sich zum ersten Mal im Spiegel sah, hatte er mit sich selbst gewettet, dass sie ihn nicht wiedererkennen würde. Und in der Tat, da saß sie vor ihm, die Augen geweitet in dem Entsetzen, einen Fremden vor sich zu haben. Keinen hässlichen Mann. Aber einen anderen. Wangenknochen, Kinn, Nase – Bonaguidi hatte ganze Arbeit geleistet.

Der Mann, der einst Sosim geheißen hatte, dann Aleksandr und jetzt Kevin, stand auf und ging Richtung Ausgang. Er wollte schreien, dass er sie liebte, wollte sie umarmen, aber es hätte zu nichts geführt. Er kam sich lächerlich vor.

Sunil hatte ihn gewohnt nassforsch auf die Eventualitäten vorbereitet: »Vielleicht tut sich Inez ja nun endlich mit mir zusammen.«

Jetzt würde er nach London zurückkehren, in sein neues Versteck, und Zeit und Leben würden die Wunden heilen.

Er spürte eine Hand an seinem Arm. Inez. Außer Atem. »Geh nicht so weg.«

»Was sollte ich sonst tun«, rechtfertigte er sich. »Diesmal hätten falsche Papiere nicht genügt.«

»Ich weiß, entschuldige bitte. Ich hätte nicht so reagieren sollen.«

»Doch, das war ganz richtig. So war wenigstens alles sofort klar.«

»Was meinst du damit?«

»Nichts. Leb wohl.«

Inez packte ihn am Jackenaufschlag und versuchte ihn zu küssen, doch er wandte das Gesicht ab. »Bitte, lass das.«

»Gib mir noch eine Chance.«
»Warum?«
»Ich weiß nicht. Ich bin durcheinander.«
»Ich auch. Ich brauche Zeit zum Nachdenken.«
»Komm mit mir nach Zürich«, bat sie. »Wir müssen es einfach versuchen.«
»Jetzt gleich kann ich nicht«, log er. »Aber in ein paar Wochen komme ich.«

Er streichelte ihr die Wange, dann ging er rasch davon. Als er den St. George's Park neben den Universitätsgebäuden erreichte, fing er an zu rennen.

DIE WICHTIGSTEN FIGUREN

Bernadette Bourdet alias **B. B.**: Kommissarin der inoffiziellen Brigade Anti-Criminalité in Marseille
Adrien Brainard, Gérard Delpech, Baptiste Tarpin: B.B.s Assistenten
Armand Grisoni: Pate der korsischen Mafia in Marseille
Esteban Carrincha alias **Juan Santucho**: Ehemaliger Dealer des Drogenbarons Carlos Maidana in Paraguay, jetzt unfreiwilliger Handlanger für B. B.
Ulita Winogradowa: Leutnant des russischen Inlandsgeheimdienstes

Die Dromos-Gang

Sosim Katajew alias **Aleksandr Peskow**: Ulitas Spielball und ehemaliges Mitglied einer russischen Mafiabande
Inez Theiler: Heimliche Geliebte Sosims, zuständig für die Finanzen der Dromos-Gang
Sunil Banerjee: Gründer und brillantester Stratege der Dromos-Gang
Giuseppe Cruciani: Inhaber einer Klinik, die sich auf illegalen Organhandel spezialisiert hat

www.tropen.de

Massimo Carlotto
Tödlicher Staub

Aus dem Italienischen von
Hinrich Schmidt-Henkel
164 Seiten, Klappenbroschur
ISBN 978-3-608-50207-7

»Der beste Krimiautor Italiens« Il manifesto

Pierre Nazarri wird als Desserteur von der Militärpolizei gesucht. Nun muss er die Drecksarbeit für eine paramilitärische Organisation machen, die ihn auf die junge Tierärztin Nina angesetzt hat. Die junge Frau stellte Nachforschungen im Zusammenhang mit missgebildeten Tieren an, was einigen einflussreichen Persönlichkeiten zu weit ging.

Massimo Carlotto und elf investigative Journalisten haben einen Öko-Skandal offengelegt. Daraus wurde der aufregende Thriller »Tödlicher Staub«.